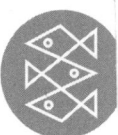

Eines Abends googelt die Protagonistin in Monique Schwitters Roman nach ihrer ersten Liebe und erfährt, dass er sich aus dem achten Stock gestürzt hat. Vor fast fünf Jahren schon. Sie ist schockiert, ebenso sehr über seinen Selbstmord wie über die Tatsache, dass sie ihn gar nicht vermisst hat. Nun hat sie ihn am Hals, stärker als zu Lebzeiten.

Sie beginnt eine große Recherche, indem sie ihre Liebesbiographie an zwölf Männern abhandelt, die weit mehr als die Namen mit den zwölf Aposteln gemein haben, den Gesandten des Glaubens und der Liebe. Und je länger sie schreibt, desto stärker schiebt sich die Rahmengeschichte, ihre aktuelle Liebessituation, ins Zentrum, bis sie die Handlung übernimmt.

»›Eins im Andern‹ fügt sich umstandslos in den Kanon der Liebesliteratur ein. Das Buch durchpflügt diesen Kanon zugleich und macht ihn neu lesbar.« Philipp Theisohn, Neue Zürcher Zeitung

»Monique Schwitter hat mit ›Eins im Andern‹ einen ebenso klugen wie berührenden Roman darüber geschrieben, wie man die Liebe hält – indem man einen Roman über sie verfasst.« Wiebke Porombka, Frankfurter Allgemeine Zeitung

Monique Schwitter, 1972 in Zürich geboren, lebt seit 2005 in Hamburg. Sie hat in Salzburg Schauspiel und Regie studiert und war unter anderem an den Theaterhäusern in Zürich, Frankfurt, Graz und Hamburg engagiert. Seit 2012 ist sie Mitglied der Hamburger Freien Akademie der Künste. 2004 erhielt Schwitter das Hermann-Lenz-Stipendium. Für ihren Debütband ›Wenn's schneit beim Krokodil‹ (2005) wurden ihr der Robert-Walser-Preis und der Förderpreis der Schweizer Schillerstiftung verliehen. 2008 erschienen ihr Roman ›Ohren haben keine Lider‹ und ihr Theaterstück ›Himmels-W‹, danach folgte ihr zweiter Band mit Erzählungen, ›Goldfischgedächtnis‹ (2012). 2013 wurde Schwitters Werk mit dem manuskripte-Preis gewürdigt. Ihr Roman ›Eins im Andern‹ stand auf der Shortlist zum Deutschen Buchpreis und erhielt den Schweizer Buchpreis (2015).

Weitere Informationen finden Sie auf www.fischerverlage.de

Monique Schwitter

Eins im Andern

Roman

FISCHER Taschenbuch

Erschienen bei FISCHER Taschenbuch
Frankfurt am Main, Mai 2017

Lizenzausgabe mit freundlicher Genehmigung
des Literaturverlags Droschl, Graz – Wien

© Literaturverlag Droschl, Graz – Wien 2015

Druck und Bindung: CPI books GmbH, Leck
Printed in Germany
ISBN 978-3-596-03709-4

Was, wann, wo

Clov: What is there to keep me here?
Hamm: The dialogue.

Samuel Beckett, *Endgame*

Für dich von mir

1. Ähnlich schnell, wie ein Mensch geht

Wenn man plötzlich nach seiner ersten Liebe googelt, ist das eine Reaktion auf die Klopfgeräusche, die man vor dem Einschlafen und, noch kräftiger, beim morgendlichen Blick in den Spiegel, beim Anblick der tiefen, senkrechten Falte zwischen den Augenbrauen, vernommen hat. Vergeblich hat man das Klopfen zu orten versucht, hat es immerfort abwechselnd außen und innen vermutet – auf dem Dachboden / unter der Schädeldecke –, aber niemals zu fassen bekommen.

Immer häufiger taucht es auf, immer unerklärlicher, so auch an diesem späten Freitagabend im Januar. Die Kinder waren, wie meistens am Ende der Kindergartenwoche, erschöpft und überreizt; den ganzen frühen Abend haben sie gemeinsam gestritten und abwechselnd geheult, und später, weil sie ins Bett gehen sollten, wie Verrückte geschrien. Endlich schlafen sie, es ist einen Augenblick völlig still, selbst der Hund liegt reglos auf seiner Decke unter meinem Schreibtisch, ich starre auf sein schwarzes Fell, bis ich sehen kann, dass der Brustkorb sich hebt und senkt; ich atme auf, und das Klopfen wird laut. Kurze Hammerschläge erst, dann abwechselnd auch längere. Ich male Striche und Punkte in mein Notizbuch. Es ist nicht so, dass ich viel vom Morsen verstehe, aber ich beuge mich solange über die Tabelle, bis annähernd etwas Sinnvolles herauskommt. Annähernd. RAUCH. ZEIT. KIND. Naja. (Die Alternativen wären LXCH. TDIA. CRNE oder ETINAKSI. MESA. NDKI. Ich kenne keine Sprache, in der das auch nur ansatzweise Sinn ergäbe, also entscheide ich mich für Rauch,

Zeit, Kind.) Stille. Mein Mann, nehme ich an, ist in seinem Zimmer damit beschäftigt, die Emails der ganzen Woche aufzuarbeiten, wie jeden Freitagabend, wenn er keinen Dienst hat, um kurz vor Mitternacht *Wochenende* zu rufen. Wir nehmen uns schon länger vor, wieder einmal etwas gemeinsam zu machen. *Etwas.* Mal hat er keine Zeit, mal ich. Rauchzeitkind! flitzt es mir durch den Kopf. Ich schlage mein Notizbuch zu, schließe die Word-Datei und öffne ein neues Fenster. Ins Suchfeld gebe ich Petrus' Namen ein, den Namen meiner ersten Liebe.

Ich bin darauf vorbereitet, gar nichts zu finden und unbefriedigt abzubrechen. Auch mit Hinweisen auf eine Frau und Kinder rechne ich. Warum sollte nicht auch er inzwischen Familie haben? Sogar auf Fotos bin ich gefasst. Nicht aber darauf. Darauf nicht. Angekündigt aber hatte Petrus es schon in der ersten Nacht. Vom Fliegen hatte er gesprochen, zu dem der Mensch nicht fähig, und wie unendlich betrübt er darüber sei. Aufs Fallen war er zu sprechen gekommen, und von da ganz plötzlich aufs Gehen; und er hatte, weil ich nachfragte: Gehen?, ergänzt: Einen Schritt nur, einen einzigen Schritt ins Leere, und gut ist. Er hatte die Arme ausgebreitet, als ob er fliegen wollte, hatte mich angesehen und gelächelt. Mein Mann kommt herein, er hat weder geklopft noch meinen Namen gerufen, das kommt selten vor, nur im Streit, wenn er richtig wütend, richtig empört oder richtig erregt ist. Bist du beschäftigt, fragt er. Nein, antworte ich und verschlucke: Ich habe gerade von Petrus' Tod erfahren.

Du bist außer Atem, sagt er.

Ja, ich – wovon nur, ich sitze ja nur herum.

Daran wird's liegen. Er stockt. Er sieht aus, als ob er etwas sagen wolle. Er holt Luft, dann wendet er hastig den Kopf und horcht, keine Ahnung worauf. Er zieht die Tür zu.

War was?, frage ich noch, aber er antwortet: Nichts, was nicht warten könnte. Er schließt die Tür.

Ich ziehe die Schublade mit den Ansichtskarten auf und finde auf Anhieb, was ich suche. Einen riesigen, bärtigen Christophorus im braunen Gewand mit unverhältnismäßig langen Beinen und einem winzigen, puppenhaften Heiland auf der Schulter. Auf der Rückseite steht: *Darstellung des Heiligen Christophorus (um 1400) in der Kirche St.Peter in Mistail.*
Ich fahre mit dem Finger über Christophorus' Gewand, greife nach einem braunen Rockzipfel, schließe die Augen und lasse mich forttragen. Jene Tage des Erstenmals. Es ist Winter, unser erster Winter. Petrus und ich zu Besuch bei Marcs Eltern, während der Weihnachtsferien 1992, in ihrem Ferienhaus in den Bergen.
Schneeflocken fallen, je nach Nässe, ähnlich schnell, wie ein Mensch geht. Ich habe keine Winterschuhe, und erst recht keine, die sich für eine längere Schneewanderung eignen. Ich habe Pumps, die ich während des ganzen Jahres trage. Kilometerweit, auch wenn die Füße schmerzen. In der Universität schneit es nicht. Elfi blickt auf meine Schuhe. Kind, weißt du denn, wo du bist? Ich nicke, Lenzerheide. Elfis Sohn Marc und *seine* Lisa besuchen dieselben Seminare wie ich, und auch sie tragen täglich und überall ein und dasselbe Paar Schuhe, im Gegensatz zu mir aber Wanderschuhe. Hier nun, im Windfang neben der Eingangstür des Ferienhauses, haben sie sich kniehohe Schneestiefel angezogen, mit zusätzlichem Innenfutter und frisch eingefettet, wie Marc mit Blick auf meine Pumps erklärt. Dann bleibe ich eben hier, ich schiele zum offenen Kaminfeuer, zum Rattanschaukelstuhl, zum Schaffell, das Elfi daraufgelegt hat, und zu Urs, ich nenne ihn so, weil ich seinen Namen vergessen habe, der, in ein Geschichtsbuch vertieft, gar nicht hört, was wir sprechen. Er sitzt in seinem schwarzen Ledersessel, das Buch auf den Knien, und schiebt alle paar Augenblicke die Brille hoch, dorthin, wo früher sein Haaransatz war. Aber sie rutscht immer wieder herunter. *Mythos*

Schweiz. Identität – Nation – Geschichte 1291 – 1991. Das Buch hat er im Jahr zuvor zu Weihnachten geschenkt bekommen. Marc hat ihn in Verdacht, dass er es auswendig lernt. Heute ist der 31. Dezember. Es ist kurz nach Mittag. Abends wird es Fondue geben.

Das müsst ihr euch jetzt aber auch verdienen, sagt Elfi und holt ein Rätselheft und ihre Lesebrille aus der Anrichte.

Verdienen? Ich denke an Geld, denn ich habe keines.

Ja, sagt Elfi, durch einen Spaziergang zur Kirche St.Peter in Mistail. Sie will uns aus dem Haus haben, übersetzt ihr Sohn in meine Richtung, umarmt seine Lisa und küsst sie stürmisch. Petrus nimmt seine Daunenjacke vom Holzhaken und zieht sie an. Er geht in die Hocke und schnürt die Timberlandboots. Zu Weihnachten hat er mir ein kleines Buch geschenkt: *Dialogue in the Void.* Es ist auf Englisch, ich brauche Zeit und ein Wörterbuch, um es zu lesen. Komm doch mit, sagt Petrus. Mein Blick sucht den Kamin. Das Schaffell lockt. Ein Wörterbuch steht drüben im Regal. Komm schon, sagt Petrus, die wollen dich hier nicht haben. Elfi schlägt mit ihrem Rätselheft nach ihm: Also du bist einer, das habe ich doch gar nicht gesagt! Elfi blickt zu Petrus empor, der einen Meter zweiundneunzig groß ist. Ihr Urs, der auch anders heißen könnte, aber nicht ganz anders, misst nur Einszweiundsiebzig, ihr Sohn Marc knapp drei Zentimeter mehr, und sie selbst ist zwei Köpfe kleiner als Petrus. Zu dir kann man aufschauen, sagt sie, langsam und feierlich, wirft den Kopf in den Nacken und schließt die Augen. Petrus stammt aus einer alten, reichen Familie mit einem Vermögen, dessen Wert nur der engste Kreis kennt, und einem Stammbaum, der sich über siebenhundert Jahre zurückverfolgen lässt. Das hat Elfi *gleich gespürt,* wie sie später sagte. Ja, waaaaas!, rief sie, als sie es erfuhr, von ihrem Sohn, der den Gast beim ersten gemeinsamen Abendessen im Ferienhaus bloßstellte: Reich geboren, er hier. Petrus riss den Mund auf, starrte wortlos auf sein Käsebrot, biss hinein und kaute gründlich. Alle sahen mich an. Ich sollte es bestätigen. Ich nahm einen Schluck von Elfis selbstgepresstem trübem Apfelsaft und tat, als verschlucke ich mich daran. Petrus hat mir nie angeboten, mir Geld für warme Kleidung oder Schuhe zu geben. Ich hätte es auch nie angenommen.

Komm endlich, rufen Petrus, Marc und seine Lisa ausgehbereit im Chor. Und Elfi drückt mir, nachdem sie ihr Rätselheft aufs Schaffell gelegt hat, ein Paar Seehundstiefel in die Hände und sagt: Hier, die sind mollig warm. Seehundstiefel! Wie sie unsere Mütter angeblich in den siebziger Jahren trugen. Silbern schimmernde, echte Seehundstiefel!

Zu klein, sage ich.

38, sagt Elfi.

Ich trage 39.

Elfi: Die fallen groß aus.

Alle schauen gespannt zu, wie ich meinen rechten Fuß in den Seehundstiefel stecke, und bevor ich noch den Reißverschluss hochgezogen habe, sagen sie: Geht doch. Siehst du. Wunderbar. Der drückt, sage ich, aber sie sind schon draußen, Petrus, Marc und Lisa; sie bewerfen sich mit Schnee, und Elfi sagt zum Abschied: Du brauchst auch gar keine so dicken Socken, die Stiefel sind warm genug. Sie schließt die Tür. Jetzt trifft mich ein Schneeziegel am linken Auge, ich sehe Blitze, ich höre es donnern, dann ruft Petrus: Tschuldigung! und schleudert den nächsten in meine Richtung. Hopp, hopp, Marc klatscht in die Hände, Bewegung, Bewegung! Petrus ist mit ein paar großen Schritten bei mir, packt mich und wirft mich über seine Schulter. Was hast du denn gegessen, ächzt er, du wiegst ja mindestens eine Tonne. Marc nimmt seine Lisa Huckepack und wiehert, dann galoppiert er mit ihr davon. Petrus eilt keuchend mit seiner Tonne hinterher, den kleinen Weg zur Dorfstraße hinunter, wirft den Kopf in den Nacken und bricht nach knapp

200 Metern noch vor der Kreuzung ausdrucksstark zusammen, lässt mich dabei rücklings fallen und landet schwer auf mir. Wir stöhnen beide. Wo ist denn diese Kirche, frage ich, und Petrus lacht. Marc, rufen wir gemeinsam, ist es noch weit?

Nein, nein, sagt Marc, und es lohne sich, die paar Kilometer zu gehen, die Kirche sei einzigartig.

Paar Kilometer?

Als Fünfjähriger schon sei er den Weg gegangen, keine Sorge, ein gemütlicher Bergabspaziergang.

Meine Füße schmerzen. Die Seehundstiefel sind zu kurz und zu schmal. Obwohl die Reißverschlüsse offen stehen, fühlt es sich an, als steckten die Füße in Stahlzwingen. Am Spann spüre ich meinen Puls spitz gegen das unnachgiebige Leder hämmern. Wir haben uns auf der Lenzerheider Dorfstraße vorwärts geschoben, an den ganzen Hotels und Sportgeschäften vorbei, in einer Kolonne mit Hunderten von Wintersportlern mit Skischuhen und geschulterten Brettern. Drehte sich einer um, schlug er dem Hintermann oder der Vorderfrau seine Skier an den Kopf, es wurde geschimpft oder gelacht, manchmal auch, kurz hintereinander, beides. Wir blieben stumm. Ich hielt mich dicht hinter Petrus, den Blick auf seine Fersen geheftet, und zählte mit zusammengebissenen Zähnen die Schritte, als hoffte ich, dadurch den Druck von meinen Füßen zu nehmen. Am Dorfausgang führte Marc uns ein Stück auf einer kleineren Straße zu einem Milchbauernhof, der Hofhund bellte und wütete, zerrte an seiner metallenen Kette und überschlug sich vor Eifer. Hinter dem Hof erreichten wir den Wanderweg.

Pause, ich suche Halt an Petrus' Ärmel, aber er geht wortlos in die Knie und bietet mir seinen Rücken an, und nach einem entschlossenen Sprung umklammere ich ihn von hinten, bis er *nicht würgen, bitte* sagt. Und Lisa macht *br, br, he. Steh doch, Pferdchen, steh.* Marc gehorcht und lässt sie aufsteigen.

Die Männer wünschten, Spazierengehen wäre populärer und

die Wanderwege entsprechend ausgetreten. Mit uns auf ihren Rücken sanken sie, Seite an Seite gehend, bei jedem Schritt knietief im Schnee ein. Nach wenigen Metern schon gerieten sie vor Anstrengung ins Schwanken, schafften es aber doch, uns vorbei am Sägewerk und der Schreinerei, vorbei am Golfplatz und bis hinunter zum Maiensäß, wo der Weg plötzlich in den Wald führte, zu tragen. Ich kann nicht mehr, sagt Petrus. Na endlich, antwortet Marc. Sie setzen uns unter Ächzen am Waldrand ab und legen sich, alle Viere von sich gestreckt, in den Schnee. Ich will die Seehundstiefel loswerden, um nachzusehen, wie es meinen Füßen geht, die ich nicht mehr spüre. Tu das nicht, sagt Petrus, du kriegst die nicht wieder an. Dann blinzelt er und zeigt mit dem Arm in den Himmel. Es beginnt zu schneien.

Im Wald hinter dem Maiensäß war kein Weg mehr zu erkennen. Hoch lag der Schnee, hart und löchrig, durch Regenschauer bei Tag und nächtlichen Frost, und wir brachen krachend bis zu den Hüften ein, wobei der Schnee unter dem Gewicht unserer Schritte gefror. Ich hielt genau 123 Schritte durch, dann riss ich mir die Seehundstiefel von den Füßen, stülpte sie mir über die Hände und ging in klammen Socken auf tauben, aber befreiten Füßen weiter. Die ersten Schritte waren die angenehmsten, die ich je ging. Wieder zählte ich, aus Gewohnheit, mit, und wieder blieb ich bei 123 stehen. Die Kälte betäubte meine Füße stärker, als der Schmerz es vermocht hatte, ich versuchte die Zehen zu bewegen, spürte aber keine Regung, einzig ein schmerzhaftes Pochen, das mir zuckend durch die Beine fuhr und mich in die Knie zwingen wollte. Wir sind gleich da, rief Marc aus einiger Entfernung, und Petrus, der nur wenige Schritte vor mir stehengeblieben war, rief zurück: Marc, gib zu, dass du keine Ahnung mehr hast, wo wir sind!

Er kenne diesen Wald seit Kindertagen, antwortete Marc, der

Schnee könne ihn nicht täuschen, blind noch fände er den Weg.

Petrus drehte sich zu mir um. Schön hier! Komm, setzen wir uns. Er lächelte sanft. Ich sah ihn an, und wie so oft wusste ich nicht, ob er einen Scherz machte oder nicht. Wir bleiben einfach hier. Er sackte wie von einer Kugel getroffen in den Schnee. Leg dich zu mir! Gleich ist es gar nicht mehr so kalt, du wirst sehen. Marc und Lisa waren weitergegangen und schon außer Sichtweite. Nach einer Weile antwortete Petrus nicht mehr. Ich stemmte mich hoch und stürzte in meinen eisigen Socken auf ihn zu, griff nach seiner Hand, zerrte ihn hoch und mit mir fort, durch leichtes Schneetreiben, den tiefen, steilen Spurlöchern folgend, die Marc und Lisa hinterlassen hatten, nicht wirklich überzeugt, dass sie aus diesem Wald und irgendwann in die Wärme führten. Dabei muss mir der rechte Seehundstiefel von der Hand gerutscht sein. Erst als wir, es kam mir vor, als wären Stunden vergangen, vor St.Peter in Mistail standen, bemerkte ich, dass ich ihn verloren hatte.

Marc rüttelte an der Kirchentür. Er warf sich dagegen. Unter Drohungen und Flüchen, beides stand ihm in beeindruckender Menge zur Verfügung, drosch er auf die Tür ein, bis seine Arme so schmerzten, dass er abließ. Lisa blickte starr zu Boden. Ich suchte Petrus' Blick, er stand abseits und sah aufmerksam zu. Dann gab er Marc mit der Autorität des vier Jahre Älteren einen Klaps auf den Rücken. Mitkommen! Mal sehen, ob –

Ob? Marc rieb sich den Unterarm.

Ob irgendwo ein Fenster offen steht, sagte Petrus.

Unsinn, gab Marc maulend zurück, ein offenes Kirchenfenster, setzte sich dann aber doch in Bewegung. Wir folgten Petrus um die Kirche herum. Der Schnee fiel jetzt in dicken Flocken, legte sich schwer auf unsere Mützen und ließ uns innerhalb weniger Augenblicke wie eine Gruppe ergrauter

Senioren aussehen, wobei Petrus, wie passend, am ältesten und würdevollsten wirkte, weil er eine Mütze mit Ohrenklappen und einen Schal vor dem Gesicht trug, wodurch er wallendes weißes Haar und einen stattlichen Vollbart bekam. Apostel Petrus, sagte ich, dicke Omi, erwiderte er.

Wir stehen vor einem kleinen kapellenähnlichen Anbau und blicken durch eine Öffnung auf Hunderte, ich beginne zu zählen, Tausende sorgsam gestapelter Gebeine, Oberschenkelknochen und Schädel, blank, sauber und ordentlich, ähnlich den makellos aufgetürmten Brennholzvorräten, die hier vor jedem Haus zu finden sind.

Was wir sind, das werdet Ihr, was Ihr seid, das waren wir steht auf einer Holztafel inmitten der Knochen.

Ein Beinhaus, flüstert Petrus, schau dir das an.

Du brauchst nicht zu flüstern, die hören dich nicht mehr, sagt Marc absichtlich laut, und beide lachen.

Ich greife nach Petrus' Hand. Meine Füße! Können wir weitergehen?

Lisa starrt entsetzt auf meine Socken.

Alles in Ordnung, sage ich, ich spüre nur nichts mehr.

Elfi ließ mir durch Urs ausrichten, sie sei sehr betrübt über den Verlust des Stiefels. Sie hatte sich in der Küche eingeschlossen, um das Käsefondue zuzubereiten, und wünschte nicht gestört zu werden. Wir sollten inzwischen den Tisch decken, das Rechaud vorbereiten und das Brot klein schneiden. Zu fünft erledigten wir alles in kürzester Zeit und standen dann verlegen um den Tisch herum. Urs räusperte sich: Elfi ist sehr betrübt über den Verlust des Stiefels.

Es tut mir wirklich leid, sagte ich.

Was soll sie mit einem einzelnen Stiefel anfangen? Lächerlich, ein Schuh ohne Partner, unnütz, überflüssig, nichtig.

Marc hörte seinem Vater aufmerksam zu und nickte nach

lächerlich und *Partner*. Ich nickte auch und sah dabei Petrus an, der ein Gähnen zu unterdrücken versuchte. Vergeblich. Die Wärme, entschuldigte er sich, und der *Kaffee Luz*. Aber Urs hörte ihn nicht. Diese Schuhe haben damals ein kleines Vermögen gekostet. Ich habe sie ihr vor, warte mal, 23 Jahren geschenkt, ja, als wir zum ersten Mal gemeinsam hier herauf kamen. Urs strahlte und konnte plötzlich nicht weitersprechen. Petrus gähnte schon wieder. Vier Gläser siedend heiß servierten Kaffeeschnaps hatte er im Gasthof unweit der Kirche getrunken, in derselben Zeit, in der Lisa und ich abwechselnd in unser erstes Glas pusteten und an ihm nippten. Marc biss, ohne das Getränk zu beachten, in die Knöchel seiner geballten Faust und zischte vor sich hin. Er wandte sich dabei an einen unsichtbaren *gottverfluchten Idioten*, einen *seltendämlichen Höllentrampel*, eine *hirnlose Ausgeburt der Finsternis*. Schließlich richtete er sich auf, atmete geräuschvoll ein und aus, nahm sein Glas und schlürfte es leer. Dann lächelte er. Noch einen?

Petrus nickte, aber Lisa protestierte, es werde schon dunkel, höchste Zeit aufzubrechen. Allmählich spürte ich meine Füße wieder, erst kribbelten die Zehen, dann prasselten immer schneller und von allen Seiten kleine Stiche auf sie ein, bis schließlich ein schmerzhafter inwendiger Druck entstand und es sich anfühlte, als ob sie bersten wollten. Durch das Fenster blickte ich in die Dämmerung. Die Straßenlaternen wurden eingeschaltet. Dichtes Schneegestöber. Es sah aus, als wirbelten die Flocken von unten nach oben, vom Asphalt in den Himmel. Petrus war aufgestanden und verhandelte mit der Kellnerin am mächtigen hölzernen Schanktisch. Sie schüttelte mehrmals den Kopf und lachte, dann sagte sie: Ja sicher! Sicher!

Als er an den Tisch zurückkehrte, legte er die Ansichtskarte vor mich hin. Das Beinhaus gab es leider nicht, sagte er, aber hier, der Heilige Christophorus. Den hätten wir gesehen, wäre die Kirche nicht verschlossen gewesen. Er legte mir die Hand auf die Schulter. Unüblich, dass sein Bildnis im Innern einer Kirche angebracht ist, denn sein Anblick schützt vor dem Tod, daher wurde er oft an Außenwände gemalt. Er fuhr mit dem Zeigefinger über Christophorus' Gewand. Der hier ist gut sieben Meter hoch.

Ich drehte die Karte um. Woher weißt du das?

Ich weiß es eben.

Und er trägt –

Die Last der Welt.

Ist das nicht der kleine Jesus?

Ja.

Marc und Lisa waren aufgestanden und drängten zum Aufbruch. Petrus blieb sitzen. Er habe ein Taxi bestellt, sagte er, und eine weitere Runde Kaffeeschnaps.

Urs hatte sein Buch zu Ende gelesen. Elfi hatte alle Rätsel in ihrem Heft gelöst. Sie machten sich Sorgen. Elfi rief sogar die Polizei an, die sich aber unbeeindruckt zeigte und *Guten Rutsch* wünschte. Elfi und Urs setzten sich an den Kamin und horchten, ob wir kamen, über Stunden, bis Urs' unteres Augenlid zuckte und Elfis Hände flatterten. Als wir zur Tür hereinkamen, schrie Elfi auf, und wir fuhren vor Schreck zusammen. Er habe uns vergessen, sagte der Taxifahrer, als er endlich kam. Er habe schon Feierabend gemacht, da seien wir ihm wieder eingefallen und er habe sich noch einmal angezogen. Nun bin ich ja da. Es sei so viel Neuschnee gefallen, dass er eigentlich Schneeketten brauche, aber für diese letzte Fahrt im Jahr lohne sich das nicht mehr, einsteigen bitte. An die Fahrt erinnere ich mich nicht. Aber an Elfis Schrei. Und an ihr Gesicht. An den enttäuschten Blick, den sie Petrus zuwarf, als sie wortlos an uns vorbei in die Küche ging, um, wie ihr Bote Urs uns mitteilte, ungestört das Fondue zuzubereiten. Der Abend war schon fortgeschritten, als wir uns um den Tisch versammelten und Brotstücke in den Käse tunkten. Jeden Bissen spülten wir mit einem Gläschen Kirsch nach. Bis Mitternacht sagte Elfi kein Wort. Als die Kirchenglocken läuteten, sprang sie auf, rief Gutes Neues! und fiel nacheinander jedem um den Hals, sogar mir, trotz des verlorenen Seehundstiefels. Anschließend setzte sie sich einen gelben Seidenturban auf und ließ uns wissen, sie blicke nun in unsere Zukunft. Dort sah sie uns, paarweise, sah unsere fröhlichen Kinder, und etwas weiter entfernt, aber dennoch scharf, wie sie versicherte, sogar unsere Enkel. Petrus lächelte, und Elfi schickte ihm einen Luftkuss. So gingen dieser Abend und dieses Jahr zu Ende.

Marc hat seine Lisa später, da waren sie schon verheiratet, ausgesperrt. Aus Eifersucht, er unterstellte ihr eine Affäre mit ihrem Hautarzt, den sie wegen ihrer Neurodermitis zeitweise wöchentlich aufsuchte. Kurz darauf sagte Lisa, Marc habe sie vergewaltigt. Sie trennte sich von ihm, wobei sie, und das verstörte nicht nur mich, zunächst bei seinen Eltern Urs und Elfi unterkam. Kinder hatten sie keine. (Aber das alles erfuhr ich nur auf Umwegen.)

Ich verließ Petrus ein Jahr nach jenem Jahr, das in Lenzerheide begann, im Herbst, nachdem mir meine Freundin Katrin an einem kühlen Tag im Juli erzählt hatte, dass er mich mit ihr, über ein Jahr zuvor, betrogen hatte. Dabei hatte ich ihn auch betrogen. Aber die Sache mit Katrin war Verrat, entschied ich. Danach hörten wir noch voneinander, aber immer seltener. Er brauche Abstand, sagte er, und das kam mir gelegen.

Eines der Kinder weint. Mal sehen, ob ich es aushalte, nicht hinzugehen, bis mein Mann aus seinem Zimmer kommt, die Taschenlampe anknipst und nachschauen geht. Der Hund kommt unter dem Tisch hervor und sieht mich vorwurfsvoll an. Ich bin ja nicht taub, sage ich. Ich versuche beides zu ignorieren, den Hund und das Weinen. Im Flur stoße ich mit meinem Mann zusammen. Ich mach schon, sagt er. Gut, sage ich. Er geht links ins Kinderzimmer, ich rechts in mein Arbeitszimmer zurück. Ich lese, was ich geschrieben habe. Ich schaue hinaus. Es schneit. Ich stelle mir Petrus vor, im offenen Fenster im achten Stock.

In der ersten Nacht, am Küchentisch der gemeinsamen Freundin, die uns miteinander bekannt gemacht hatte, mit Hintergedanken, wie sie später sagte, hatte er es bereits angekündigt: Sobald ich kann, gehe ich.

Wohin?

Weg.

Wohin?

Und da hatte er die Arme ausgebreitet und gelächelt.

2. Nein, so nicht. Schon eher so

Mein erster Gedanke ist, Andreas zu schreiben. Ich nenne ihn so, weil er Petrus' Bruder ist, und *Andreas* passt.

~~Ich habe es gerade erst erfahren, mein herzliches Beileid.~~ Nein. ~~Mein allerherzlichstes Bei~~ Nein.

~~Ich habe versucht, mit Petrus Kontakt aufzunehmen und dabei erfahren, dass~~

Nein, so nicht. Schon eher so:

Ich habe plötzlich Sehnsucht bekommen nach früher. Als ich Petrus' Namen bei Google eingab, stieß ich auf den Eintrag: *Person des öffentlichen Lebens. War ein deutscher Historiker, Herausgeber und Professor.* War.

Starb am 17. November 2008. Vor über vier Jahren! Damals war ich schwanger. Seit kurzem endlich schwanger, und mein bisheriges Leben ohne ausreichend Schlaf, Essen, Erholung und Pflege, dafür mit reichlich Alkohol, Kaffee und Tabak, war vorüber. Es fiel mir schwer, damit abzuschließen, der Rauchentzug war höllisch, ich befand mich im permanenten, aufreibenden Dialog mit der Zigarette und dem Kind, dem Kind und der Zigarette. Ich freute mich auf niemanden, außer auf das Kind. Ich vermisste niemanden, außer der Zigarette. Ich konnte keinen klaren Gedanken fassen. Ich konnte nicht mehr schreiben. Es schien kein geistiges Leben jenseits der Zigarette zu geben. Wollte ich ein solches Leben?

Zur selben Zeit entschied sich Petrus zum Sprung aus dem Fenster im achten Stock. Er ist gegangen, ohne dass ich es bemerkte. Wie kann einen die Nachricht vom Tod eines Menschen so treffen, den man jahrelang nicht vermisst hat?

Es ist lächerlich, Andreas mit vierjähriger Verspätung zum Tod seines Bruders zu kondolieren, aber nach einer zähen Nacht mit diffusen Heimwehattacken suche ich nach seiner Adresse.

Ich gebe Andreas' Namen bei einigen Suchmaschinen und sozialen Netzwerken ein. Er scheint am Leben, dem Vorstand einer, was ist das denn, schottischen Großbank anzugehören. Chief Risk Officer. Ich stelle ihn mir vor, von unten nach oben, in handgenähten Semibrogues, im schmal geschnittenen, taillierten Kaschmirmaßanzug, mit seidener Krawatte und passendem Einstecktuch, glattrasiert, und kahl, natürlich, wie damals schon. Augenblick. Einmal blinzeln: Er trägt kniehohe, tiefschwarze Gummistiefel mit mächtiger Sohle und weitem Schaft, eine alte, fleckige braune Hose, ein großkariertes Flanellhemd, ein Gewehr. Ein Gewehr? Ja, er richtet den Lauf reihum auf seine Brüder und auf mich, dazu hagelt es aus seinem Mund Salven von zischenden, knallenden und krachenden Lauten, bis er, ganz alleine, so wahnsinnig lachen muss, dass sein Mund keine Mündung mehr ist und er von uns ablässt. Und seine Lippe? Wie die wohl aussieht, nach all den Jahren? Ich suche unter *Bilder*, finde aber nichts. Dabei wird sie immer größer. Aber was sich da vor mir ausbreitet, ist längst keine Oberlippe mehr, auch keine grob zusammengeflickte, hastig vernähte, dickvernarbte. Was da wuchert, ist etwas anderes, eine ungeliebte, eigentlich längst vernichtete, geschredderte Geschichte, deren Fetzen und Schnipsel sich zusammenrotten, überlagern, aufbäumen – und sich erneut zu hässlichen Fratzen und Erscheinungen fügen.

Plötzlich war Sommer. Wir erwachten benommen und konnten uns nicht erklären, woher die morgendliche Schwüle kam.

Das Frühjahr hatte viel Regen gebracht, Büsche und Bäume hatten spät, aber so kräftig ausgeschlagen, als ob es kein nächstes Mal gäbe; es war kein zartes, es war ein tiefes, wildes Grün, das dichte Schatten warf. Petrus strich mir mit der Entenfeder, die er als Lesezeichen benutzte, über den Rücken. Mit der Hand würde ich kleben bleiben, sagte er, lass uns schwimmen gehen. Wir fuhren freihändig unter den Bäumen am Flussufer, im schnellen, harten Wechsel von Licht und Schatten, so dicht nebeneinander, dass unsere Lenker sich verhaken wollten, und Petrus sagte: In zwei Wochen muss ich los, worauf ich stürzte und mir das Knie aufschlug. Schafe hüten in Frankreich, ergänzte er, als er mir mit der Hand kleine Steinchen aus der Wunde fegte, und ich sah ihn finster an, weil ich ihm nicht glaubte. Der Pächter mache mit seiner Familie Jahresurlaub am Atlantik, und er habe zugesagt, ihn zu vertreten und auf die Farm aufzupassen, wie schon im Jahr zuvor.

Davon hast du mir nie erzählt.

Nein? Ich dachte.

Ich sprang auf, riss mein Fahrrad hoch, stieg auf und fuhr, so schnell ich konnte, davon. Petrus verfolgte mich. Als er dicht hinter mir war, rief er: Keine Chance. Ich sah aus dem Augenwinkel, dass er im Begriff war, an mir vorbeizuziehen, und ließ den Lenker los, richtete mich auf, holte aus und hieb meinen rechten Arm wie eine Schranke zur Seite. Petrus schrie auf und stürzte, und dann musste ich sein Knie säubern. Und nicht nur das: ein Ellbogen war geschürft, das Handgelenk geprellt, der Knöchel verstaucht. Du bist nicht ganz dicht, sagte er und blickte noch finsterer als ich zuvor.

Es tut mir leid.

Er sagte nichts.

Nach dem Schwimmen, er war – trotz der Sturzverletzungen – seine drei Kilometer gekrault, ich meine paar Bahnen Brust geschwommen, er hatte die Dusche neben dem Becken benutzt, ich die bei den Garderoben, beendete er das Schweigen am Drehkreuz beim Ausgang und fragte: Kommst du mit?

Klar, antwortete ich.

Vier Wochen dauerte der Urlaub des Pächters. Die Schaffarm lag in der Mitte der Mitte Frankreichs, in jenem Landstrich, aus dem die Bourbonen stammen und deren Wappen das Département bis heute trägt, direkt am Rand eines Waldgebietes von der Größe der Stadt Paris, das fast ausschließlich aus Eichen, zwanzig bis dreißig Meter hohen Traubeneichen, besteht.

Petrus' Mutter hatte die Farm von ihrem Großvater zur Hochzeit geschenkt bekommen, eines Tages würden Petrus und seine Brüder sie erben, ebenso wie zahlreiche weitere Ländereien, land- und forstwirtschaftliche Betriebe, Wiesen, Wälder und Weinberge in Europa, Kanada und Südafrika.

In der ersten Woche, es waren heiße Tage Anfang Juli, sah ich mir in geliehenen schwarzen Gummistiefeln Größe 45 den Stall und die Schafe an, bis ich das Gefühl hatte, sie glotzten zurück; tat, als interessierte ich mich für Landwirtschaftsmaschinen und all die Gerätschaften, die auf einer derartigen Geburts- und Aufzuchtstation herumstehen und -liegen, bis Petrus mir zu verstehen gab, mein inneres Gähnen sei deutlich zu hören; erkundete in meinen Pumps die umliegenden Weiden und Wege bis zum nahegelegenen Dorf mit seiner originalen, mir jedoch uninspiriert und plump erscheinenden romanischen Kirche, sowie, barfuß, in einer langen Tageswanderung den Eichenwald. Wobei ich mich so gründlich verirrte, dass ich bereits mit dem Gedanken Freundschaft zu schließen versuchte, die Nacht in unkontrollierbarer Nähe zu Hirschen, Wildschweinen und Waldkäuzen zu verbringen, als mir ein Wanderer durch sein unvermitteltes und gänzlich lautloses Erscheinen einen kräftigen Schrecken einjagte, bevor er mir, mit sanften Worten und einem erstaunlichen Repertoire an Gesten und Handzeichen, den Weg ins Dorf erklärte. Beißender Schweißgeruch strömte mir entgegen, wieder und wieder hob er die Arme, um in alle möglichen Richtungen zu zeigen. Jedesmal, wenn ich nickte und *entendu, merci beaucoup, Monsieur* sagte, fügte er seiner Wegbeschreibung eine weitere, komplizierte, fuchtelnde Erläuterung hinzu, bis ich mich abwandte und das Weite suchte. Und genau darauf schien er auch zu warten.

Soviel zur Umgebung. In Wahrheit hatte ich sowieso keine Zeit, mich mit Wald und Weiden, Eingeborenen und Schafen zu beschäftigen, hatte ich mir doch vorgenommen, meine Seminararbeit über Becketts Kurzstück *Kommen und Gehen*, das gerade einmal 120 Worte auf zwei Buchseiten enthält, während dieser vier Wochen zu schreiben, ein überschaubares Projekt, würde man meinen, obwohl die Arbeit trotz der Kürze des Werkes selbstverständlich die üblichen 30 Seiten umfassen sollte. Und da wurde es schwierig. Ich hatte nichts Geringeres vor, als der Beckettforschung durch ein verblüffendes, aber zwingendes neues Interpretationsangebot einen wesentlichen Impuls zu geben. Auch wenn ich gerade erst mein zweites Studiensemester hinter mich gebracht hatte. Die Lösung des Rätsels, das Beckett sich und uns mit diesem Stück aufgab, wollte ich durch anhaltendes Meditieren aufspüren. Ganze Vormittage, ganze Nachmittage ging ich auf der Suche nach dem Schlüssel zum Werk auf meinen hohen Absätzen im Haus umher, von der Küche ins Bad zum Bett, oder barfuß über den heißen Kies vor dem Haus bis zur steinernen Sitzbank in der Auffahrt, auf der es nach kurzer Zeit unbequem wurde. Oder ich stieg in ein Paar dieser riesigen schwarzen Gummistiefel in 45, von denen ein Dutzend herumstand und die allesamt William, dem Pächter, zu gehören schienen, und ging mit großen, schlurfenden Schritten auf dem schmalen Grasstreifen zwischen Mauer und Misthaufen auf und ab. Dabei versenkte ich mich in die wenigen Sätze und Anweisungen des Meisters wie in einen Orakelspruch. Ich komme schon dahinter, sagte ich mir und nickte bei jedem Schritt, Becketts Text murmelnd, beschwörend, mit Händen greifend, bis Petrus aus dem Schafstall kam, oder von der Weide, und mich aufhielt. Wie immer in Begleitung dieser drei zerzausten Hunde, Bordercollies, die angeblich hervorragend ausgebildete Experten auf ihrem Gebiet, dem Schaftreiben, waren, aus der ältesten und angesehensten Zucht und Ausbildungsstätte Großbritanniens stammten und daher nur Englisch verstanden. *Lie down* war alles, was ich konnte, *lie down* war alles, was ich brauchte, um mit diesen Hunden, die mir herzlich suspekt waren, zu verkehren. Sobald einer auftauchte, rief ich *lie down*, und er ließ sich prompt fallen, selbst wenn er auf dem Weg zum vollen Napf war, legte sich hin und blickte mich erwartungsvoll, aber, das muss ich sagen, recht freundlich an. Da ich keine Ahnung hatte, was *steh auf und geh*, oder *mach, was du willst*, oder *friss, von mir aus* hieß, war es stets Petrus, der die Hunde erlöste, mit komplizierten Anweisungen, die mir völlig unverständlich blieben, obwohl er beteuerte, er spreche englisch. Die Hunde erhoben sich, gingen ein paar Schritte, setzten sich auf ihr Hinterteil, hoben abwechselnd die Pfoten und bellten dreimal kurz, trotteten zum Futternapf, setzten sich artig hin und warteten. Petrus lobte sie, sprach eine Weile mit ihnen und gab dann die Erlaubnis, zu fressen. Wenn ich ihn fragte, was er zu ihnen gesagt habe, antwortete er: Ich gebe ihnen Rückmeldung, sage, was gut war, was besser werden muss. Apropos, und mit diesem schönen französischen Wort wandte er sich an mich und sah mir intensiv zwischen die Augenbrauen, nie suchte er meinen Blick, aber stets meine Brauen: Du schlurfst hier im Schatten herum und versuchst, wie eine Kartoffel aus dir selbst heraus zu keimen. Das ist in hohem Maße unwissenschaftlich. Woher nimmst du deine Interpretation? Das ist doch die erste und entscheidende Frage. Worauf beziehst du dich? Ein Künstler mag den schöpferischen Funken in sich selbst finden und daraus etwas erschaffen, möglich, aber ein Wissenschaftler? Niemals. Nein, so kommt er auf keinen grünen Zweig.

Und wie ist das mit Newton, wandte ich ein, hat der nicht auch durch das Betrachten eines Apfelbaumes die Schwerkraft entdeckt? (Sonst war ich selten schlagfertig, der grüne Zweig musste mich so schnell zum Apfelbaum geführt haben.)

Oh, entgegnete Petrus, ich sehe schon, hier wird mit der ganz großen Kelle angerichtet, Newton, oha, dann will ich mal nicht gestört haben. Ich warte begierig auf Ihre nächste Welterklärung, verehrter Isaac. Dann sagte er etwas zu den Hunden, das ich nicht verstand, und entfernte sich mit ihnen knirschend Richtung steinerne Bank. Ich sah ihm nach, ihm und diesen ungebürsteten, hechelnden Hunden, die ihn unermüdlich umrundeten, sah, wie er den blau lackierten Briefkasten öffnete und die Zeitung sowie einen Umschlag herausholte, sah, wie er den Umschlag in seiner Hosentasche verschwinden ließ, sich auf die Bank setzte und die Zeitung aufschlug.

Es dämmerte, die Hitze ließ allmählich nach. Zieh dir die Gummitreter über und komm mit in den Stall, sagte Petrus, ich will dir was zeigen. Er sperrte die Hunde ins Haus und nahm die Stabtaschenlampe vom Haken neben dem Schlüsselbrett an der Tür. Komm. Wir gingen schweigend hintereinander her zum Stall, bei jedem Schritt rutschten meine nackten Füße in den Riesenstiefeln umher und scheuerten abwechselnd gegen die harte Kuppe und das zerschlissene Fersenstück. Bevor Petrus die Stalltür öffnete, legte er den Finger auf die Lippen. Er wiederholte die Geste mit Nachdruck und schob den hölzernen Riegel zurück. Im Stall war es bereits dunkel, als Antwort auf unser Eindringen blökten ein paar Lämmer, wir hörten Rascheln, Schaben und Schnauben, dann kehrte allmählich wieder Ruhe ein. Es ging gegen zehn. Petrus und ich hockten

neben der Tür und sahen uns an, soweit das in der Dunkelheit möglich war. Ich hatte meinen Blick dorthin gerichtet, wo ich seine Augen vermutete, und er sah zwischen meine Augenbrauen, falls er sie orten konnte. Abendstille. Und dann, aus dem Nichts, brandete ein heftiges Tosen auf, wie eine Kieslawine, die direkt über uns gewaltig auf das Stalldach niederging. Über uns? Nein, der Hagel schien doch eher neben uns auf die Wand nieder-, nein – war das möglich? – die Wand hinaufzuprasseln! Was ist das?, fragte ich, sobald ich genug Atem hatte. Petrus knipste seine Taschenlampe an und leuchtete auf die Wand gegenüber. Ratten! Sie huschten in unübersichtlichen Verbänden über das unbehandelte Holz, keiner erkennbaren Logik folgend, ohne klares Ziel, ohne eindeutige Richtung. Jetzt schienen sie sich oben in den Giebeln zusammenzurotten, was machten sie da, besprachen sie sich? Es war ruhig geworden. Hatten sie einen Plan? Erneute Entladung: In irrwitziger Geschwindigkeit stoben sie über die Wände, Tendenz abwärts diesmal, unzählbare Pfoten und Krallen trommelten, schlugen auf das Holz ein, Dutzende hatten den Stallboden erreicht: rannten, wirbelten herum, prallten zusammen, überschlugen sich. Einige steuerten auf uns zu, ich sprang auf, riss die Stalltür auf und flüchtete mich ins Freie. Petrus kam gemächlich hinterher. Seit Beginn der warmen Jahreszeit, sagte er gefasst, haben sie sich explosionsartig vermehrt, nun scheint der Höhepunkt ihrer Population erreicht. Ich denke, wir müssen handeln.
Wir? Ich verstehe nichts von Ratten.
Petrus kam auf mich zu, umarmte mich und sagte: Nein? Wir küssten uns, wobei mir, sobald ich die Augen schloss, Ratten über die Netzhaut tanzten und sie zum Flimmern brachten. Meine Brüder kommen morgen, flüsterte Petrus, ganz nah an meinem Ohr, und es kitzelte angenehm, sie sind auf der Rückreise von Lacanau und machen einen kurzen Halt.
Ich öffnete die Augen. Stand das in dem Brief?, fragte ich ihn.

Er löste sich aus der Umarmung. In welchem Brief?

Petrus hatte drei Brüder. Von hinten sahen alle vier gleich aus, wenn auch Petrus der längste von ihnen war, sie hatten alle die gleiche Statur: den langen Rumpf mit dem steifen Rücken und den abfallenden Schultern, die kurzen, kräftigen Beine. Von vorne hingegen waren sie unverwechselbar. Der eine kahl, der andere bärtig, der Dritte, nun ja, rosig. Andreas war siebenundzwanzig, nur zwei Jahre älter als Petrus, aber bereits so gut wie glatzköpfig. Er hatte ein schmales Gesicht mit tiefliegenden Augen, die dauernd ihre Farbe zu wechseln schienen. Blau. Grau. Grün. Sein Mund wirkte fehl am Platz, wie aus einem fremden Gesicht geklaut: viel zu geschwungen, zu weich, zu schön. Er studierte Betriebswirtschaft an der Hochschule in St. Gallen, die im Ruf stand, durchsetzungsstarke Führungskräfte hervorzubringen.

Der Älteste, Josef, lebte in Kanada, wo er einige Förstereien beaufsichtigte, die sich im Familienbesitz befanden. Josef sprach selten. Er suche verzweifelt nach einer Frau, die sich zum Heiraten eigne, hatte Petrus mir erzählt. Aber in den kanadischen Wäldern gebe es kaum Frauen, und die, die es gebe, kämen nicht in Frage.

Wieso nicht?, wollte ich wissen.

Wieso nicht? Keine Ahnung, antwortete Petrus.

Josef rasierte sich jedenfalls nicht, er trug einen unansehnlichen, zerrupften Bart im Gesicht.

Martin, der Jüngste, legte offensichtlich am meisten Wert auf sein Äußeres, trug gebügelte Hemden, benutzte After Shave und modellierte seine Frisur mit einem Gel, das, vielleicht lag es an der Hitze, penetrant nach künstlichem Pfirsich roch. Trotz seiner dreiundzwanzig Jahre wirkte er wie sechzehn, errötete dauernd, hielt keinem Blick stand und neigte zu Lachanfällen, in denen er wie ein junges Mädchen klang.

Als das Auto, ein Kombi, aus dem elektronische Musik dröhnte, vor dem Haus vorfuhr, sprangen die Hunde bellend darauf zu und kesselten es ein. Endlich wurde die Musik ausgeschaltet, die Hunde aber beruhigte das nicht. Ich beobachtete die Szene durchs Küchenfenster. Einer der Brüder, aufgrund der Beschreibung erkannte ich Andreas sofort, drehte die Scheibe des Fahrersitzes herunter und sagte etwas zu den Hunden, die ihm daraufhin fast ins Gesicht sprangen. Ich verließ die Küche, öffnete die Haustür und rief: Lie down! Und sofort verstummten die Hunde, warfen sich zu Boden und machten Platz. Wow, sagte Andreas, was hast du gesagt?

Lie down – die sprechen nur englisch.

Lie down, wiederholte er. Wo ist Petrus, fragte er dann.

Wo sind Josef und Martin, fragte ich zurück und blickte ins Innere des Wagens. Josef saß auf dem Beifahrersitz und sah mich grußlos und misstrauisch an, Martin lag gekrümmt auf der Rückbank und lachte. Hast du deine Freundin mitgebracht, fragte ich, da verstummte er und schüttelte verständnislos den Kopf. Wollt ihr nicht aussteigen? Martin begann schon wieder zu lachen, Josef sah mich unverwandt an, und Andreas fragte leise, als wolle er sie bloß nicht reizen: Und die Hunde?

Nachdem Petrus mit seinen Brüdern ins Dorf gefahren war und Grillfleisch und Bier besorgt hatte, reichte er ihnen aus dem Kleiderschrank des Pächters Hosen und Hemden, forderte sie auf, sich ein paar Gummistiefel auszusuchen und ging mit ihnen Richtung Stall. Als ich nach über einer Stunde hinterherging, fand ich sie vor der Scheune im Gras sitzend, bester Laune und angeregt sich unterhaltend. Lie down, rief Andreas, als er mich sah, und Martin schrie vor Freude auf und bekam einen Lachanfall. Auch die anderen waren darüber tief erheitert. Sogar Petrus, er bemühte sich zwar, seinen Lachreiz zu unterdrücken, aber er entging mir nicht. Ich verstand den Witz erst nach einigem Nachdenken. Petrus legte den Arm um mich. Er sagte: Das ist schwer zu verstehen, aber Andreas meint das nicht so. Plötzlich seufzte er. Es ist eigentlich nett gemeint. Ich sah zu Andreas hinüber. Lie down, rief er wieder und lachte, bis es ihn schüttelte, und seine Brüder mit ihm.

Bleiben die über Nacht, fragte ich Petrus, als er Feuer machte. Er sah mich fragend an.
Du sagtest gestern, sie würden nur kurz Halt machen.
Ja, antwortete er, aber jetzt wird erst einmal gegessen. Andreas sah sich die Scheune an, Martin verbrachte eine Stunde im Bad, Josef stand stumm am Grill, blickte finster in die Glut und vergaß, die Steaks zu wenden. Was habt ihr in Lacanau gemacht, fragte ich Josef. Sie waren surfen, antwortete Petrus für ihn. Ihr seht nicht aus, als ob ihr schönes Wetter gehabt hättet, wandte ich mich erneut an Josef. Wir werden nicht braun, das liegt in der Familie, antwortete Petrus. Und, wie ist das Leben in Kanada, versuchte ich es ein drittes Mal in Josefs Richtung. Einsam, antwortete Petrus, sah mich an und sagte: Lass ihn. Dabei war nicht meine Frage, sondern seine Antwort indiskret gewesen. Ich stellte mir vor, wohin die Welt sich wohl drehte, wenn alle jüngeren Brüder anfingen, ihre älteren beschützen zu wollen.
Andreas näherte sich von der Scheune her. Er grinste. Eine Mistgabel habe ich gefunden, sagte er, aber die dürfte wohl kaum das geeignete Werkzeug sein. Josef schüttelte den Kopf, Petrus sagte: Wir können gleich essen.
Eine gewaltige Duftwolke verriet Martins Rückkehr aus dem Badezimmer. Gift, fragte er, habt ihr an Gift gedacht?
Gift haben wir keines, sagte Petrus. Und Gift macht keinen Spaß, ergänzte Andreas, abknallen!
Ja, aber womit?
Es wird hier auf dem Hof doch wohl irgendwo eine Schrotflinte geben?
Ich habe den ganzen Schuppen abgesucht, nichts.

Kleinkaliber wäre das Richtige!

Erinnert ihr euch, Onkel Walter? Der hatte einen echten Rattentöter im Schrank, eine Doppelbüchse mit neun Millimeter Schrot und Punkt 22er Zimmerpatronen, bewährte Sache.

Mit dem Kleinkaliber wäre ich vorsichtig, wegen der Abpraller, viel zu gefährlich.

Ein Kleinkalibergewehr mit Schrot ginge, damit haben wir früher aus zwei bis sechs Metern Hunderte Tauben geschossen.

Quatsch, das war kein KK, das war eine Luftbüchse, Mann, diese widerlichen Tauben, wisst ihr noch?

Luftbüchse gibt es hier. Daraufhin war es einen Moment lang still.

Dein Ernst? Luftgewehr? Nein, mal ehrlich, das ist asozial.

Wieso?

Damit verletzt du bestenfalls, aber töten, das kannst du vergessen, die kriechen dann blutend und angeschossen da rum, das ist Tierquälerei.

Hallo, es sind Ratten!

Längst war nicht mehr klar, wer welchen Beitrag zum Gespräch leistete. Sie standen eng im Kreis, ich dahinter, und von hinten sahen sie, es fiel mir wieder auf, alle gleich aus.

Schließlich einigten sie sich darauf, das Luftgewehr auszuprobieren. Petrus ging und holte es, während Andreas von seiner Bekannten erzählte, einer Annie, die auf ihrem Grundstück, Schuld daran seien die Nachbarn gewesen, ekelhafte Bios mit ihrem widerlichen Komposthaufen, plötzlich eine ganze Kolonie Ratten hatte. Annie habe ihren Jagdterrier losgeschickt, siebenundzwanzig Stück habe der an einem einzigen Tag erledigt, am nächsten noch mal sieben, dann sei Schluss gewesen, nie wieder sei eine Ratte gesichtet worden. Andreas bellte kurz und spitz wie ein kleiner Terrier, dann sah er mich an und rief: Lie down!

Petrus reichte Andreas seine Stabtaschenlampe. Der befestigte sie mit einem Kabelbinder am Gewehrlauf. Er schulterte das Luftgewehr und sah seine Brüder an. Josef nickte und übernahm die Führung. In einer Reihe marschierten sie, alle in den gleichen geliehenen, scheußlichen schwarzen Gummistiefeln, auf den Stall zu. Als Josef den Türriegel aufschob, konnte Martin nicht mehr und giggelte los. Seine Brüder packten ihn, drückten seinen Kopf nach hinten, hielten ihm den Mund zu und schleiften ihn in die Scheune, wo sie ihn neben den Traktor ins Heu warfen. Wortlos gingen sie, nun zu dritt, zurück, schlüpften aus den Gummistiefeln und schlichen in Strümpfen auf Zehenspitzen in den Stall. Ich blieb, ein Bein draußen, eins drinnen, stehen. Tür zu, rief einer, die Stimme kam mir unbekannt vor, wahrscheinlich Josefs. Wir warteten. Als der Sturm losbrach, das tausendfache Trappeln der Rattenpfoten auf Holz, knipste Andreas die Lampe an und schoss. Der Sturm brandete gewaltig auf und war gleich darauf vorbei. Stille. Sie waren weg. Andreas richtete den Lauf, richtete das Licht auf den Boden, eine einzige Ratte lag da. Er ging auf sie zu, das Gewehr im Anschlag. Hat es dich erwischt, fragte er, und es klang zärtlich, er ging in die Knie, um sie anzustupsen, nichts. Die hat's erwischt, sagte er und beugte sich tiefer, um sie aufzuheben und uns zu präsentieren. Mit der freien Linken griff er nach ihr, mehr war nicht zu erkennen, und im nächsten Augenblick, Andreas schrie auf, hing sie zappelnd an seiner Oberlippe fest. Ich machte das Stalllicht an. Andreas brüllte. Er drehte sich im Kreis und versuchte, die Ratte abzuschütteln, er wirbelte herum, er griff mit beiden Händen nach ihr und zog, er schrie vor Schmerzen auf, ließ sie los, brüllte uns an, Hilfe, ihr Idioten, macht was; zuckte und hüpfte und tanzte herum, schien überzuschnappen. Petrus entriss ihm das Gewehr und zielte auf ihn, bist du verrückt, schrie Andreas, halt still, ich töte sie, antwortete Petrus. Martin stand plötzlich da, nicht schießen, nicht,

nicht schießen, sagte er. Der kleine Giggler Martin, wo kam der denn her, ausgerechnet er sprach ruhig und fest: Leg dich hin, Andreas, leg dich auf die Seite, gut, so ist gut. Andreas lag reglos, Martin hielt die Ratte fest und drückte sie gegen den Boden, Josef nahm Petrus das Gewehr ab und schlug die Ratte mit dem Kolben tot. Eins, zwei, drei, vier, fünf Hiebe benötigte er dazu. Andreas ächzte bei jedem einzelnen auf, als sei er der Getroffene. Die tote Ratte hing noch immer an der Lippe fest. Ich breche ihr den Kiefer, warte, sagte Martin, aber Andreas stieß ihn weg und riss sich die Ratte, unter Gebrüll, eigenhändig von der Lippe.

Petrus reichte mir einen kleinen, aus einem Notizbuch herausgerissenen Zettel, den der Pächter mit einem Reißnagel ans Küchenbüffet gesteckt hatte. Hier, sagte er, William meinte, wenn wir einen Arzt brauchen, sollen wir da anrufen. *Didier 67587*. Didier war wenig erfreut über den späten Anruf. Erst redete ich auf ihn ein, um den Sachverhalt zu schildern, dann er auf mich: Er sei Tierarzt, vétérinaire, pas un médecin. Er gab mir die Nummer von einem Joujou oder Chouchou. Ich nehme einen Mittelwert und schreibe Schuschu.

Der konnte es nicht glauben. Un rat? wiederholte er zigmal und versuchte es sogar auf Englisch: A rat? Oui, sagte ich, yes.

Er kam erst nach über einer Stunde, in der sich die Brüder intensiv um Andreas gekümmert hatten. Einer tupfte ihm dauernd das Blut ab, einer flößte ihm Schnaps ein, einer legte ihm eiskalte Umschläge auf Stirn und Nacken. Nur ich saß da und trank, entgegen meiner Gewohnheit, das Bier, das sie nachmittags im Dorf geholt hatten.

Schuschu zeigte sich begeistert von der Wunde. Er sprach leise und sehr schnell vor sich hin: Das ist wirklich wüst, mein Gott, schwerwiegend! Rattenbisse sind immer relativ gefährlich, da sie beim Beißen ihren Kiefer auch seitlich bewegen, sie schieben die Zähne richtig durch die Wunde, selbst wenn man von außen nichts sieht, was hier natürlich nicht der Fall ist, bildet sich im Inneren die Zerstörung, bittesehr, hier kann man das ja sehr schön sehen, völlig zerfetzt! Seien Sie froh, dass es kein Menschenbiss ist, was Infektionen betrifft, sind menschliche Bisse die Hölle, aber auch hier haben wir womöglich Bakterien, die uns nicht gefallen, nicht wahr, Vorsicht. Er gab Andreas eine Schmerzspritze und ein Antibiotikum, reinigte die Wunde und sagte: Ich muss Sie mitnehmen, wir werden im Krankenhaus entscheiden, ob genäht werden muss.

Martin war auf dem Sofa eingeschlafen, Josef starrte vor sich hin und trank die letzte Flasche Bier, Petrus hatte sich einen Kaffee gemacht und nagte auf seiner Unterlippe herum, ich war auf Schnaps umgestiegen und dachte an Beckett. *Nur zusammensitzen, wie früher ... Man sieht so wenig in diesem Licht ... Sollen wir nicht von den alten Zeiten sprechen?* Der Brief fiel mir ein, ich ging in Petrus' Schlafzimmer und suchte ihn. Wie spät?, fragte Petrus, als ich zurückkam, und beantwortete die Frage selbst, nach einem Blick auf die Pendeluhr im Flur: halb vier. Der Brief, den du gestern bekommen hast, fragte ich, wo ist der? Der Brief, wiederholte Petrus und hielt einen Moment inne, der war nicht für mich, den habe ich William auf den Tisch gelegt. Kann ich ihn sehen? Petrus sah mir besorgt zwischen die Augenbrauen: Sehen? Ich glaube, du solltest schlafen gehen, es dämmert gleich.

Es ist finstere Nacht, widersprach eine Stimme. Keine Bewegung! Andreas erschien in der Tür, den ausgestreckten Arm wie ein Gewehr gezückt, hinter dem der Wundverband, den sie ihm um den halben Kopf gewickelt hatten, fast verschwand. Er war betrunken, sein Arm zitterte, er ließ ihn sinken. Schuschu ist ein guter Mann, sagte er. Ist noch was zu trinken da? Er wirkte alt, und das lag nicht an seiner Glatze, wie er da in den Kleidern des Pächters, diesem Hemd mit den erdfarbenen Riesenkaros, dieser mistbraunen Hose, stand, sah er müde aus, erschöpft.

Wo ist die Ratte?, fragte er. Auf dem Misthaufen, antwortete ich. Seid ihr verrückt geworden? Er ging zur Tür. Wandte sich um. Und die Büchse? Hier, sagte Josef (Josef sagte etwas!) und zog das Luftgewehr unter dem Sofa hervor. Er reichte es Andreas, der sich in einen Sessel fallen ließ und es sich auf die Knie legte. Hast du Schmerzen, fragte ich. Er sah mich spöttisch an, viel zu lange, er wandte seinen Blick einfach nicht mehr von mir ab. Gib mir einen Kuss, sagte er. Hey, protestierte Petrus und lachte. Gib mir einen Kuss, wiederholte Andreas, einen Kuss, sagte er zu Petrus, kann sie mir wohl geben? Nein, nein, Petrus lachte immer noch. Andreas zückte das Gewehr und richtete es auf ihn. Aus seinem Mund löste sich ein Schuss. Nacheinander richtete er das Gewehr auf seine Brüder und mich und feuerte eine riesige Menge Schussgeräusche ab, sein Mund brachte einen wahren Geräuschekugelhagel hervor. Josef verzog keine Miene. Martin schlief weiter. Petrus rief: Schluss jetzt! Das war der Moment, in dem ich Angst bekam.

♦

Als es wieder Sommer wurde, die Semesterferien hatten gerade begonnen, klopfte ich nach einem nicht enden wollenden Arbeitstag in der Kantine des Straßenverkehrsamtes an Petrus' Tür und fragte, ob er wisse, wo der Ausstellungskatalog von Giacometti, den ich tags zuvor gekauft hatte, hingekommen sei. Er schüttelte den Kopf, sah kurz vom Schreibtisch auf und sagte: Ich besuche Josef in Kanada.
Fällt dir das jetzt gerade ein?
Jetzt gerade?
Petrus wiederholte immer einen Teil der Frage, wenn er unwillig war, zu antworten, und wie immer machte es mich wütend.
Ist das schon länger geplant?

Länger? Nein.

Hast du den Flug schon gebucht?

Den Flug? Klar.

Und wann fliegst du?

Wann? Am Montag.

Wie, jetzt am Montag? In drei Tagen???

Vier.

Und wo ist der verdammte Giacometti-Katalog?

Der Giacometti? Auf dem Klo, tut mir leid, ich habe –

Danke. Ich schlug die Tür zu.

Ich war eifersüchtig. Auf Josef. Auf alle Menschen, denen Petrus begegnen würde in Kanada, und auf jeden Baum und jeden Bär da in Kanada, was für ein dämliches Wort, wieso war mir das nicht schon längst aufgefallen, wieso war das eigentlich noch keinem vor mir aufgefallen, wenn man es langsam und Silbe für Silbe aussprach, Ka na da, was für ein dämliches Land. Was für ein dämlicher Bruder. Josef, dieser borstbärtige Waldbewohner. Viel Spaß auch und angeregte Unterhaltung mit dem autistischen Stummglotzer! Mich hatte Petrus nicht einmal gefragt. Gut, ich musste arbeiten, gut, ich hatte kein Geld, aber er hatte mich nicht einmal gefragt! Hatte er sonst jemanden gefragt? Seine heimliche Geliebte? Ich dachte an den Brief, diesen länglichen Umschlag, den er ein Jahr zuvor in Frankreich schnell wegsteckte, als er bemerkte, dass ich ihn am Briefkasten beobachtete. Immer wieder hatte ich mir überlegt, was es mit diesem Brief auf sich hatte. Ob er eine Geliebte hatte. Und die flog nun mit ihm nach Kanada? Unsinn. Aber warum ich nicht? Warum hatte er mich denn nicht einmal gefragt? Und warum, warum eigentlich konnte er mich nicht *ungefragt* von dieser schrecklichen Arbeit und dieser widerwärtigen Armut erlösen und mir einfach ein Flugticket in die Hand und einen Kuss auf die Stirn drücken?

Ich konnte diese Kantine keinen Tag mehr, keinen einzigen weiteren Tag mehr ertragen. Und den Amtsarzt, der täglich fünfmal *auf ein kurzes Pläuschchen vorbeischaute* und nebenbei die nächste Cola light, den nächsten Schokostängel kaufte, auch nicht. Ausgeschlossen, noch einen einzigen Tag den Geruch des Tagesmenüs zu ertragen oder den der Abwaschküche, in dem sich Chlor mit Kotze zu paaren schien; unmöglich, die lieb gemeinten Aufmunterungen meiner seit Jahren zum Betrieb gehörenden Kollegin auch nur einen Tag länger anhören zu müssen und schon gar nicht die Sommerhits im Radio, das sie, lächelnd und mit einem Zwinkern, immer vor und nach dem Mittagsgeschäft aufdrehte.

Und dennoch setzte ich mich jeden Morgen sehr früh in die Tram Nr. 13 und fuhr durch die ganze Stadt zum Straßenverkehrsamt, 23 Stationen, die ich, genau so unbeteiligt und unbetont wie die Haltestellenansagerin vom Band, vorwärts und rückwärts aufsagen konnte. Nächster Halt: Tunnelstraße. Ich übernahm ihre schlaffe Stimme und benannte tonlos alles, was ich unterwegs sah: Nächster Anblick: Geschäftsreisender in Eile. Nächster Anblick: Erschöpfter Trinker am Einnicken. Nächster Anblick: Unausgeschlafene Arbeiterin, fröstelnd. Den ganzen Tag behielt ich die Stimme, ich setzte sie innen und außen ein, in Selbstgesprächen genauso wie im Kundenkontakt. Nächster Anblick: Familienvater in schlecht sitzendem Anzug – Tagessuppe heute: Bouillon mit Ei, ja, natürlich, Petersilie kann weggelassen werden. Nächster Anblick: Zu dick aufgetragenes Makeup in scheußlichem Beigeton auf Büroangestelltengesicht – Süßstoff ist leider aus, wird morgen nachgeliefert. Nächster Anblick: Nervtötender Amtsarzt, wo ist der Hammer – Doktor, Sie schon wieder, das ging aber schnell, noch eine Cola light? Ein bisschen Schokolade? Beides? Mach das bloß nicht, er duzte mich beharrlich, hörst du, bloß nicht! Dieser verdammte Süßstoff. Ich saufe die Cola und bekomme Heißhunger. Also fresse ich die Schokolade, also habe ich ein schlechtes Gewissen, außerdem furchtbaren Durst. Also muss ich die nächste Cola trinken, also habe ich noch mehr Hunger. Schrecklich. Fang bloß nicht damit an, du, bloß nicht! Du siehst ja in der Schweinemast, wozu dieser Chemiezuckerzusatz führt: Die Ferkel fressen über ihren Hunger hinaus, weit darüber hinaus, werden fett und fetter! Schau mich an!

Meine automatische Haltestellenansagerinnenstimme verbot mir, ihm zu antworten: Dann trinken Sie doch mal eine echte Cola mit echtem Zucker, Doktor, das müsste Ihr Problem, bleiben wir in Ihrer Logik, beseitigen. Nein, die Stimme sagte, auf einem Ton und ohne Anteilnahme: Doktor, Sie haben's auch nicht leicht. Eine Cola, ein Stängel, macht, wie immer, zusammen 3,40. Wohl bekomm's.

Wie lange bleibst du weg?
Wie lange?
Ja, wann kommst du zurück aus Kanada?
Zurück? So in drei Wochen, ungefähr.
Also Ende Juli?
Ende Juli? Ich glaube, eher Anfang August.
Ach, leck mich doch am Arsch. Nein, das sagte ich nicht. Wahrscheinlich sagte ich: Schön, dann weiß ich ja Bescheid, gute Reise.

Eines Abends stand Andreas vor der Tür. Saß vor der Tür. Die Nachbarn wollten schon die Polizei holen, sagte er. Wenn er sprach, bewegte sich die Narbe. Sie sah frisch aus und schimmerte bläulich. Ich versuchte mich an seinen Mund zu erinnern, vor dem Biss. Seinen schönen, weichen Mund. Die sanft geschwungenen Lippen, so gut durchblutet, dass sie fast geschminkt wirkten. Was ist, fragte er. Nichts, antwortete ich, schloss auf, ließ ihn herein, machte Kaffee. Seit Tagen konnte ich nur unter Schmerzen schlucken, nun waren sie weg. Ich sah zu ihm hinüber. Von der Seite sahen seine Augen einfach nur dunkel aus, so tief lagen sie in den Höhlen. Andreas? Er wandte den Kopf. Ja? Sie waren blau. Nimmst du Zucker? Ja, nein, ach – er lächelte mich an, die Narbe trat hervor. Ich trinke eigentlich gar keinen Kaffee. Nun waren sie grau, seine Augen, eindeutig.

Er lud mich zum Essen ein. Er habe von einem interessanten Lokal in unserer Nähe gehört, sagte er. Was führt dich eigentlich her, fragte ich. Er lächelte, die Narbe bäumte sich auf, ich erschrak, sie sah für einen Moment aus wie ein winziger, zuckender Lurch, ein urzeitlicher Mini-Ichthyostega. Er winkte den Weinkellner heran, und nachdem er sich minutenlang mit ihm nicht einigen konnte, trat der Geschäftsführer an unseren Tisch, gab Andreas die Hand, gab mir die Hand, meine Schwägerin, stellte Andreas mich vor, ich nickte, ich lächelte; der Geschäftsführer lud ihn ein, ihn in den Keller zu begleiten. Eine Weile saß ich alleine am Tisch.

Du hast ganz blaue Lippen, sagte Andreas, nimmst du einen Kaffee zum Dessert?

Ich wischte mir mit der Serviette den Mund. Nein, danke, sagte ich, sonst kann ich nicht schlafen.

Immer noch blau. Bist du müde?

Ja, und ich muss früh aufstehen. Besser?

Nein.

Ich stand auf und ging auf die Toilette, spülte den Mund, befeuchtete die Lippen und kratzte mit dem Fingernagel die Rotweinkruste aus den Mundwinkeln. Ich sah auf, sah mir im Spiegel zu und schämte mich. Ich mache doch gar nichts, murmelte ich und ging zurück ins Lokal.

Brauchst du noch was, ein Handtuch?

Zahnbürste wäre nicht schlecht.

Tut mir leid, ich habe nur meine. Ich warf ihm das Handtuch zu und sagte: Ich lege mich hin.

Lie down, sagte er und grinste.

Auf diese Bemerkung hatte ich den ganzen Abend nur gewartet. Er hatte sie nicht gemacht, das hatte mich für ihn eingenommen, so sehr, dass ich glaubte, er sei gar kein so übler Mensch. Und nun das. Wenn du was brauchst, sagte ich unfreundlich, melde dich, ansonsten: Gute Nacht.

Gute Nacht, sagte er und sah mich an, seine Augen waren jetzt grün.

Ich schloss meine Zimmertür, öffnete das Fenster und legte mich hin. Mein Bett war groß. Manchmal kam Petrus nachts herüber, meistens aber morgens, und ganz selten legten wir uns abends zusammen hin. Was er wohl jetzt machte, in den weiten Wäldern von Kanada? Wie spät war es dort? Kurz vor 18 Uhr, er hatte den ganzen Abend noch vor sich. Na dann, Petrus, mach was draus, sagte ich, und für später, wenn du schlafen gehst: Träum schön. Gute Nacht.

Ich lag da und lächelte in die Dunkelheit.

Ich küsste die Narbe, ich bearbeitete ihre Wülste und Schluchten mit meiner Zunge und den Lippen, als wollte ich ihr das letzte bisschen Leben aussaugen. Dein Mund, sagte ich, du hattest so einen schönen Mund. Ja, sagte er, der war gestohlen. Einem Engel weggeküsst. Nein: abgeschwatzt. Der trägt jetzt meinen. Aber den Mund hier, mit dieser besonderen Lippe, den gebe ich nicht mehr her, den tausche ich mit keinem mehr.

Im Nachhinein beschrieb ich ihn als nächtlichen Alb, der über mich kam, ohne dass ich es wollte, aber so war es nicht. Ich träumte von ihm, das stimmt, träumte, dass er sich auf und in mir bewegte, und ich fragte mich im Traum, wann denn die Nachbarn endlich die Polizei riefen wegen meines

Jauchzens, das so aus mir herauskam, dass es bis nach Kanada zu hören wäre, und ich sagte, pass auf, gleich klingeln die Bullen, und Andreas wollte sich von mir wegrollen, und da wachte ich auf.

Ich stand in Petrus' Tür.

Ich sagte: Kommst du?

Und Andreas sagte: Ja.

Am nächsten Morgen war Andreas fahrig, er wirkte gleichzeitig abwesend und gehetzt. Ich muss ihn anrufen, sagte er, als ich ihn fragte, ob er frühstücken wolle. Er wählte Josefs Nummer in Kanada und riss seine beiden Brüder aus dem Tiefschlaf. Sie konnten kaum sprechen, Josef gab den Hörer an Petrus weiter und Petrus fragte immer wieder: Was ist denn los? Ist was passiert? Es ist mitten in der Nacht! Und Andreas rief: Rate mal, wo ich bin! Ja, natürlich ist sie auch da! Na, du kennst sie ja, besonders charmant ist sie nicht, aber immerhin hat sie ihren Schwager nicht im Regen stehen lassen. Aber mal ehrlich, dein Bett, grässlich, viel zu weich, ich habe kein Auge zuge-

Petrus legte auf. Andreas war blass. Er sah mich an: Er weiß es.

Aber Petrus wusste nichts.

Den Brief fand ich viel später erst. Er lag in der Bibel. Eigentlich das perfekte Versteck. Warum ich die Bibel aus dem Regal zog und aufschlug, weiß ich nicht mehr, aber er fiel mir sofort in die Hände, und noch bevor ich das Datum überprüfte, war mir aufgrund der französischen Adresse klar, dass es jener Brief war, den ich in der Nacht, als Andreas gebissen wurde, in Petrus' Zimmer vergeblich gesucht hatte. Er war von einer Miriam, aber sein Inhalt war so unverfänglich, dass ich nicht verstand, was er an diesem ganz und gar abseitigen Ort zu suchen hatte. Der Kontrast zwischen dem harmlosen Inhalt und dem ausgeklügelten Versteck machte die Sache verdächtig. Wusste ich's doch, sagte ich mir, aber ich wusste nichts.

Ich habe gerade den Namen Miriam bei Google eingegeben. Sie lebt, millionenfach. Und da ich ihren Nachnamen nicht weiß, wird sich an ihrer Lebendigkeit nichts ändern. Mein Hund drängt sich an mich. Meine Hündin. Die winselt und tänzelt, sie will raus. Sie hat lange genug unter dem Tisch still gelegen und mich schreiben lassen. Wer hätte gedacht, hätte damals gedacht, dass ich einmal so einen Hund haben würde, na ja, halb so einen Hund, sie ist ja nur ein Bordercollie-Mischling. Schafe liebt sie trotzdem, ist aber keinesfalls so gut erzogen wie die Lie-downs und spricht auch kein Englisch, soweit ich weiß.

3. Zwölfmal Herbst

Erst wollte der Winter nicht kommen, jetzt geht er nicht mehr. Mitte Februar, und es schneit, schneit, schneit.

Mein Mann hat den Hund ausgeführt und die Kinder in den Kindergarten gebracht. Mit dem Schlitten, ob du's glaubst oder nicht: die Bürgersteige sind Loipen, sagt er, als er zurückkommt, um sich wieder ins Bett zu legen, bevor sein Dienst nachmittags beginnt.

Der Hund schüttelt sich.

Mein Mann gibt mir einen langen Kuss, der schmeckt sehr gut. In dem Moment, als mir das auffällt, schreckt er zurück, schaut auf das Display seines Mobiltelefons und sagt: Ganz kurz, ich muss nur kurz – und verschwindet um die Ecke in sein Zimmer.

Nach etwa einer Minute kommt er wieder heraus.

Was ist los, frage ich.

Alles gut.

Was war denn so wichtig?

Mach dir keine Sorgen, es ist alles gut.

Ich mache mir keine Sorgen!

Doch, die machst du dir, und das ist unnötig. Leg dein Katastrophendenken ab, es steht dir gar nicht, sagt er und küsst mich erneut, und auch dieser kurze Kuss schmeckt, obwohl ich gar nicht in Stimmung bin, sehr gut. Ich leg mich hin, sagt er. Die Tür fällt ins Schloss.

Ich setze mich an den Schreibtisch, öffne ein neues Dokument und starre den leeren Bildschirm an. Und jetzt? Am Anfang stand Petrus, mit ihm hat alles begonnen, er hat mich zu Andreas geführt. Die Geschichte könnte hier enden. Kaum schreibe ich das hin, taucht ein riesenhafter Schatten hinter mir auf, schwankt näher, wird größer, hüllt meinen Bildschirm in Dunkel. Petrus? Ich drehe mich um. Mein Mann steht da. Mit wem sprichst du, fragt er. Ich dachte, du wolltest dich hinlegen, antworte ich. Was machst du, fragt er. Arbeiten, antworte ich, und weil er mich ungläubig ansieht, füge ich hinzu: schreiben.

Wem schreibst du, fragt er.

Wem? Wie meinst du das? Ich schreibe ein Buch, vielleicht erinnerst du dich. Hier, Kapitel drei, mühsam. Wenn ich in diesem Tempo weitermache, sitze ich in zehn Jahren noch hier.

Mein Mann wendet sich zum Gehen. Mach dir keine Sorgen, es ist alles gut, sage ich. Er bleibt stehen. Das ist mein Satz, antwortet er. Wir lächeln uns an, kurz, dann schüttelt er den Kopf und geht.

Nein, die Geschichte könnte hier nicht enden. Ich blicke hinaus ins Schneetreiben. Zehn Uhr früh und noch immer nicht richtig hell. Man könnte meinen, es sei später Nachmittag. Petrus. Das Letzte, was er gesehen hat, war ungefähr das, was ich jetzt sehe: Dämmerung, dichter Schneefall. Grußlos und unbemerkt ist er gegangen. Jetzt ist er auf einmal wieder da und fehlt mir gleichzeitig, legt seine schwere, warme Hand in meinen Nacken, umschließt ihn, drückt sanft, dann immer stärker, schiebt mich weiter. Petrus, dann Andreas: der Beginn einer Reihe, wenn wir die Namen ernst nehmen, einer Zwölferreihe, zwölf Namen, zwölf Männer. Einer nach dem anderen.

Wie viele Lieben hat man? Würde ich weitererzählen, käme ich dann auf zwölf? Wahrscheinlich nicht. Obwohl: Wie ich zähle, hängt davon ab, was ich erzähle. Eins aber ist sicher: Wie auch immer ich zähle, was auch immer ich erzähle, mein Mann soll-

te Letzter sein. *Kein Mann nach meinem Mann Punkt* schreibe
ich auf einen Schmierzettel, den ich aber nicht, wie gewöhn-
lich, an die Wand pinne, sondern unter meine Tastatur schiebe.

Zwölf … Ich denke nach und überschlage kurz. Wenn ich
Kurs halte und chronologisch fortfahre, ist mein Mann voraussichtlich gerade einmal Nummer fünf. Aber kann es denn
nicht sein, dass sich unterwegs, beim Schreiben, eine Lösung
findet? Dass man da vielleicht in höhere Liebessphären vor-
dringt, frei von Körperlichkeit, in Platons reine Gefilde? (Das
glaube ich mir zwar selber nicht.) Oder aber in die unschuldi-
gen Hochebenen der Fantasie? Ich ziehe den Zettel unter der
Tastatur hervor und zerreiße ihn.

Dieses Klopfen schon wieder, dieses Hämmern da oben. Ich
weiß nicht, was ich ausbrüte. Erkältet bin ich seit Wochen.
Mehr aber auch nicht – bis auf dieses Kopfgeklopfe! Inzwischen bin ich mit dem Morsealphabet vertraut. Aber je besser
ich es kenne, desto unklarer werden die Mitteilungen. Alles,
was ich erkennen kann, ist • − • / • − / • • − / − • − •/ • • • •/ :
RAUCH. Davor und danach wildes, unsinniges Durcheinander in Kurz und Lang. Es gibt Tage, da hämmert es auch noch
ZEIT oder KIND, heute jedoch ist es bestenfalls RAUCH.
Warum mich das an meinen Hund denken lässt, meine Hündin, besser gesagt, denn er ist eine Sie, die in einigen Tagen
zehn Jahre alt wird, weiß ich nicht. Ich mache mir eine Notiz,
dass ich noch ein Geburtstagsgeschenk besorgen muss, und
wende mich wieder Kapitel drei zu. Dieses Klopfen muss aufhören, es muss aufhören! Also. Einer nach dem anderen. Mann
für Mann. Nach Petrus und Andreas käme Jakob. Ja, das passt.

Wenn die Blätter fallen, sagte er, habe er Geburtstag, das habe
er als kleiner Junge schon gewusst, und es sei bis heute wahr
geblieben, nicht wie andere Wahrheitssäulen der Kindheit, die

eingestürzt seien. Die von der Ewigkeit beispielsweise, und die vom gütigen Gottvater, die von der Gerechtigkeit und vor allem die von der Liebe. Aber darauf sei Verlass: Immer seien die Blätter gefallen, und immer sei er ein Jahr älter geworden im Herbst.

Sobald die Uhren umgestellt seien, gehe es rasend schnell, sagte er. Mit der Dunkelheit fielen die Blätter, fiel Regen, vielleicht sogar der erste Schnee; er hatte Geburtstag, und es passierte etwas. *Es ist noch immer etwas passiert.*

Der Herbst, in dem wir uns ineinander verliebten, war ein goldener. Auch wenn Jakob später behauptete, er sei genauso dunkel und regnerisch gewesen wie jeder Herbst. Die Tage waren bis weit in den November hinein sonnig, die Nächte klar und kalt, tagsüber leuchtete das Laub in kräftigem Gelb, nachts schillerten riesige Spinnennetze im Licht der Laternen an der Uferpromenade. Wir setzten uns auf eine Bank und lauschten, und nach einer Weile konnten wir die Spinnen bei der Arbeit hören, konnten ihr feines Weben vom Rauschen des Flusses, das an dieser Stelle durch ein leichtes Gefälle besonders stark war, unterscheiden, wir sahen uns an und sagten: Ich höre es. Und sagten: Ich auch, und küssten uns ganz leise.

Es endet, wie es beginnt, sagte meine Großmutter immer. Sie meinte damit wahrscheinlich nicht Beziehungen, denn die waren für meine Großmutter nicht endlich. Auch wenn sie sich das Ende herbeisehnte, wie sie sich zeitlebens nach nichts und niemandem gesehnt hatte. Das Ende bedeutete: sein Ende, Großvaters Tod. Als es soweit war, sah sie auf einen Schlag erleichtert aus und verjüngt, fast mädchenhaft. Sie genoss die Aufmerksamkeit, die sie bekam, und lächelte keck, die Beileidswünsche nahm sie wie Komplimente entgegen und erwiderte sie mit schüchternem Augenaufschlag. Kurz darauf starb auch sie. Es endet, wie es beginnt. Diesen Satz hatte ich oft im Ohr.

Bei Jakob und mir begann es heimlich. Als Spiel unserer Füße, als lebhafte Unterhaltung seines linken und meines rechten Fußes während einer Theateraufführung.

Petrus und ich waren immer noch ein Paar, auch wenn wir seit einem Jahr nicht mehr zusammen wohnten; ich hatte Zürich und die Universität verlassen und mich in Salzburg an der Theaterakademie beworben, um das Regieführen und die Schauspielerei zu studieren. Petrus hatte davon nichts wissen wollen, war mir dann aber doch halb hinterher gezogen. Er schrieb sich für ein unglückliches Semester in Wien, dann in München ein. Die Wochenenden verbrachte er bei mir, aber meistens ohne mich. An den freien Tagen holte ich beim Pförtner einen Schlüssel und probte mit dankbaren Schauspielschülern, die stille Wochenenden hassten, eine meiner Regieübungen. Minna von Barnhelms Dialog mit Tellheim zum Beispiel.

Wollen Sie mir die einzige Frage beantworten?

Jede, mein Fräulein.

Mit nichts als einem trockenen Ja oder Nein?

Ich will es – wenn ich kann.

Lieben Sie mich noch, Tellheim?

Mein Fräulein, diese Frage –

Sie müssen wissen, was in Ihrem Herzen vorgeht. Lieben Sie mich noch, Tellheim? – Ja oder Nein.

Wenn mein Herz –

Ja oder Nein!

Nun, Ja!

Ja?

Ja, ja! – Allein –

Wieso allein, fragte der Darsteller des Tellheim, und die Darstellerin der Minna machte einen Schritt nach hinten und verdrehte die Augen. Tut mir leid, ich versteh's nicht, beharrte er, meine Haltung an der Stelle, also Tellheims Haltung, also sagt er nun ganz klar ja oder eher jein?

Ja, Petrus und ich waren noch ein Paar, auch noch, nachdem mir meine Freundin Katrin an einem regnerischen Julitag unter der tropfenden Markise einer Eisdiele in der Fußgängerzone ein Geheimnis erzählte, das sie *unmöglich* länger für sich behalten könne: dass Petrus mich mit ihr betrogen habe. Oder sie mich mit Petrus, so könne man es ja auch sehen. Von Freund und Freundin doppelt betrogen, so müsse man das wohl nennen. Ein Jahr sei es her, nein, mehr noch, aber das spiele doch keine Rolle, sie sei der Meinung, so etwas verjähre nicht. Nie. Ich versuchte ihr zu folgen, ich tauchte den langstieligen Löffel tief ins Glas und hob einen Brocken Schokoladeneis vom Grund, zog den Löffel langsam wieder heraus, balancierte ihn zum Mund, schob ihn hinein und wunderte mich, dass er leer war. Ich sah hinunter auf meinen Schoß, auf einen hässlichen braunen Fleck auf der hellen Hose, das ist ja widerlich, sagte ich und holte eine Serviette, mit der ich den Fleck nur tiefer in den Stoff rieb. Später ging ich zur Probe. Während ich meinen drei Schauspielerinnen beim Improvisieren zusah, dachte ich an diesen Prüfling, der einige Wochen zuvor sehr selbstbewusst mit einem Faustmonolog zur Aufnahmeprüfung angetreten und begeistert aufgenommen worden war, ein Riesentalent, hatte der Leiter des Prüfungsausschusses gesagt, wenn der noch lernt zu arbeiten, ist er ein Kandidat für die erste Liga, er hat Starpotential, unbedingt. Ich fand ihn hübsch. Eigentlich waren es zwei Hübsche, aber der mit dem Starpotential hatte mir mehrmals hinterhergesehen, wenn ich als Studentenvertreterin in den Prüfungsausschuss gerufen wurde, und nun erinnerte ich mich an ihn. Entweder hieß er Jakob Bäumer oder Jonas Liebig, das waren nämlich die Namen der beiden Hübschen auf der Liste der Neuaufgenommenen. Lasst uns Schluss machen für heute und was trinken gehen, sagte ich, und die Spielerinnen wunderten sich, Feierabend und noch hell draußen.

Wir erarbeiteten meine erste Inszenierung. Es waren Semesterferien, morgens arbeitete ich in einer Bäckerei, ab fünfzehn Uhr konnten wir proben. Ich hatte mir, wenig überraschend, *Kommen und Gehen* von Samuel Beckett ausgesucht. Drei Frauen saßen auf einer Bank, abwechselnd stand eine auf und trat kurz ab, worauf die beiden anderen sich ein Geheimnis, das die Dritte betraf, zuflüsterten. Was, stand nicht drin. Und auch nicht, wohin sie gingen und was sie dort machten. Was verband die drei? Warum kamen sie immer wieder zurück? Das Faszinierende bestand im Nichthörbaren und Ungesagten – und natürlich im Unsichtbaren. Das Stück (das Wort Stück ist irreführend, es ist ein Stückchen, bestenfalls ein kurzes Spiel, wie Beckett es nannte) dauert, befolgt man seine minutiösen Spielanweisungen, keine fünf Minuten. Ich ließ die Schauspielerinnen stundenlang improvisieren, dabei entwickelten sie nicht enden wollende Dialoge und Hintergrundstorys, die ich sie zuhause aufschreiben ließ, um sie dann, kurz vor der Premiere, samt und sonders zu streichen. Es wurde kein einziges Wort, das nicht von Beckett stammte, gesprochen, und dennoch kamen wir auf eine Spieldauer von mindestens zwei Stunden. Mindestens, weil nach zwei Stunden die Türen geöffnet wurden. Gespielt wurde, bis kein Zuschauer mehr da war. Immer und immer wieder von vorn.

Bei der Premiere zu Beginn des neuen Semesters Anfang Oktober saß ich in der Mitte der ersten Reihe, links von mir saß Petrus, rechts Jakob. Er hatte gerade seinen zweiten Tag hinter sich, war aber energisch durch den ganzen Zuschauerraum bis nach vorne zur Bühnenrampe gelaufen. Er hatte mich erblickt und sich ohne Zögern neben mich gesetzt. Guten Abend.

Hallo. Ich warf ihm einen strengen Blick zu.

Gutes Gelingen!

Man sagt toi toi toi.

Sagt man das.

Ja.

Na dann, toi toi toi! Er vertiefte sich in den Programmzettel.

Als der Zuschauerraum dunkel wurde, stupste mich sein Fuß zum ersten Mal an. Als das Stückchen in die dritte Runde ging, klopfte er erneut. In Runde fünf begannen unsere Füße eine zaghafte Unterhaltung, und in Runde acht waren sie im lebhaftesten Gespräch. Gleichzeitig hielt ich in meiner Linken Petrus' feuchte Hand und drückte sie zärtlich. Von Zeit zu Zeit warf ich ihm einen Blick zu, Jakob hingegen sah ich nicht an.

Es dauerte ewig, bis alle Zuschauer gegangen waren. Die Schauspielerinnen waren erleichtert, als es endlich vorbei war, und gleichzeitig enttäuscht, weil niemand mehr da war, um zu applaudieren, außer Petrus, Jakob und mir. Eine der drei war so erschöpft, dass sie heulte. Ihr wart großartig, sagte ich, vielen Dank. Petrus und Jakob nickten. Eine Stunde lang schwieg Petrus, dann sagte er: Drei sind halt immer einer zuviel.

Wie meinst du das?

Nun ja, es bilden sich doch dauernd Paare. Immer, wenn eine aufsteht, rücken die beiden anderen zusammen.

Ich nickte. Er nickte zurück und erklärte mir, warum mein Inszenierungskonzept nicht trage.

Die Minimalverabredung im Theater besteht doch darin, dass eine Geschichte erzählt wird, meinetwegen eine ganz kleine, wie banal oder einfach auch immer, richtig? Wenn es, wie heute Abend, keinen klaren Anfang und kein klares Ende gibt, ist es aber keine Geschichte.

Die Geschichte ist doch genau die, dass sie einfach kein Ende finden, erwiderte ich.

Petrus überlegte kurz. Das Stück heißt nicht *Gehen und Kommen*, antwortete er, sondern *Kommen und Gehen*. Am Schluss geht man. Am Schluss kann man gehen, einfach gehen.

Meinst du?

Meine ich.

Jakob fand mich toll. Ich war ein Jahr älter, ein Studienjahr weiter, und ich war Regisseurin. Er wollte von mir gesehen und von mir inszeniert werden. Er wollte, dass ich ihm sage, wie begabt er war, was er ja auch war. Mit dir als Regisseurin, sagte er, könnte ich jede Rolle spielen, jede, und in jeder wäre ich gut, richtig gut. Ich machte mit ihm Wahrnehmungsübungen. Ich verband ihm die Augen und stellte ihn in die Mitte des leeren Raumes. Ich bewegte mich lautlos auf dem Tanzboden der Probebühne auf ihn zu, von ihm weg. Die Aufgabe war einfach: Wenn er glaubte, ich sei in Reichweite, streckte er den Arm nach mir aus. Anfangs machte er jeden Griff ins Leere durch ungeduldiges Schnalzen zum Fehlversuch. Nicht kommentieren, mahnte ich. Die Realität bestimmst du. Du spürst sie auf, du lässt sie sichtbar werden. Einverstanden? Und irgendwann, ich stand am anderen Ende des Raumes, streckte er die Hand nach mir aus und lächelte, statt zu schnalzen, und ich sah, wie seine Hand anfing, die Luft zu streicheln. Sehr gut, rief ich, mach weiter. Nach und nach nahm unter seinen streichelnden Händen ein ganzer Frauenkörper Gestalt an. Ich bin eifersüchtig, sagte ich, trat von hinten an ihn heran und nahm ihm die Augenbinde ab. Er drehte sich um, und wir fielen übereinander her. Damit endete fast jede Wahrnehmungsübung. Zum Schluss lagen wir uns erschöpft in den Armen und besprachen die Übung. Du wirst jeden Tag besser, sagte ich, und er biss mir vor Freude in die Schulter.

Seine Traurigkeit fiel mir anfangs gar nicht auf. Meine Großmutter sagte immer: es gibt keinen Grund, traurig zu sein, mein Liebchen. Sie sagte das mit einer so traurigen Stimme, dass ich darüber ganz traurig wurde. Ich verstand also etwas von Traurigkeit, aber an Jakob fiel sie mir nicht auf, bis es wieder Herbst wurde. Er verschlief morgens. Mittags sah er den anderen beim Essen zu. Abends konnte er nicht einschlafen.

Ich gehe noch mal auf ein Bier raus, sagte er. Spätnachts hockte er am Küchentisch und schien auf etwas zu lauern. Wir feierten seinen Geburtstag. Ich mag keine Geburtstage, sagte er, aber ich hatte alles schon organisiert. In Gesellschaft der anderen Schauspielschüler erwachte er zu neuem Leben. Er machte sich über einige Paare lustig, die sich gerade gefunden hatten und intensiv aneinander herumfummelten. Dauernd waren alle mit allen zusammen, nur wir blieben konstant. Wir waren *das Paar*. Jakob sagte: Leute, wenn ihr wirklich vorhabt, es mit jedem einmal zu treiben, müsst ihr euch beeilen, kommt zur Sache und weiter geht es! Wenn ich pfeife, wird rotiert, einverstanden? Ein Traumpaar reicht doch, rief einer zurück, es kann nicht jeder so ein stabiles Liebesleben haben wie du, Jakob! Wann heiratet ihr eigentlich? Jakob und ich sahen uns an und lächelten. Und ohne uns darüber zu verständigen, begannen wir gemeinsam eine Improvisation zum Thema *Wir erwarten ein Kind*. Wir agierten diskret, die Botschaft teilte sich nur mit in der Art, wie wir uns berührten, wie wir uns anlächelten und unser Geheimnis teilten. Wir bauten das Spiel langsam auf, über den halben Abend, und als wir schließlich eng miteinander tanzten und er mich ganz zart streichelte, sahen es plötzlich alle. Dass ich kräftig Alkohol trank, schien niemanden zu stören, die Nachricht schlug wie eine Bombe ein, einige fragten: Freust du dich denn? Andere kreischten: Nein, wie niedlich, und alle umarmten mich und klopften Jakob auf die Schulter. Was waren wir doch für begnadete Schauspieler. Wir fanden uns gegenseitig so geil, dass wir keine Ruhe fanden und uns die ganze Nacht immer wieder übereinander hermachten. Am nächsten Morgen rief Jakobs Mutter an. Sein Vater liege auf der Intensivstation. Ein Schlaganfall. Jakob vergrub den Kopf in den Armen und nickte.

12 x Herbst könnte eine Gleichung für unsere Beziehung lauten, und es stimmt, dass immer etwas passierte. In unserem dritten Herbst stellte ich fest, dass ich tatsächlich schwanger war. Eigentlich stellte Jakob es fest. Er kaufte einen Test und verlangte eine Urinprobe. Ich hatte seit Tagen Schwindel und Kopfschmerzen und legte mich sofort wieder hin, während Jakob den Teststreifen in den kleinen Becher hängte. Schau dir das mal an, sagte er, so eine Scheiße. Er hielt mir den feuchten Streifen unter die Nase.

Lass mich doch in Frieden.

Schau es dir an!

Ich konnte nichts erkennen. Aber die Kopfschmerzen gingen einfach nicht weg. Eine Woche später ging ich zum Arzt. Schauen Sie sich das mal an, sagte auch er und zeigte auf den Monitor des Ultraschallgerätes, da schlägt das kleine Herz ja ganz deutlich. Ich konnte auch hier nichts erkennen. Aber ich bekam einen Termin in einer Wiener Privatklinik, die Kosten teilten wir uns. Ich respektiere jede Entscheidung, hatte Jakob gesagt, aber für mich ist es momentan undenkbar, absolut jenseits alles Möglichen. Es war ein ambulanter Eingriff mit lokaler Betäubung. Jakob hielt meine Hand und sang mir ins Ohr, weil die Geräusche, die beim Absaugen entstanden, so hässlich waren, dass er sie nicht aushielt. Er sang einige Brechtlieder, eines schräger als das andere, bis ich ihn bat, damit aufzuhören und hinauszugehen. Wir wohnten bei einer Bekannten unseres Schauspielprofessors am Donaukanal, sie sagte: Mist, ja, die Klinik kenne ich, da war ich auch schon dreimal, falsch, viermal. Ich solle liegen bleiben, hatte der Arzt gesagt, nach Möglichkeit solle ich ein paar Tage liegen. Nach zwei Tagen hatte Jakob Geburtstag. Wir besuchten den Prater, ich fuhr mit dem Riesenrad, der Geisterbahn, aß Zuckerwatte, kotzte.

Die Liebe, mein Herz, sucht man sich nicht aus, sagte meine Großmutter immer und streichelte mir über die Wange. Bis heute greife ich mir, höre ich das Wort Herz, an die Wange, die linke. Danach hatte ich Pickel, nein, das trifft es nicht wirklich, ich war an Hals, Brust und Bauch über und über gepickelt, und zwar monatelang, meine Haut war flammendrot und buckelig wie ein Truthahn zur Brutzeit und juckte derartig, dass ich mich blutig kratzte. Ich wurde strenger. Du musst einfach härter arbeiten, Jakob, sagte ich, Talent haben viele. Ich besetzte ihn in meinem nächsten Projekt, den *Zofen* von Genet. Wie es der Autor vorschlägt, ließ ich die beiden Dienstmädchen von Männern spielen. Jakob war die eine, Jonas Liebig die andere. Wer die Herrin sei, die im ganzen ersten Teil abwesend ist, müsste ich mir noch überlegen, sagte ich. Aber allen war klar, dass ich selbst sie spielen würde. Einmal, nachdem ich Jakob auf der Probe heftig kritisiert hatte, wollte Jonas aus dem Projekt aussteigen. Sorry, aber das ist grausam, da will man nicht Zeuge sein, sagte er. Also wurde ich milder. Ich durfte Jakob nur gerade so demütigen, dass Jonas es noch ertrug. Dadurch handelte ich, aus meiner Sicht, gegen den Stoff und gegen das Stück, in dem es schließlich – und ausschließlich! – um Machtspiele und Erniedrigungen in allen erdenklichen Spielarten, frei von Gnade, ging. Natürlich eskalierte das Ganze in jenem Moment, als die Herrin zum ersten Mal die Bühne betrat. Da stand ich nun und erteilte den beiden Männern auf allen Ebenen Befehle, als Arbeitgeberin, als Regisseurin und als Frau, und das war nicht nur für Jonas Liebig zuviel. Er warf seine Schürze hin, das Projekt war gescheitert, unsere Beziehung gerettet.

Einen Herbst später hatte ich das Studium beendet und trat mein erstes Theaterengagement in Zürich an. Ab sofort und für den Rest unserer gemeinsamen Tage führten wir eine Fernbeziehung. Jakob kaufte sich ein Auto. Als er mich und meine Matratze, einige Bücher und einen Koffer mit Kleidern in diesem grünen Ford Baujahr 80 nach Zürich fuhr, sagte er, er freue sich. Dann sah er durch die Scheibe in den Himmel. Es herbstet, sagte er. Pass auf, wo du hinfährst, rief ich. Jakob riss das Steuer herum.

Wir kauften unsere ersten Mobiltelefone. Der erste Anruf, den Jakob bekam, war von mir, ich stand neben ihm und fragte, ob er mich höre. Der zweite kam von seiner Mutter. Sein Vater hatte wieder einen Schlaganfall. Einen *halbschweren* diesmal, aber er komme wohl nicht mehr heim, sagte die Mutter. Jakob weinte, bis sein Akku leer war und die Verbindung unterbrochen wurde.

Vor Weihnachten erholte sich sein Vater und durfte Heiligabend zu Hause feiern. Im Frühling bekam er eine tschechische Pflegerin, mit der er intim zu werden versuchte, wie sie behauptete, worauf Jakob vor Erleichterung ganz ausgelassen wurde und mich fragte, ob ich mit ihm auch intim werden wolle, tschechisch intim, den ganzen Sommer über blieb es bei dieser Sprachregelung, die irgendwann auf *tschechisch werden* verkürzt wurde. Jakob hatte bereits im Frühling ein Angebot des Landestheaters Salzburg bekommen, das er jedoch verächtlich zurückwies, er könne diese enge, bornierte, feindliche Provinzstadt keine weiteren zwei Jahre ertragen, sagte er, und dieses Bauerntheater solle seine grobschlächtigen Possen auch zukünftig ohne ihn aufführen.

Es wurde wieder Herbst, Jakob fuhr von Theater zu Theater und sprach vor, aber entgegen aller Prognosen und Wetten, die auf der Theaterakademie abgegeben und eingegangen wurden, konnte er sich vor Angeboten durchaus retten. Er wurde immer wieder abgelehnt. Ende November starb sein Vater. Ich versteh's nicht, sagte Jakob, ich versteh's einfach nicht. Er sah mich hilfesuchend an. Nun muss es doch mal gut sein, sagte er. Schließlich, es ging schon auf Weihnachten zu, unterschrieb er am Salzburger Landestheater. Ich wechselte nach Frankfurt, was uns einander auch nicht näher brachte. Wenn wir nicht arbeiteten, fuhren wir. Er Auto, ich Zug. Wenn ich am Wochenende keine Proben oder Vorstellungen hatte, nahm ich den Nachtzug, trank im Bordbistro eine Flasche Rotwein und fiel auf die Pritsche. Morgens dröhnte mir der Schädel. Ich stieg im oberösterreichischen Niemandsland in den Regionalexpress um und verzehrte mich nach einem Kaffee, ich dachte, ich stürbe, wenn nicht der Mann mit dem Wägelchen gleich vorbeikäme, der nie kam. Jakob setzte sich auch nach Proben, manchmal sogar nach Vorstellungen ins Auto und fuhr zu mir, er fuhr, bis er da war, in einem durch. Es dauerte einige Stunden, bis er seine Beine und die Zunge wieder frei und leicht bewegen konnte. Meistens war ich dann schon eingeschlafen.

Wenn du müde bist, schlaf, sagte meine Großmutter immer, Schlaf heilt, das habe schon Goethe gesagt. Aber ich fand das nirgends, obwohl ich Goethes sämtliche Werke in 14 Bänden systematisch durchkämmte. Ich hatte mir vorgenommen, das Schlafdiktum ins Zentrum meiner Trauerrede zu stellen, die ich, so beschloss es die Familie mit einigen Enthaltungen, aber ohne Gegenstimmen, am Grab meiner Großmutter zu halten hatte, ich, die Lieblingsenkelin, ich, die *so was doch gelernt hatte*. Ich war zu traurig zum Dichten, Goethe war mir mal wieder keine Hilfe, und so blieb mir nichts anderes übrig, als der Trauergemeinde zu erzählen, was Großmutter an dieser Stelle wohl sagen würde: Es gibt keinen Grund, traurig zu sein, mein Liebchen, es endet, wie es beginnt, und wenn du müde bist, schlaf. Worauf alle weinten und sagten, das hätte ich schön gesagt.

Jakob, der in früheren Zeiten im Herbst schlecht eingeschlafen war, konnte eines Novembernachts irgendwo zwischen Nürnberg und Würzburg dem Schlaf nicht widerstehen.

Es war unser sechster Herbst, er saß am Steuer seines alten Escorts und fuhr zu mir, zum hundertsten Mal. Ich habe gerade nachgerechnet, es dürfte ungefähr das einhundertvierundvierzigste Mal gewesen sein. Oft hatte er mir von Unfällen erzählt, die er unterwegs beobachtet hatte, von Unfallstellen, an denen er vorbeigekommen war. Und immer wieder, wenn ich neben ihm gesessen hatte, waren wir gemeinsam am Unglück der anderen vorbeigefahren. Einmal, in der Weihnachtszeit, rief ich, weil vor uns die Straße mit einem Mal ganz weiß war:

Schnee!

Schnee?

Schnee!

Ein ungarischer Lastwagen war gegen die Leitplanke gekracht und umgekippt, der Großteil seiner Ladung auf die Straße geschleudert worden. Die nachfolgenden Autos hatten die Pakete überfahren und zerfetzt. Was ich für Schnee gehalten hatte, war Waschpulver. Ich weiß nicht, worüber wir mehr erschraken: über den bunten Plastikfetzen, den es gegen unsere Windschutzscheibe schleuderte, oder über den Anblick des leblosen Körpers, den zwei Feuerwehrleute aus dem Führerhaus zogen. Ähnliche Bilder sahen wir zu jeder Jahreszeit, auf Autobahnen, Landstraßen und Alleen; sahen demolierte oder brennende Sportwagen, Motorräder und Kleinbusse, sahen schwerverletzte Männer, Frauen, Kinder. Zu jeder Jahreszeit, außer im Herbst. Mag sein, dass es im Herbst weniger Unfälle gab, mag sein, dass wir mit unserem eigenen Unglück zu beschäftigt waren, um sie zu bemerken. Nun war es Jakob, der mit seinem Escort ins Schleudern geriet und sich überschlug. Danach war er hellwach. Er konnte sich nicht mehr bewegen. Er rief mich an. Ich sei die Regisseurin. Ich solle ihm sagen, was er tun müsse.

Wo stehst du?

Mitten auf der Fahrbahn.

Hast du die Polizei angerufen?

Nein.

Starte den Wagen.

Geht nicht.

Kennst du deinen Standort?

Nein. Ja, warte, nein, doch nicht.

Was siehst du?

Nichts.

Ich rief die Polizei. Im Morgengrauen lieferte sie ihn bei mir ab. Er habe irgendwie den Pannenstreifen erreicht, das habe ihm das Leben gerettet, erklärte ein Beamter. Passen Sie gut auf ihn auf. Jakob saß unbeteiligt da. Ich habe mir etwas überlegt, sagte er, als sie weg waren, du musst neue Rollen mit mir einstudieren. Ich halte das an dieser Klitsche nicht mehr aus. Die Realität, weißt du noch, die bestimme doch ich! Ich! Ich!

Also fing es wieder an. Ich inszenierte ihn. Ich forderte ihn heraus. Ich quälte ihn. Ich behandelte ihn wie ein Kind, das Kind, das ich nicht hatte. Die erste Forderung, die ich stellte, war, dass er sich selbst geeignete Rollen aussuchte, die zweite, dass er ab sofort immer, sobald er sich ans Steuer setzte, redete. Er solle, verlangte ich, beim Autofahren alles benennen, was er sah, ausnahmslos alles, und jedes Schild laut vorlesen, das ihm unter die Augen kam. Das sei die einzige Möglichkeit, sagte ich, und glaubte auch daran, die Gefahr des Sekundenschlafs zu bannen. Es kostete Jakob einige Überwindung, besonders, wenn ich neben ihm saß, er sagte, er komme sich vor wie ein Idiot, aber nach einigen Monaten hatte er sich daran gewöhnt.

Er fand keine Rollen, die ihm gefielen, also suchte ich sie, nach einigen verächtlichen Kommentaren, für ihn aus. Shakespeare, Kleist, Büchner, sagte ich, Malvolio, Achill, Woyzeck, Treffer, Treffer, versenkt. Das wäre doch gelacht, bekämen wir dich damit nicht erstklassig verkauft. Jakob umarmte mich. Ich war entschlossen, das Beste, oder sagen wir, das Bestmögliche aus ihm herauszuholen. In der Wahl meiner Mittel war ich nicht zimperlich. Probten wir Woyzeck, sah ich ihm eine Weile zu und herrschte ihn dann an, als sei ich nicht die Regisseurin, sondern sein Gegenspieler im Stück, der Doktor, der mit ihm experimentiert wie mit einer Laborratte. Ich hab's gesehn, Woyzeck; er hat auf die Straß gepisst, an die Wand gepisst, wie ein Hund. Probten wir Malvolio, setzte ich ihn mit der Rolle gleich, sprach ihn mit *Jakob* an und fragte, wie er im Ernst glauben könne, seine Herrin habe ihm einen Liebesbrief geschrieben? Probten wir Achill, war ich unerbittlich: Entschuldige, aber deine Liebe, die nehme ich dir einfach nicht ab. Und er versuchte es wieder und wieder, er flehte, er wütete, er raste und rauschte, und wenn er schließlich verzweifelte, sagte ich: Ganz gut, okay, bis hierher, wir machen morgen weiter.

Im Frühling teilte er mir plötzlich mit, er sei verliebt. Er habe mich überschätzt, sagte er, meine Instinkte seien nicht besonders, sonst hätte ich doch längst etwas merken müssen. Ich wusste nicht, ob ich schockiert oder erleichtert war, ich fühlte mich schwerelos. Es muss aufhören, sagte ich. Er ging. Am nächsten Wochenende stand er wieder da: Es ist vorbei, sagte er.

Das oder das?

Das. Er hob das Kinn und deutete irgendwohin. Bevor er wieder fuhr, sagte er: Die ganze Zeit über hatte ich den brennenden Wunsch, dir mitzuteilen, wie gut es mir geht. Dir zu zeigen, wie schön es ist, verliebt zu sein. Dieses Gefühl mit dir zu teilen. Kannst du das verstehen?

Nein.

Ich liebe dich. Er gab mir einen Kuss und stieg in sein neues Auto ein, einen alten VW Passat. Er kurbelte die Scheibe herunter. Wir haben uns zu weit voneinander entfernt, sagte er. Wir nickten. Gute Fahrt! Ich winkte ihm hinterher. Er bog vorne an der Straßenecke ab, wie immer, und ich sah, dass er den Mund bewegte, wie immer. *Einbahnstraße. Radverkehr in beide Richtungen. Tempo 30.* Und wie immer berührte es mich zart und peinlich zugleich.

Ich suchte mir ein Engagement in seiner Nähe. Am Theater in Graz gab es einen Intendantenwechsel, Graz sei eine schöne

Stadt, hatte ich gehört, etwas abseits vielleicht, im äußersten Südosten des deutschsprachigen Raumes gelegen, was zum Teufel sollte ich denn da, aber eben schön, hatte ich gehört. In dem Moment, in dem ich in Graz unterschrieben hatte, eröffnete er mir, er habe soeben in Salzburg gekündigt und ziehe nach Berlin, er wolle es *frei* versuchen. Irgendwie habe ich das Gefühl, wir verpassen uns dauernd, sagte ich.

Und als es Herbst wurde und sein Geburtstag sich näherte, kam er zweimal angefahren, ohne sich anzukündigen, und klingelte, obwohl er einen Schlüssel hatte. Als ich die Tür öffnete, fragte er, ob ich alleine sei.

Er wurde anhänglich. Er besuchte mich noch viel öfter als je zuvor. Die 900 Kilometer störten ihn nicht, sagte er, überhaupt nicht, acht Stunden, wo sei das Problem? Er könne über seine Zeit jetzt selbst verfügen, weil er frei sei, er hätte auch arbeitslos sagen können. Er verbrachte seine Tage auf der Autobahn und die Nächte, die allermeisten, in meinem Bett. Das Geld ging ihm aus, er blieb wochenlang, kochte für mich, kaufte ein, ordnete meinen Haushalt. Sein ganzes Interesse galt dem politischen Zeitgeschehen. Er zappte sich rund um die Uhr durch Nachrichtensender. Die Welt sei unerträglich, sagte er, das neue Jahrtausend habe daran auch nichts geändert, im Gegenteil, ich solle mir das mal vor Augen führen, all die Ungerechtigkeit, es übersteige jedes Maß, man müsse darüber verrückt werden. Er schaltete den Fernseher aus. Anfang des neuen Jahres hatte er einige Termine in Berlin, er bereite nun, sagte er, seine Filmkarriere vor. Seine Besuche wurden langsam weniger, und als es Frühling wurde, bat er mich eines Abends, so schnell wie möglich zu kommen. Ich meldete mich krank, verpasste den Nachtzug, nahm den ersten Zug und stieg dreimal um. Er holte mich am Bahnhof ab und sagte, er sei verliebt. Ich möchte erst einmal ausschlafen, antwortete ich, wäre das möglich?

Ich lag auf seiner Matratze und dachte an den Satz, den ich am Grab meiner Großmutter nicht gesprochen hatte, den einzigen, den ich nicht in ihrer Grube versenkte, er klebte an mir wie Polyesterharz oder Geckofüße an einer Steilwand, ich wurde ihn einfach nicht los: Die Liebe sucht man sich nicht aus, mein Herz. Sie streichelte mir über die Wange. Ich lächelte sie an und sagte: Es muss aufhören.

Das Klopfen hat aufgehört. Es ist Ruhe. Dafür brennen mir die Augen. Ich sehe die vielen schwarzen Zeichen vor mir auf dem Bildschirm, sie tanzen auf und nieder. Ich fasse mir an die Wange. Ach, Großmutter. Was ist das, die Liebe? Wieso kann sie kommen und gehen? Wohin geht sie, wenn sie geht?

4. Fremd ausgezogen

Ich habe Fieber. Der Nacken schmerzt, die Ohren dröhnen. Zuerst dachte ich, es sei nur dieses Morsehämmern unter der Schädeldecke, an das ich mich schon fast gewöhnt habe, das mir immer dieselben Worte in Kurz oder Lang diktiert: Rauch. Zeit. Kind. Aber seit einigen Tagen schmerzt jede Bewegung, und es ist mir kaum möglich, mit dem Hund spazieren zu gehen und die Kinder nachmittags vom Kindergarten abzuholen, zu bespielen, zu belieben, zu bekochen, zu versorgen, ins Bett zu kriegen. Mein Mann hat fast jeden Tag Spätdienst. Tagsüber, wenn ich arbeite, wenn ich in meinem Zimmer sitze und schreibe, liegt er im Bett oder sieht fern. Er findet keine Erholung, er ist dauererschöpft; ganz selten fährt ein unsichtbarer Blitz in ihn und putscht ihn kurz auf, er tippt hastig auf die Tastatur seines Laptops ein, bis er wieder in die Kissen sinkt und mit dem Daumen auf der Fernbedienung herumdrückt.

Weiter, komm, weiter! Einer nach dem anderen, murmle ich, als ich mir in der Küche einen Kaffee mache, eins geht ins andere über, eine Liebe in die andere. Oder bleibt die Liebe immer dieselbe, bleibt sie sich treu? Ändern sich nur ihre Gefäße? Bietet sie sich einfach in einem Mann nach dem anderen dar, offenbart sie, die eine, einzige, wahre, sich einfach nur in verschiedenen Gestalten? Hat also nicht die Liebe verschiedene Gesichter, sondern einzig der Geliebte? Einer nach dem anderen, Mann für Mann … Johannes … Ich überlege, während ich den Wasserbehälter der Kaffeemaschine auffülle, ja, es gab einen Johannes.

Hast du was gesagt? Mein Mann steht hinter mir.

Nein, ich habe nur mit dem Hund gesprochen. Dass wir später noch rausgehen. Mein Mann sieht mir zu, wie ich die Kaffeekapsel in die Maschine lege.

Du solltest besser Tee trinken, sagt er.

Ich nicke, stelle meine Tasse unter und drücke den Knopf.

Du siehst krank aus, sagt er.

Du auch, antworte ich.

Er sieht mich besorgt an. Ich hole mal den Fiebermesser.

Dieses Gerät ist eine Waffe. Man richtet es seinem Gegenüber auf die Stirn und drückt ab, ein blauer Laserstrahl schießt heraus. Nach wenigen Sekunden piepst es, und eine Zahl erscheint auf dem Display. 39,6 Grad. Die Anzeige blinkt.

Neununddreißigsechs? Wahnsinn!

Gib mal her, sage ich, und richte den Laser auf ihn. 37,4. Kein Blinken.

Leg dich hin, sagt er.

Ich muss zurück an den Schreibtisch, ich bin mittendrin in meiner Geschichte, antworte ich.

Nein, du musst dich hinlegen, sagt mein Mann. Er nimmt mich an der Hand und führt mich zum Bett. Schlaf, sagt er. Irgendwie sieht er traurig aus.

Das Kissen fühlt sich an wie aus Beton. Obwohl ich darin versinke, ist es steinhart. Wenn ich die Augen schließe, sehe ich einen dunklen Tunnel. Es rattert, eine U-Bahn rast heran. Zwei runde Scheinwerfer fahren mir in die Augen. Ich wende den Kopf in die andere Richtung, und im selben Moment kommt auch von dieser Seite eine Bahn. Was ist denn hier los, ich kenne dieses Bild, ich bin in Berlin, ich bin zwölf Jahre jünger und gerade verlassen worden; ich bin in meiner Geschichte! Mein Kopf dröhnt. Bring mir mal ein Aspirin, will ich rufen, aber da fällt mir ein, dass ich meinen Mann ja noch gar nicht kenne.

Die U-Bahnen fahren gleichzeitig von rechts und von links ein. Beide Züge wirken wie große Spielzeuge, sonnengelb und leicht gebaut. *Ruhleben*, steht auf der Bahn Richtung stadtauswärts, Ruhleben, das klingt gut, ich klopfe gegen das gesickte Aluminium und steige ein. Nach zehn Minuten ist die Endstation erreicht. Ich bleibe sitzen. Der Strom wird abgeschaltet, kurzes Nachbrummen, Stille. Ich gehe zur Tür, sie lässt sich nicht öffnen. Ich setze mich wieder hin. Auf dem Bahnsteig geht ein Mann, er sieht mich an und gibt mir Zeichen, auszusteigen. Ich drehe den Kopf weg, starre auf den Schotter des Nebengleises, dann auf meine Hände, dann in den Himmel.

Ich habe ein Flugticket in der Tasche, ein bisschen Geld, meinen Schlüsselbund. Das Telefon habe ich auf Jakobs Küchentisch liegenlassen. Ich muss im Schlaf das Bewusstsein verloren haben, 15 Stunden, ist das möglich, habe ich geschlafen, es war drei Uhr nachmittags, als ich mit schmerzendem, heißem Kopf aufwachte. Jakob war weg. Ich sah sogar in der Speisekammer nach, er war weg. Ich rief ihn an und fuhr zusammen: sein Handy klingelte schrill auf dem Küchentisch. Ich legte meins dazu.

Ich verließ seine Wohnung. Schräg gegenüber war ein Reisebüro. Ich überquerte die vierspurige Straße diagonal. Ein Taxi hupte, ein Rollerfahrer rief: Nu sieh zu, dass du Land gewinnst. Die Frau im Reisebüro telefonierte. Sie flüsterte. Ich wartete. Von Zeit zu Zeit warf ich ihr einen Blick zu, sie winkte ab und hielt die Hand über Mund und Muschel, dabei hatte ich auch so nichts verstanden. Mitten in der Woche und kurzfristig und Oneway: teuer, sagte sie, nachdem sie ihr Gespräch beendet hatte. Auf ihrem Schild stand Sandra Bolle-Reichelt. Sind Sie verheiratet, fragte ich, während sie in rasender Geschwindigkeit auf ihre Tastatur eintippte. Wieso? fragte sie zurück. Wegen Ihres Namens. Ich habe mir überlegt, ob Sie erst Reichelt oder erst Bolle hießen, und warum Sie sich nicht einfach für Reichelt und vor allem gegen Bolle entschieden haben. Nein, das habe ich gedacht. Ich sagte nur: Wegen Ihres Namens.

Den habe ich geerbt, sagte sie.

Aha, sagte ich, obwohl ich es nicht verstand.

Ob wir nun auf die Buchung zurückkommen wollten? Ich nickte. Sie wies mich darauf hin, dass eine Bahnfahrkarte *in aller Regel* günstiger sei, aber ich erklärte ihr, ich müsse möglichst schnell weg, und möglichst bald. Ich könne nicht wieder 16 Stunden im Zug sitzen, ganz und gar unmöglich, ich sei am Vorabend erst angekommen. Ich überlasse es Ihnen, sagte sie. Danke. Ich buchte einen Flug nach Wien, von dort würde ich sehen, wie ich weiterkäme.

Und wenn er mich nun anruft? Wenn er wieder und wieder versucht, mich zu erreichen? Er wird irgendwann auf die Idee kommen, in seiner Wohnung nachzusehen, ist ja nicht auszuschließen, dass ich vor Kummer gestorben bin. Hoffentlich ist er bereits unterwegs, genau in diesen Minuten, und hoffentlich hat er Angst vor dem, was ihn dort erwartet. Und dann? Er wird unsere beiden Handys nebeneinander auf dem Küchentisch finden, mehr nicht.

Es gibt, nach kurzem Klimpern, einen Ruck. Die Bahn setzt sich in Bewegung. Jetzt sitze ich gegen die Fahrtrichtung. Die Zeiger der Bahnhofsuhr stehen senkrecht. Noch sechzehn Stunden, bis mein Flug geht. Heller Abend. Nach zehn Minuten Fahrt stehe ich, ohne zu überlegen, auf und trete zur Tür, aber als der Zug hält, drücke ich nicht auf den Knopf. Ich setze mich wieder hin. Hätte ich mein Telefon dabei, könnte ich Regine anrufen, lange nicht gesehen. Ich zähle die Stationen. 16. Ohne Probleme finde ich den Weg zu der Kneipe, die sie mir gezeigt hat, Regine, meine Freundin aus Studientagen. Mein

Wohnzimmer, sagte sie, geht es mir durch den Kopf, als ich die Tür aufziehe, ich blicke mich um, aber sie ist nicht da.

Als er hereinkommt, sieht er mir direkt in die Augen. Aus stechenden, hellblauen Augen, die mir bekannt vorkommen. Er setzt sich an den Tresen. Ich denke über seine Augen nach, und wo ich sie zuvor gesehen habe. Ich zeichne die Form der Augen auf den Bierdeckel, mandelförmig und leicht schräg, und als er sich einmal nach mir umdreht und mir einen Blick zuwirft, weiß ich es: es sind Hundeaugen, die Augen des Sibirischen Husky. Ich tüpfle mit meinem Kugelschreiber unzählige Punkte auf den Bierdeckel, eigentlich kleine Stiche, endlich halte ich inne und erkenne unter den Huskyaugen einen Bartschatten, den gleichen, den er im Gesicht trägt.

Als ich bezahle, lässt er sich vom Barhocker gleiten, bückt sich und schnürt sein Schuhband. Ich stehe direkt neben ihm. Ich sehe auf seinen Scheitel. Er hebt kurz den Kopf und sieht mich mit seinen Huskyaugen an. Dann macht er sich an seinem anderen Schuh zu schaffen.

Draußen warte ich auf ihn. Es dauert nur ein paar Sekunden, bis er kommt. Mir ist, als nicke er leicht. Ich wende mich ab und gehe los.

Es dämmert. Ich gehe auf die Dunkelheit zu, sie nimmt mich in Empfang, und mit jedem Schritt dringe ich tiefer in sie vor. Meine Schritte bleiben im Verkehrstreiben lautlos. Zwischen den Autospuren in der Mitte der Straße kreischt eine Straßenbahn um die Kurve und kommt auf mich zu, links und rechts ziehen zweispurig Autos an ihr vorbei. Bei der ersten Gelegenheit will ich in eine ruhigere Seitenstraße abbiegen. Die erste Gelegenheit lässt auf sich warten. Ich unterdrücke den Drang, mich umzudrehen, und beschleunige meine Schritte.

Kaum in der Seitenstraße, höre ich einen Vogel singen. Ich bleibe stehen und lausche. Es hört sich an, als trage er tiefes

Liebesleid vor, lang und flötend, mit Schmelz und Würze, rührend und aufdringlich zugleich, und vor allem sehr, sehr laut. Eine Amsel, sagt eine helle, leicht metallene Stimme dicht an meinem Ohr, ich zucke zusammen. Die Stimme ist mir unangenehm. Ich will weitergehen, aber er kommt mir zuvor. Stadtamseln, sagt er und setzt sich in Bewegung, müssen lauter singen, um gehört zu werden. Er überholt mich, dabei wendet er mir sein Gesicht zu. Leider haben sie das Pegeln verlernt, fährt er fort, sie neigen zum Schreien. Seine Augen wirken in der fortgeschrittenen Dämmerung fast braun, aber sein Blick ist unverändert bohrend. Er geht die Straße hinauf, ich zögernd hinterher. Seinen Rücken hält er auffällig gerade, er wirkt fast starr, aber die Arme baumeln so, als wären sie nicht ordentlich mit dem Rumpf verbunden. Es gefällt mir nicht, hinter ihm herzulaufen, ich nehme mir vor, an der nächsten Kreuzung rechts abzubiegen. Wir erreichen die Kreuzung, und er biegt rechts ab, wie ertappt gehe ich hinterher, einer Backsteinmauer entlang, hinter der sich ein Park mit hohen Bäumen befindet. Ein leichter Wind bewegt die Äste, die gerade erst ausgetrieben haben, einige tragen Knospen, vereinzelt blühen sie bereits. An einem eisernen Tor bleibt er stehen. Inzwischen ist es Nacht geworden. Er drückt die Klinke, sie gibt nicht nach. Er holt Anlauf und springt auf die Mauer zu, seine Arme, so scheint es, schleudert er dabei weit von sich, und es gelingt ihm, oben auf der Mauer zu ankern. Er zieht sich hoch, und im nächsten Augenblick ist er auf der anderen Seite verschwunden. Mein Puls hämmert gegen den Hals. Einige Minuten verstreichen, es ist nichts zu hören, nichts zu sehen: Ich komme mir lächerlich vor, wie ich da stehe und nicht weiß, worauf ich warte, hinters Licht geführt und stehengelassen. Ich überlege, wohin ich gehen könnte. Mit einem Stöhnen wirft er sich erneut gegen die Mauer, von der anderen Seite diesmal, zieht sich ächzend hoch und blickt auf mich herab. Ich will dir etwas zeigen, sagt er, lässt sich fallen und landet dicht neben mir. Sofort springt er auf, lehnt sich mit dem Rücken gegen die Wand, verschränkt die Hände in Schritthöhe und hält sie mir hin. Wie sollen seine schlecht befestigten Schlackerarme mich tragen? Ich trete stumm vor ihn hin, ohne ihn anzusehen, halte mich an seinen Schultern fest, benutze den vorbereiteten Tritt und klettere mühelos über die Mauer.

Wir befinden uns auf einem alten Friedhof. Über die Gräber und Wege ist Gras gewachsen, nur die Grabmäler behaupten ihren Platz.

Auf dieser Seite habe ich gerade schon gesucht, da ist er nicht, also lass uns da drüben mal nachsehen.

Ich habe keine Ahnung, wen er meint. Wo ist denn mein Feuerzeug? Ich muss es verloren haben. Hast du Feuer, frage ich. Ich rauche nicht, sagt er und kniet sich ganz nah vor die Grabsteine hin, es sieht aus, als umarme er sie.

Nein, hier nicht. Hier auch nicht. Nein. Ja, gibt's das. Wo ist er denn.

Mir macht es nichts aus, dass ich nicht verstehe, worum oder um wen es geht. In diesem Moment fühle ich mich so aufgehoben, dass es von mir aus für alle Zeiten so weitergehen kann.

Ein junges schönes Fräulein, sagt er unvermittelt, und seine Stimme ist mit einem Mal viel dunkler, wird von einem jungen schönen Ritter umworben. Eine Liebesgeschichte, ganz recht. Vielleicht sollten wir den beiden Namen geben, was meinst du? Ich kann mich leider nicht an sie erinnern, lass sie uns Julia und Julius nennen.

Er lehnt sich gegen den Grabstein. Ich spüre seinen stechenden Blick auf mir und fasse mir, wie um ihn abzuwehren, an den Hals, aufs Schlüsselbein.

Bevor Julia Julius erhört, fährt er fort, soll er sich beweisen. Sie schickt ihn durch den unheimlichen Wald. Der unheimliche Wald ist berüchtigt. Komm, sagt er und steht auf. Er geht einen Schritt hinter mir, als triebe er mich vor sich her, wir erreichen die Mauer und überwinden sie wie ein eingespieltes Diebespaar.

Ritter Julius erreicht, sagt er, als wir wieder auf der Straße stehen, nach einigen heiklen Begegnungen am Ausgang dieses Waldes ein Stück Land am Fluss, das einem Fischer und seiner Frau gehört. Nennen wir ihn Karl, sie Karla.

Wir folgen der Friedhofsmauer um eine Straßenecke herum und kommen zu einem hohen Eingangstor. Ich wende mich ab und überquere die Straße, gehe im Zickzack und entscheide mich für eine gepflasterte Seitenstraße. Er folgt mir.

Es ist schon spät, sagt er, und die Fischersleute Karl und Karla nehmen Ritter Julius über Nacht bei sich auf. Draußen regnet es, der Fluss schwillt an. Endlich kommt die Tochter der beiden Fischer völlig durchnässt nach Hause. Julius wundert sich, wieso Karl seine Tochter nicht für ihr langes Wegbleiben schimpft, und erfährt, dass dieses Mädchen – Undine, an ihren Namen kann ich mich als einzigen erinnern – ein Findelkind ist und gegen Ratschläge und Befehle seit jeher taub. Sie macht, was sie will, sagt Karl, aber wir lieben sie trotzdem, auf eine merkwürdige Weise, sie kam zu uns, als unser eigenes Kind uns vom Fluss genommen wurde. Morgens fiel unsere Tochter aus dem Boot, abends stand Undine, genau so tropfnass wie jetzt, vor der Tür, seitdem ist sie bei uns.

Undine? Von der hat meine Großmutter mir immer wieder erzählt. Das musst du mal lesen, sagte sie, aber ich habe es nie getan. Warum aber erzählt dieser Mann mit den Huskyaugen mir ihre Geschichte? Träume ich? Ich bleibe stehen und wende ihm den Kopf zu. Er lächelt mich an. Undine, sagt er, geht geradewegs auf Ritter Julius zu und küsst ihn unvermittelt auf den Mund. Ich weiche zurück, aber der Fremde fährt 'fort: Kurz bleibt Julius die Luft weg, dann ist er wie von Sinnen. Jede Erinnerung an Julia ist gelöscht. Erzähl mir vom unheimlichen Wald, sagt Undine und zieht Julius neben sich auf die Bank, doch Karl, der gerade eine neue Flasche Wein geholt hat, haut auf den Tisch: Nicht in meinem Haus! Julius verstummt, Undine springt auf und rennt zur Tür hinaus in den Regen. – Sollen wir was trinken, fragt er und hält an. Wir stehen vor einer Bar mit bunten Lichterketten. Einen Schluck Wein könnte ich jetzt auch vertragen. Ich renne weg.

An der Kreuzung geht mir die Luft aus. Ich stütze mich auf meine Knie, als ob ich dadurch leichter zu Atem käme. *Bäckerei Konditorei,* steht in merkwürdiger kotbrauner Schnörkelschrift an einem Eckladen, ich blicke durch die Schaufenster und sehe in den Vitrinen Kuchen liegen, und dann, ich habe nur leicht den Blick gehoben, sehe ich ihn; er spiegelt sich in der Scheibe, es sieht aus, als stehe er im Laden und beuge sich über die Kuchen. Wer hat die denn da vergessen, fragt er, das ist ja eine ausgewachsene Geistermahlzeit. Er beginnt zu pfeifen, eine schwungvolle Melodie, die mir bekannt vorkommt, ohne dass ich sie errate. Sein Blick trifft mich, trotz des Umwegs über das spiegelnde Schaufenster, stechend, vor nichts Halt machend, jedes Material durchdringend. Ich schließe die Augen und lasse die Stirn gegen das Schaufenster sinken.

Sieh dir das an, sagt er, als ich die Augen wieder öffne, er treibt schon wieder aus. Er streicht sich mit der Hand übers Kinn. Erst heute Nachmittag habe ich mich rasiert. Grauenvoll. Ich will dich nicht sehen, hörst du? Bleib im Verborgenen! Du störst mich. Auch wenn du aus mir herauskommst: ich kenne dich nicht, ich will dich nicht kennen, geh weg, weiche, verkriech dich, wo du herkommst, verstanden? Er wendet sich an mich. Der antwortet auch nie, genau wie du, er weigert sich, mit mir zu sprechen. Bevor mir ein Lächeln übers Gesicht huscht, drehe ich mich weg und gehe los.

Undine, ruft er mir hinterher, Undine, komm zurück! Was

willst du denn da draußen bei Sturm und Regen? Er holt mich ein. Der Fluss ist über die Ufer getreten, sagt er atemlos. Ritter Julius findet Undine auf einem Fleckchen Land inmitten der Flut. Er verspricht ihr, all seine Abenteuer aus dem unheimlichen Wald zu erzählen, und bringt sie nach Hause zu Karl und Karla. Wir kommen auf einen Platz, in dessen Mitte sich ein Spielplatz befindet, laufen einmal ganz um ihn herum und gehen die Straße wieder zurück, wobei unklar ist, wer führt.

Karl zeigt Julius den Weg zurück in die Stadt, sagt er, aber er kann den Fluss, der zum reißenden Strom angeschwollen ist, nicht überqueren. Julius richtet sich an Undines Seite bei Karl und Karla ein. Er fühlt sich bald heimisch, sie leben friedlich vereint und in Liebe verbunden, aber als die Weinvorräte zu Ende gehen, bekommen sie Streit. Julius erinnert sich an Julia, und obwohl er nicht freundlich von ihr spricht, herrisch sei sie und Schuld daran, dass er sich überhaupt in den unheimlichen Wald begeben habe, beißt Undine ihm, als sie den Namen hört, in die Hand. Später stoppt sie die Blutung durch anhaltende Küsse und macht sich auf den Weg, um neuen Wein zu beschaffen. – Ich habe Durst, wirklich, sagt er. Wir kommen an einem großen Backsteinbau aus dem Jahre 1846 vorbei, einem Krankenhaus, wenn dem Schild am Eingang zu trauen ist. In seinem Todesjahr erbaut, murmelt er.

In seinem Todesjahr?

Ich bin so vergesslich, er schlägt sich an die Stirn. Lass uns hier einkehren. Er steuert auf eine Eckkneipe zu. Sie sei geschlossen, sagt die Wirtin, er wiederholt: Ich bin geschlossen, und wir lächeln uns kurz an.

Mit der Weinflasche in der Hand geht er neben mir her. Immerhin hat die Wirtin sich bereit erklärt, den Korken zu ziehen, also gut, aber dann verschwindet ihr, tschüß, Wiedersehn.

Das ist der teuerste Wein, den ich je getrunken habe, sagt er, und der sauerste. Sein Arm schlenkert, der Wein schwappt gegen die Flaschenwände. Die Flut, sagt er, spült dem Fischer Karl einen Wandermönch vor die Tür. Nach einigen Überlegungen zu seinen Kompetenzen und der Not der Situation – und nach einem längeren stillen Gebet – willigt der Mönch ein, Julius und Undine zu trauen. Undine wirkt dabei sehr ernst. Aus einem Kästchen holt sie die prächtigen Perlmutt-ringe ihrer Eltern hervor. Ich hoffe, er passt, sagt sie und streift den größeren Julius über. Allerdings, staunt Julius. Nach der Trauung ist Undine ausgelassen. Der Mönch rät Julius, seiner Frau stets, bei aller Liebe, mit Vorsicht zu begegnen. Undine rät er, ihre Seele in Einklang zu bringen. Ich habe ja keine, antwortet sie und bricht in Tränen aus.

Wir überqueren einen dunklen, kaum befahrenen Boulevard, auf dem nur die Straßenbahnschienen glänzen, und gehen geradewegs auf ein mächtiges, neobarockes Gebäude zu, zweifellos als Amt oder Regierungsbau errichtet, dessen linker Seitenflügel sich in eine kleinere Straße erstreckt, der wir folgen, bis wir auf ein Sackgassenschild stoßen. Wir gehen trotzdem weiter. (*Wir?* Ja, wir.) Mit einem Mal stehen wir an der Spree. Vor uns liegt die Spitze der Museumsinsel mit einem gewaltigen, grün verhüllten Rundbau, der allem Anschein nach restauriert wird. Eine Brücke führt zur Insel hinüber, wir gehen bis zur Absperrung auf halber Strecke *Betreten der Baustelle verboten Eltern haften für ihre Kinder* und blicken hinunter ins dunkle Wasser. Nach einer kurzen Stille fährt er fort: Am nächsten Morgen hat sich die Flut zurückgezogen. Julius beschließt, mit Undine in die Stadt aufzubrechen. Julia kann ihr Glück kaum fassen: Er ist zurück, Julius ist wieder da! Zu dritt leben sie auf Julius' Burg. Julia hält Undine, wie alle anderen in der Stadt auch, für eine befreite Prinzessin. Die beiden Frauen fühlen sich einander verbunden, ohne zu wissen, woher dieses Gefühl rührt. Wir stehen nebeneinander am Geländer, beugen uns vor und sehen wortlos noch eine Weile senkrecht hinunter, dann kehre ich zurück zum Uferweg, gehe am Fluss, seine Schritte knirschen hinter mir, ich fühle mich leicht. Die Nachtlichter unzähliger Baukräne leuchten einsam, aber konstant, ein Bahnviadukt kreuzt den Weg, ich wünsche mir vergeblich, ein Zug donnere über mich hinweg, und als ich bei der nächsten Brücke ankomme, an der rechts und links zwei Säulen stehen, die mich an Kerzenständer erinnern, habe ich Lust, ihn noch einmal um eine Räuberleiter zu bitten, eine der Säulen zu erklimmen und mich mit ihm, der auf der anderen stünde, über die Brücke hinweg zu unterhalten, so laut wie nötig, so leise wie möglich. Aber ich schweige weiter. Kommst du, fragt er, und ich muss mit ihm Schritt halten, um den nächsten Teil der Geschichte zu hören:

Eines Tages enthüllt Undine, dass Julia in Wahrheit die Tochter des Fischers Karl und der Fischerin Karla ist. Julia will nichts davon wissen, sie rast vor Zorn, mit diesen Fischersleuten will sie nichts zu tun haben. Jetzt hör zu: Zum Beweis werden Julias üppige Haare gelüftet. Ihre Ohren, ihr Hals und die Schultern sind übersät mit kleinen dunklen Malen – ähnlich wie meine Bartstoppeln und ebenso zahlreich, unterbricht er sich und bleibt kurz stehen, ich habe den Eindruck, dass er meine Reaktion abwartet, die aber geheim und unsichtbar ausfällt. Ich müsste mich wirklich bald mal rasieren, sagt er. Karla übrigens erkennt die Male, sie erkennt ihre Tochter, aber sie will sie nicht mehr haben und lässt sich nichts anmerken.

– Was war das?

Ich habe meinen Ring ins Wasser geworfen.

Hast du jetzt wirklich gerade mit mir gesprochen? Warst du das? Hast du gerade gesagt, du hast deinen Ring ins Wasser geworfen?

Ich schweige.

Du hast eine – deine Stimme ist wirklich – ja, sie ist einfach … schön.

Ich schweige.

Er beginnt das Lied zu pfeifen, das er vor einigen – Minuten? Stunden? vor dem Schaufenster des Bäckers gepfiffen hat, wieder glaube ich es jeden Moment einordnen zu können, da beginnt er abwechselnd zu singen und zu pfeifen, und ich merke, dass es mir völlig unbekannt ist. Diesen Text habe ich noch nie gehört. *Lass irre Hunde heulen* ... Pfeifen ... *die Liebe liebt das Wandern* ... Pfeifen ... *von einem zu dem andern* – er verstummt. Zögernd tritt er ans Ufergeländer und hält Ausschau, als ob er hoffe, meinen Ring noch zu sehen, dann sagt er: Julia wäscht sich täglich im Schlossbrunnen, in der Hoffnung, das Brunnenwasser wasche die schwarzen Male ab. Als Undine den Brunnen jedoch mit einem Felsbrocken schließen lässt, fühlt sich Julia so zurückgesetzt, dass sie wegläuft. Julius folgt ihr und holt sie zurück. Undine entgeht es nicht, dass Julius sich von diesem Tag an immer stärker auf Julias Seite schlägt. Wir erreichen einen Anleger für Sightseeingschiffe, dahinter zeichnet sich schwer und schwarz der Dom ab, ich frage mich, da kein einziges Schiff vor Anker liegt, wo die Flotte die Nacht verbringt. Er setzt sich auf die steinernen Stufen neben der Verkaufsstelle, ich stehe neben ihm, kleine Wellen schmatzen gegen die Kaimauern.

Während einer Flussfahrt, die sie zu dritt unternehmen, erzählt er weiter, wird die Strömung mit jedem Augenblick stärker, das Wasser wilder, die Flut reißender. Das Schiff gerät in Schieflage. Julius fordert Undine auf zu handeln, aber es gelingt ihr nicht, die Wellen zu beruhigen. Julius entfährt eine Verwünschung, Undine schluchzt auf, fällt vom Schiff und geht in den Wogen unter. Wieder pfeift er, wieder singt er: *von einem zu dem andern*, und dann: *fein Liebchen gute Nacht.* Mir wird frostig ums Herz, ein kurzer, eisiger Windstoß fegt durch mich hindurch. Ich will die Stufen hochgehen, um weiter der Promenade zu folgen, als er mich am Handgelenk packt und den Finger auf die

Lippen legt. Ich erstarre. Ein einzelner Vogel pfeift eine lange, gedehnte, wehmütige Melodie, die immer schneller wird, bis sie sich verhaspelt und wie ein Schluchzen klingt. Ich denke an die Amsel in der Abenddämmerung, ich bitte dich, das ist die Nachtigall, sagt er, er kann Gedanken lesen. Ich erklimme die Stufen und laufe weiter, und da ich seine Schritte nicht höre, wende ich den Kopf. Schön, dass du dich fragst, wo ich bleibe, sagt er nur ein paar Schritte hinter mir, und nach einem kurzen Schweigen fährt er in der Geschichte fort: Anfangs erscheint Undine dem Ritter oft im Traum, dann seltener. Anfangs sind es vielfältige, bunte Träume, die ihn sehnsüchtig zurücklassen, mit der Zeit ist es der immerselbe farblose Traum, vor dem ihm graut: Undine erscheint, schlägt ihre nassen Haare zurück, sieht ihn aus stechenden Augen an und sagt: Wenn du erneut heiratest, muss ich dich töten. Genau das aber hat Julius vor, er möchte Julia nach Ablauf eines Trauerjahres heiraten. Die Fischerin Karla stirbt und Karl fordert seine Tochter zurück, sie soll, so will er es, bei ihm am Fluss leben. Karl stellt sich gegen die Heiratspläne, bis die Summe, die Julius ihm bietet, so gewaltig ist, dass sein Widerstand bricht.

Ich renne, statt die Fußgängerunterführung zu nehmen, über eine stark befahrene Brücke. Auf der anderen Seite bleibe ich stehen. Er steht noch drüben und winkt mir zu.

Es ist keine unbeschwerte Hochzeit, sagt er, als er die Brücke überquert hat. Julia, die Braut, ist noch am vergnügtesten und leichtsinnigsten. Sie macht sich schön für die Hochzeitsnacht. Ihre ungeliebten pechschwarzen Male lassen sich nicht überschminken. Nach kurzem Zögern lässt sie den Brunnen öffnen, es gibt niemanden mehr, der es ihr verwehren könnte. Es geht erstaunlich leicht, der Stein wälzt sich fast von selbst vom Brunnen, als drücke jemand von unten.

Er verschränkt die Arme und sagt: Ganz schön kühl hier am Wasser. Lass uns schneller gehen. Im Laufschritt bleibt ihm kaum Luft zum Erzählen. Kaum ist der Brunnen geöffnet, sagt er atemlos, entsteigt ihm Undine, triefend nass und bitterlich weinend, die Hände ängstlich vors Gesicht haltend. Julia erstarrt. Sie sieht Undine zögernd, schweren Schrittes, wie gezwungen auf Julius' Gemach zuschreiten.

Er eilt weiter. Ich ihm auf den Fersen. Ich möchte ihn an der Schulter packen und zum Weitererzählen auffordern, aber ich tue es nicht. Er wird immer schneller, und der Uferweg mit seinen Laternen, überschattet von Trauerweiden, scheint unendlich zu sein. Ich hebe einen Stock vom Wegesrand auf und schlage ihn bei jedem Schritt gegen die hüfthohe Kaimauer. Er bleibt stehen und ringt nach Luft, dann erzählt er weiter, wobei er immer wieder stoppt, um zu Atem zu kommen: Als es an seiner Tür klopft, ruft Julius, tief betrübt: Ich komme, Liebste. Die Tür geht auf und Undine steht da. Hier bin ich, sagt sie. Himmlisch schön ist sie, Julius neigt sich zu ihr, sie küssen sich. Er holt tief Luft. Sie lässt nicht ab von ihm, bis der letzte Atem aus ihm gewichen ist und er tot aus ihren schönen Armen zu Boden sinkt. Er streckt den Arm nach mir aus. Ich habe ihn totgeküsst, sagt Undine, als die Tür aufgeht und Julia erscheint. Ich weiche zurück. Ich kann nicht mehr, sage ich. Ich kann keinen Schritt mehr gehen.

Ich sitze neben ihm in einem Taxi. Zuerst hat er mich zu einer nahe gelegenen U-Bahn-Haltestelle geführt und mir dabei zugesehen, wie ich allmählich kapierte, dass keine Bahn fuhr. Er hat mich angelächelt und mit seinem Mobiltelefon ein Taxi gerufen. Zurück auf Anfang?, hat er gefragt. Ich habe genickt und bin auf der einen Seite eingestiegen, er auf der anderen, und schon sitzen wir nebeneinander. Der Fahrer schaltet das Radio aus, wir schweigen.

Regine sitzt am Tresen, ich erkenne sie sofort. Als ich sie von hinten anstupse, dreht sie sich in die falsche Richtung und sieht zuerst ihn. Hallo Johannes, sagt sie. Hallo Regine, sagt er.

Regine scheint erfreut, aber gar nicht erstaunt, mich zu sehen. Mich an seiner Seite zu sehen. Johannes, sage ich, du heißt also Johannes. Seine Augen sind wieder da. Seine unglaublich stechenden, viel zu hellen blauen Huskyaugen. Schau dir das an, sagt er und deutet auf seinen Bart, ohne den Blick von mir zu wenden, ist das nicht Wahnsinn? Er geht zu den Toiletten. Regine lächelt mich an. Schön, dich zu sehen.

Ich lächle zurück.

Seit wann bist du in der Stadt?

Seit gestern.

Ich habe schon ein bisschen was getrunken, sagt sie. Ich habe heute Abend ein Stück beendet.

Großartig, ich gratuliere dir, sage ich. Wo wird es aufgeführt?

An den Rest der Unterhaltung kann ich mich auch nach intensivem Nachdenken nicht erinnern. Ich weiß noch, wie er von der Toilette zurückkommt, der jetzt plötzlich einen Namen hat. Er ist frisch rasiert. Viel zu wenig Licht in dem Kabuff, sagt er und tätschelt sich die Wangen, wird es gehen? Das ist wie eine fremde Besatzungsmacht. Ich weiß nicht, was er meint. Ich sehe Regine an. Sie unterhält sich mit dem Barkeeper.

Warum hast du mir die Geschichte erzählt, frage ich ihn, der jetzt Johannes heißt.

Er sieht mich überrascht an.

Liegt Julius etwa auf dem Friedhof, auf dem wir waren?

Julius ist eine Romanfigur, antwortet er, Julius hat kein Grab.

Ich sehe ihn an, überlege, wie lange es dauern würde, seine Bartstoppeln zu zählen, und ob es gelingen könnte.

Sein geistiger Vater liegt da, sagt er, de la Motte Fouqué. Hat man mir jedenfalls erzählt. Hallo?

Ja, sage ich.

Gehen wir?

Ja, sage ich.

Ich vergesse, mich von Regine zu verabschieden. Sobald wir

draußen sind, ist die Unterhaltung zu Ende. Wir überqueren die Straße, folgen einer ansteigenden Allee mit spärlichem Baumbestand und bepflanztem Mittelstreifen, stoßen auf einen kleinen, dreieckigen Park, ohne ein Wort zu wechseln. An einer der Ecken steht ein grünlackierter Jugendstilpavillon, metallen und nein, nicht rund, sondern achteckig, wie sich aus der Nähe herausstellt. Wir umrunden ihn und bleiben vor dem Sichtschutz am Eingang stehen. Er klopft dagegen und schlüpft seitlich am Paravent vorbei ins Innere, ich folge ihm. Beleuchtet wird der Raum, neben einer spärlichen Decken-beleuchtung, durch den Schein der Straßenlaterne, der durch die Oberlichter hereindringt. Mir verschlägt es den Atem. Der Uringeruch wird auch durch Mundatmung nicht weniger beißend, ich ringe nach Luft und taumle auf ihn zu, der seit einer Stunde Johannes heißt, und er kommt mir entgegen. Wir treffen uns in der Mitte, reißen die Münder auf und lassen sie aufeinander los.

Sieben Wände hat dieses Pissoir, ein Kreis von sieben Männern könnte sich hier gleichzeitig, Schulter an Schulter, erleichtern. An jeder Wand befinden sich zwei Wasserdüsen, die, durch Sensoren angeregt, nach jeder Benutzung die Wand spülen. Es handelt sich dabei, wie sich herausstellt, um Infrarotsensoren, die stets auslösen, wenn ein Körper einige Zeit vor dem Sensor steht und dann wegtritt. Dadurch, dass wir uns viel bewegen, läuft dauernd mindestens eine der Spülungen, auch während wir an der Wand lehnen.

Ich bin ziemlich sicher, dass niemand den Pavillon betritt, so-lange wir drin sind. Wenn doch, wird er Zeuge eines Kampfes. *Lass irre Hunde heulen.* Ich weiß nicht, ob er, der seit einer Stunde Johannes heißt, darin genauso unerfahren ist wie ich. Wenn, dann lässt er es sich nicht anmerken. Seine fremden Hände ziehen mir zerrend die Bluse aus, schieben mir den Rock hoch. Als hätten wir uns ineinander verkeilt, drücken und schieben und stoßen wir uns von Wand zu Wand. *Die Liebe liebt das Wandern.* Wir lassen nicht voneinander ab, lassen einfach nicht mehr los, bis wir völlig durchnässt sind, bis die Vögel in der Morgendämmerung zu schreien beginnen, alle auf einmal, wild durcheinander, unschön, gewalttätig. Durch die Oberlichter dringt die Dämmerung herein. *Fein Liebchen, gute Nacht.* Und die Melodie, dieses Lied geht mir einfach nicht mehr aus dem Kopf.

Es hat die Klopfzeichen vertrieben. Der Schmerz lässt endlich nach. Mein Mann steht in der Tür mit einer Tasse Tee. Ich schlafe ein.

5. Was er sieht

Das war anders geplant. Der Satz, den ich hier, den ich jetzt schreiben wollte, war: Und dann kam Philipp. Eigentlich wäre jetzt mein Mann dran, dem dieser Name übrigens äußerst gut steht. Nach Johannes kommt Philipp. Aber die schöne Reihe der Gesandten, die ganze Männerchronologie wird durchkreuzt, es gibt ein Problem.

Das Leben spielt nicht mit. Es drängt herein in mein Buch und greift nach der Handlung. Selber schuld, wenn man glaubt, man könne das Leben schreibend bändigen, ordnen, vorführen, selber schuld, wenn man glaubt, man könne die Liebe packen, untersuchen und – vor allem – verstehen!

Ach, Petrus. Seit ich dich wieder am Hals habe, läuft alles aus dem Ruder. Eigentlich käme jetzt Philipp. Und nun habe ich den Salat.

Salat? Petrus wiederholt mal wieder jede Frage.

Nennen wir es ein Problem.

Ein Problem? Es war längst da.

Für mich kommt es aus dem völligen Nichts!

Sei froh, dass es sich nun zeigt, dann kannst du anfangen, es zu bekämpfen.

Schattenboxen, bestenfalls! Es ist bald Zeit, die Kinder abzuholen. Gib nun Ruhe, Petrus, ich muss mich auf heute Abend vorbereiten.

Und weg ist er.

Wer sich, wie ich, in der eigenartigen Situation befindet, kurz vor einer öffentlichen Lesung zu erfahren, dass der eigene Mann das Geld anderer Leute in Höhe eines Nettojahresgehaltes verspielt hat, entscheidet sich möglicherweise für den falschen Text.

Und so lese ich das erste Kapitel *Ähnlich schnell, wie ein Mensch geht* vor, in Auszügen, versteht sich, weil heutzutage von keinem Literaturfreund mehr erwartet werden darf, dass er länger als siebzehn Minuten am Stück zuhört, selbst dann nicht, wenn es sich bei der Vorleserin um mich handelt, also um jemanden, der das gelernt hat. Es ist ein grausamer Vorgang, seinen eigenen Text zu verstümmeln. Erst päppelt man ihn, bis er einen wohlgeformten Körper hat und Beine, auf denen er aufrecht stehen kann, dann kappt man mit einem zarten Kugelschreiber, als handle es sich um ein Fleischermesser, die Extremitäten, und wenn das nicht reicht, auch noch die Nase und die Ohren, bis man bei siebzehn Vorleseminuten angelangt ist. Es gibt wenige Regeln für einen erfolgreichen Auftritt, die erste lautet: Lies, was da steht. Wer diese Aufforderung befolgt, wird kaum Gelegenheit finden, sich gedanklich auf Abwege zu begeben. Das gilt auch für vertraute Texte: eigene, einstudierte oder bereits mehrmals vorgetragene. Denn die Regel lautet nicht: Lies, was du glaubst, dass da steht, sondern: Lies, was da steht. Und solches Lesen ist – wir erinnern uns an die glücklichen Momente als Schulanfänger, die noch Wort für Wort entdeckten – ausschließend.

An diesem Abend aber, und ich weiß nicht, wie, bringe ich es fertig, mir während des Vortrags einiges durch den Kopf gehen zu lassen, das nicht im Text steht. Dazu sehe ich fern, allerdings handelt es sich um eine Art Testbild, das zwar leicht schwankt, sich ansonsten aber nicht bewegt: Die Schar der Gläubiger, im Pulk, aufrecht stehend und schlecht beleuchtet. Das Bild hält sich, hartnäckig und starr, meine Versuche, einzelne bekannt anmutende Gesichter heranzuzoomen, um ihre Identität im Zwielicht zu überprüfen, scheitern. Wer nun glaubt, es sei unmöglich, gleichzeitig fernzusehen und zu lesen, irrt. Das Testbild flimmert über meinem Text – auch wenn ich umblättere. Um zu glotzen, brauche ich nicht einmal den Kopf zu heben. Und tue es auch nicht, wodurch ich Regel zwei missachte: Wirf alle paar Sätze einen wachsamen Blick ins Publikum und zähle die Schläfer. Wozu? Wer es je versucht hat, weiß, aus dieser einfachen Aufgabe entwickelt sich ein stummer, aber intensiver Dialog mit den Zuhörern, der jeden, wirklich jeden erreicht. Selbst die begabtesten Schläfer bedanken sich anschließend persönlich für die wunderbare Lesung und kaufen ein Buch. Verblüffend, aber wahr.

Ich aber wage nicht, den Kopf zu heben, aus Angst, die Schar der Gläubiger habe sich nicht nur auf meinem Text, sondern auch im Vortragssaal breitgemacht, blicke mich aus vorwurfsvollen Augen an und riefe: Wo ist unser Geld?!

Ich weiß es nicht.

Sie weiß es nicht! höhnt die Schar der Gläubiger.

Er hat es verspielt, sage ich, oder meine innere Stimme, oder sonst jemand, jedenfalls kann ich es deutlich hören.

Verspielt! Und da hat sie seelenruhig zugesehen.

Nein, ich wusste nichts davon.

Schönen Gruß an den Herrn Gemahl, ihr habt zwölf Stunden Zeit, dann wird bezahlt, sonst ... Die Schar der Gläubiger verstummt, und auch ihr Bild auf meinem Text verschwindet, stattdessen taucht ein unbekanntes Foto meiner beiden Kinder auf. Was wird hier gespielt? Was machen meine kleinen Söhne hier? Wer hat dieses Bild aufgenommen, wann, und warum? Beinahe hätte ich mich verlesen, oder versprochen, oder beides, beinahe. Erstaunt stelle ich fest, dass ich die ganze Zeit weiter vorgelesen habe, vielleicht etwas zu hastig, vielleicht mit der einen oder anderen sinnfreien Betonung, aber ohne zu stocken und fehlerfrei, ganz sicher. Denn zu allem Überfluss habe ich mir dabei auch noch zugehört. Einmal lacht jemand, ha, immerhin, ein Rumpfwitz, der zu funktionieren scheint. Frei von allem, abgetrennt.

Warum aber ist *Ähnlich schnell, wie ein Mensch geht* der falsche Text?

Weil es eine Liebesgeschichte ist. Weil von der *ersten* Liebe die Rede ist, an die sich auch Menschen, die in Liebesdingen vergesslich sind, mit leuchtenden Augen und Herzen erinnern. Weil aus dem Text hervorgeht, auch in der verstümmelten Siebzehnminutenvariante, dass diese Liebe kein wirkliches Happyend hat. Weil das Publikum dazu neigt, eine Icherzählerin für die Autorin zu halten, eine Neigung, die sich verstärkt, wenn die Autorin ihren Ichtext auch noch selbst vorliest. Weil diese Wintergeschichte, in der vier junge Menschen sich zu einer Wanderung im tiefen Schnee aufmachen, so schön in die Jahreszeit passt. Es ist ein kalter Märzabend, der Winter zeigt sich am Ende noch einmal eisig und unerbittlich, die Wiesen sind verschneit, die Fußwege und Nebenstraßen vereist, die großen Verkehrsachsen voller Matsch, und die Alster seit ein paar Tagen zugefroren. Möglicherweise wächst sich durch meinen introvertierten, unglücklichen Vortrag die Neigung des Publikums, die Erzählerin für die Autorin zu halten, zur Gewissheit aus, dass hier eine, genau eine und nur eine Person vor ihnen stehe: die Erzählerin. Eine unglücklich Liebende. Der ganze Vortrag ein einziger, langgezogener Schrei nach Liebe, ein Hilferuf an die Männer im Publikum. Wie ich auf diese Idee komme? Gleich.

Auch als ich es hinter mir habe, blicke ich nicht auf, ich nicke kurz, verfolge, was meine Füße machen, und verlasse das Podium zügig Richtung Tresen. Ich trinke Rotwein, den gibt es umsonst, und ich bin durstig. Ich spreche mit niemandem, ich trinke. Als das Literaturhaus zusperrt, werde ich von einem wackeren Bekannten, der Mitleid mit mir hat, nach Hause gefahren und die Treppen hoch zur Wohnungstür geführt, die ich nicht öffnen kann, weil der verflixte Schlüssel nicht mehr passt. Onkel Günter öffnet die Tür und sieht mich verwundert an. Onkel Günter hat die Kinder gehütet. Du siehst nicht gut aus, sagt er, du bist blass. Leg dich hin, wenn du kannst. Sonst geh auf die Toilette. Onkel Günter schickt meinen Bekannten weg, fragt, ob er mich alleine lassen könne, und fährt zu Tante Sigrid.

Am nächsten Tag habe ich eine Mail in meinem Postfach. Weitergeleitet von einem Autorenportal. Ein alberner Absender: deineblicke@freenet.de. Bemerkenswert, dass ich die Mail öffne, fürchte ich mich vor Trojanern doch mehr als vor einem Terroranschlag. Mit gutem Grund, alle paar Jahre nur sichere ich meine Texte auf der externen Festplatte, die Philipp mir zu Weihnachten geschenkt hat, nachdem sich einige Monate nach unserer Hochzeit mein damaliger Computer durch einen Virus selbst zerstörte und all meine unveröffentlichten Texte mit in den Tod riss. Philipp kann nicht verstehen, dass ich nach dieser Erfahrung immer noch nicht spätestens wöchentlich ein *Backup* mache, und ich kann es ihm nicht erklären. Ich vergesse es, es bleibt keine Zeit dafür, es macht mich nervös, hält mich vom Eigentlichen ab, keine Ahnung. Ich beruhige Philipp, indem ich ihn an meine Vorsicht im Umgang mit fremden Dateien, Inhalten und Emails erinnere. Du weißt doch, lieber verpasse ich was, als dass ich mir da was einhandle. Und dennoch öffne ich die Mail des Absenders deineblicke@ freenet.de:

Ich bin's. Du weißt schon, wer. Ich fand deine Geschichte sehr schön. Leider haben wir nicht miteinander gesprochen, aber unsere Blicke sind sich immer wieder begegnet. Intensive Blicke. Schreib mir, wenn du magst, ich würde mich freuen.

Er hat mit einem deutschen Allerweltsnamen unterschrieben,

passenderweise ändere ich ihn in Thomas. Ich lese seine Nachricht mehrmals durch, dann muss ich lachen. Ich habe Kopfschmerzen vom Wein. Meine Blicke. Ich habe ihn intensiv angesehen. Ja, wen denn? Spinner. Ich klicke auf *Antworten* und schreibe: Muss eine Verwechslung sein.

Das Telefon klingelt. Onkel Günter. Wie es mir gehe. Ob ich was Neues von Philipp gehört habe. Ich weiß nicht, ob es an meinem Kater liegt, ich werde spitzfindig. Was meinst du mit *was Neues*? Möchtest du wissen, ob sich heute Morgen bereits neue Gläubiger gemeldet haben? Möchtest du wissen, ob der Schuldenberg schon wieder höher geworden ist? Ob wieder etwas herausgekommen ist, das Philipp mir verschwiegen hat?

Günter bleibt ruhig. Er habe lediglich wissen wollen, ob Philipp angerufen habe.

Warum?

Ich mache mir Sorgen um ihn.

Brauchst du nicht.

Er geht nicht ans Telefon.

Vielleicht hat er eine Anwendung, Untersuchung, Sitzung, Therapiestunde, was weiß ich. Mach dir lieber Sorgen um mich.

Mache ich mir auch.

Günter, das war ein Spruch! Mir geht es gut!

Sind die Kinder im Kindergarten?

Ja. Natürlich. Entschuldige, heute ist nicht mein Tag. Ich melde mich wieder. Ich lege auf und lösche *Muss eine Verwechslung sein,* dann schreibe ich es wieder hin und klicke auf *Senden.* Ich gehe einkaufen. Ich wundere mich über die Preise. Die Kartoffeln, die ich immer kaufe, kosten 2,99. Wieso ist mir das nie aufgefallen? Heißt es nicht, Kartoffeln seien billig? Armeleuteessen? Haferflocken hingegen, 39 Cent! Wie gut, dass die Kinder ihren Frühstücksporridge lieben, dabei wird es die nächsten zehn bis zwanzig Jahre auch bleiben müssen.

Ich mache den Briefkasten auf. Fünf Umschläge. Sie sind alle an Philipp adressiert. Ich reiße den ersten halb auf, dann packe ich alle fünf ungelesen in die Tasche. Ich will's gar nicht wissen. Ich gehe die Treppen hoch. Der Wohnungsschlüssel passt wieder, Glück gehabt.

deineblicke@freenet.de hat geschrieben. Verwechslung? Keineswegs! Du weißt schon: Blond und Brille. Magst du mit mir einen Kaffee trinken?

Antworten: Nichts weiß ich, lieber Blondmitbrille. *Senden*

deineblicke@freenet.de: Kaffee trinken?

Antworten: Hab die Kinder, sorry. *Senden*

Ich versuche zu arbeiten. Aber das Buch, an dem ich schreibe, dieses Buch hier, ist gerade in einer Krise, Ausgang ungewiss. Ich fürchte mich davor, es anzurühren. Also nehme ich mir etwas Neues vor.

Beginnen. Wieder mit dir beginnen. Jedes Buch mit dir. Am Anfang war das Wort. An meinem Anfang stehst du.

Ich speichere die 18 Worte und schließe die Datei.

Ich öffne sie wieder, lese noch einmal. Beginnen. Wieder mit dir beginnen. Jedes Buch mit dir. Am Anfang war das Wort. An meinem Anfang stehst du.

Ich lösche die fünf Sätze, gehe in die Küche, mache mir einen Kaffee und bereue es. Ich versuche sie wiederherzustellen. Ich habe ihn angesehen, wie kommt er denn auf die Idee. Keine Ahnung, was der sah. Blond und Brille. Wer soll das sein? Ich hole die Post aus der Einkaufstasche und werfe sie auf den Stapel in Philipps Zimmer.

Warte, sage ich zu meinem größeren Sohn, bis die Bahn frei ist! Ich ziehe den Kleineren zur Seite, er beginnt zu weinen, ich nehme ihn auf den Arm. Der Größere kommt bäuchlings die Rutsche heruntergesaust und landet mit dem Gesicht im gefrorenen Sand. Er schreit auf und weint. Ich setze den Kleineren ab und hebe den Größeren, der auch noch klein ist, hoch. Der kleine Kleine will nicht im Sand sitzen, er beginnt zu krähen. Der große Kleine hat sich das Kinn aufgeschürft, er lässt sich kaum trösten. Ein Fahrradfahrer steuert auf den Spielplatz zu. Ich erkenne ihn sofort. Merkwürdig. Diesen langen, schmalen blonden Mann mit der großen bernsteinfarbenen Hornbrille habe ich wirklich schon einmal gesehen. Aber es kann überall gewesen sein, ich habe keinerlei Erinnerung an die Umstände, den Ort, die Zeit, den Anlass. Die Kinder weinen. Blondmitbrille steigt vom Rad und versucht, das Gittertor zu öffnen. Kindersicherung, rufe ich, drehen und zugleich ziehen, aber er kann es nicht verstehen. Nun beruhigt euch doch, sage ich, und die Kinder schreien noch lauter. Irgendwie hat er es geschafft, schiebt sein Fahrrad durchs Tor und kommt auf uns zu. Die Kinder verstummen. Sie sehen ihn an. Sie sehen mich an. Kennst du den, Mama?, fragt der Größere.

Ja, antworte ich, weil ich schlecht nein sagen kann, nein, den kenne ich nicht, und trotzdem habe ich mich mit ihm hier verabredet.

Blondmitbrille sieht mich an. Ja, wir kennen uns, sagt er. Seine Stimme ist belegt, er räuspert sich. Ich habe ein Pflaster dabei. Er zieht seine Geldbörse aus der Tasche und findet es nach längerem Knistern. Hast du kein Kinderpflaster, fragt der große Kleine.

Was ist das?

Na, für Kinder, Kinderpflaster. Mein Sohn sieht mich an, als zwinge ich ihn, sich mit einem Idioten zu unterhalten. Ich nehme ihm das Pflaster ab. Vielen Dank, sage ich und klebe es dem großen Kleinen aufs Kinn. Zuhause male ich dir ein paar Punkte drauf, gut?

Nein, Blumen.

Gut, Blumen.

Und Sternchen.

Einverstanden.

Und kleine Gummibärchen.

Ich seufze.

Ich bin Thomas, mischt er sich ein und hält dem großen Kleinen die Hand hin.

Was hast du da, in deiner Hand?, fragt mein Sohn.

Thomas sieht mich hilflos an.

Hast du Gummibärchen?

Nein, leider nicht, antwortet Thomas.

Ich hab da aber welche gesehen, widerspricht mein Sohn.

Thomas sieht mich an. Was mache ich jetzt?, fragt er.

Thomas hat für mich eingekauft. Er hat mir eine Kiste Wasser in den dritten Stock geschleppt. Er hat den Müll und die alten Zeitungen weggebracht. Den Kies aus dem Treppenhaus gefegt. Die Post hochgebracht. Den Fahrradreifen geflickt. Den Hund ausgeführt. Briefe eingeworfen. Bücher abgegeben. Und das alles nach einer einzigen Begegnung, in der er mich mehrmals gefragt hat, ob ich nicht zu nett zu meinen Kindern sei. Es war offensichtlich, dass er sich wünschte, sie wären nicht da. Redeten nicht dauernd dazwischen. Suchten nicht dauernd meinen Arm und meine Aufmerksamkeit. Als sie endlich schlafen, stupst er mich mit dem Zeigefinger an. Ich hebe den Kopf und lächle. Er nimmt seine Brille ab. Jetzt sehe ich dich nicht mehr, sagt er. Dann brauche ich dich ja auch nicht mehr anzulächeln, antworte ich. Er setzt seine Brille wieder auf, sieht mich an und sagt: Das verstehe ich jetzt nicht.

Am nächsten Morgen steht er mit Brötchen und der Zeitung vor der Tür und erledigt alles, was es zu erledigen gibt, während ich die Tür von meinem Arbeitszimmer schließe, das Telefon ausschalte und mich dem *Beginnen*-Text zuwende. Als Thomas sich verabschiedet hat, mache ich eine Pause. Ich trinke eine ganze Flasche Wasser aus. Ich sehe die Post durch. Die Briefe an Philipp lege ich auf den Stapel in seinem Zimmer. Ein Schreiben ist an den großen Kleinen adressiert, das kann ich ja ruhig öffnen, was soll da Schlimmes drinstehen. Ein Kontoauszug. Auf seinem Kindersparbuch sind noch 1,70 Euro. Ich schreie. Ich wähle die Nummer. Ich schreie Philipp am Telefon an. Ich schreie, als ich es Günter erzähle. Ich rufe meinen Freund Nathanael an und schreie, bis ich heule. Ich lege mich neben meinen Hund auf den Boden und drücke mein Gesicht in sein Fell. Das Telefon klingelt, Thomas ist dran. Ich kann vor Wut nicht mehr sprechen.

Als die Kinder schlafen, kommt er vorbei. Er umarmt mich wortlos, und ich beiße in seinen dünnen Oberarm, bis ich keine Kraft mehr im Kiefer habe. Er nickt, lass es raus, sagt er und ächzt dabei vor Schmerz.
Das war gut, sagt er später, ich fand es gut. Ich bin nicht sicher, was er meint. Dass ich ihn gebissen habe? Fand er das im Sinne der *Psychohygiene* gut? Weil er glaubt, dass ich mich dadurch von meiner Wut befreit habe? Habe ich nicht. Aber zugegeben, gut fand ich es auch, obwohl ich mir nicht erklären kann, wieso ich es tat. Ich beiße sonst eigentlich nicht.
Ich möchte dich gerne nackt sehen, sagt er.
Warum, frage ich und denke, als ich es sage: blöde Frage.
Weil ich glaube, dass du schön bist, aber ich glaube nur, was ich sehe.
Ich schüttle den Kopf.
Gut, sagt er und macht den Anfang. Er zieht sich in meiner Küche aus. Es geht sehr schnell. Die Kleider liegen wie ein verzerrter Schatten hinter ihm auf dem laminierten Küchenboden. Thomas hat nur noch seine Hornbrille an, er steht aufrecht. Mager ist er, sehr hellhäutig, völlig unbehaart und übersät mit blauen, violetten, grünen, gelben Flecken. Mein

Biss an seinem Oberarm zeichnet sich dunkelrot ab.

Woher hast du die ganzen Blutergüsse?

Erzähle ich dir später. Ziehst du dich auch aus?

Nein. Ich bleibe sitzen. Ich mustere ihn. Durch ihre unterschiedlichen Farben ist es auszuschließen, dass die Flecken alle von einem einzigen Vorfall oder Unfall oder Überfall herrühren. Das sieht schlimm aus, sage ich. Mein Hund kommt in die Küche getrottet, bleibt hinter Thomas stehen, reckt den Hals und schnuppert an ihm. Thomas fährt erschrocken herum. Lass das, du widerliches Vieh! Ich muss lachen und ziehe den Hund weg. Was hat sie gemacht?

Geschnüffelt. Wieso sie?

Es ist ein Weibchen.

Er setzt sich schnell hin und schlägt die Beine übereinander. Diese glatten, weißen Beine, diese Kinderbrust, dieser blanke Schambereich sind mir unangenehm. Zwischen seinen Schenkeln ist sein gräuliches Glied eingeklemmt, es tut fast weh, daran zu denken.

Ich ziehe mich lieber wieder an, sagt er, der Hund macht mir Angst.

Er verabschiedet sich wenige Minuten später. Er könne mir am nächsten Tag leider nicht helfen, er habe einen wichtigen Termin auswärts. Als ich ihm sage, dass ich keine Hilfe benötigte, streicht er mir über die Haare und lächelt.

Auf dem Weg zum Kindergarten will der große Kleine den Hund führen. Schön langsam, sage ich, und Vorsicht, Glatteis! Und vorne an der Straße warten, ja! Der Hund trabt los, das Kind lässt sich wegziehen, ich renne mit dem kleinen Kleinen im Buggy hinterher, wodurch der Hund noch schneller wird und mit ihm das Kind. Halt, rufe ich, aber sie rennen weiter, rennen über die Straße, schneller und immer schneller, das Kind lacht, das Kind rutscht aus und fällt der Länge nach hin.

Ich sitze auf dem kalten Asphalt, schimpfe mit dem Hund und tröste das Kind, und die Tränen laufen mir übers Gesicht, sie sind merkwürdig warm.

Philipp ruft an. Der Beantworter schaltet sich nach viermal Klingeln ein, ich drücke die Mithörtaste. Ich habe Angst, dich zu verlieren, höre ich Philipp sagen. Bitte ruf mich an, wenn du nach Hause kommst.
Ich lösche die Nachricht.
Ich kann keinen Gedanken fassen. Ich sitze über dem *Beginnen*-Text, wieder, er kommt kaum voran. *Ich, Du, Dialog* steht da.
Ich: Ich glaub's nicht
Du: Glaubst du wohl
Ich: Glaubst du
Du: Glaub ich, ja
Punkt, schreibe ich. *Ich glaube nur, was ich sehe.* Ich denke an Thomas.

Was machen wir hier, fragt der große Kleine. Eislaufen, antworte ich.
Eis kaufen? Er sieht mich ungläubig an.
Eislaufen.
Und wo ist das Eis, fragt er. Wir stehen drauf, hier! Ich stampfe auf.
Mir ist kalt.
Mir ist auch kalt. Diese gierige Kälte von unten hat in wenigen Minuten die Füße, die Unterschenkel, die Knie überfallen und betäubt. Nun kriecht sie unaufhaltsam und zielstrebig die Oberschenkel Richtung Rumpf und Eingeweide hinauf.
Ich will nach Hause, Mama.
Ich auch, mein Liebling. Mein Telefon klingelt. Thomas will für uns kochen. Für mich und die Kinder. Er hat schon alles

eingekauft. Er ist schon auf dem Weg zu uns. Er steht eigentlich schon vor der Tür. Ganz schön kalt, sagt er. Wir beeilen uns, sage ich und lege auf.

Schlafen sie?
Ich nicke.
Heute bist du dran, sagt er, als er mit dem Abwasch fertig ist und sich zu mir setzt.
Nein, du wolltest mir noch ein paar Antworten geben.
Zum Beispiel?
Zum Beispiel auf die Frage, wie es zu den Misshandlungen kam.
Misshandlungen?
Zu deinen Blutergüssen.
Und welche Frage noch?
Ich überlege.
Hattest du nie Körperhaare, oder hast du sie wegrasiert?, frage ich dann.
Rasiert.
Überall?
Er nickt.
Wieso?
Er lächelt und schlägt ein Spiel vor: Ich solle Fragen stellen, er gebe Antworten. Nach jeder beantworteten Frage aber müsse ich ein Kleidungsstück ausziehen.
Aber ich kann fragen, was ich will, fordere ich, und du antwortest.
Einverstanden, sagt er. Und so komme ich zur ersten Entkleidungsnummer meines Lebens. Ich stehe vor ihm.
Thomas, wie alt bist du?
Demnächst vierzig.
(Ich ziehe eine Socke aus.)
Zivilstand?

Unverheiratet.

(Zweite Socke.)

Kinder?

Keine.

(Strickjacke.)

Warum nicht?

Weil ich noch nie ohne Kondom mit einer Frau geschlafen habe.

Du hast noch nie – ?

Nie. Das waren zwei Antworten.

(Ich nehme unter Protest den Schal ab und ziehe die Hose aus. Ich zähle, wie viel ich noch anhabe. Ich muss zu den wesentlichen Fragen kommen.)

Mit der Tür ins Haus: Mit wem hast du Sex?

Er lacht auf. Hoppla, gut, warum nicht direkt. Ich habe Profile auf zwei Datingseiten. So verabrede ich mich mit Frauen. Das klappt aber eher selten, das ist, er lächelt, unzuverlässig. Und deshalb besuche ich, wenn ich Lust habe, eine frivole Bar, sagt dir das was?

Jetzt hast du mir eine Frage gestellt. Nein, sagt mir nichts.

Da gehen alle möglichen Menschen hin, Paare, Männer, Frauen, um sich sexuell auszuleben. Leider sind die Frauen meist in der Minderheit, daher gibt es keine Einlassgarantie für Männer.

Ich finde Gefallen an diesem Spiel. Wann habe ich je zuvor solch offenherzige Antworten bekommen, noch dazu von einem Mann? Er erzählt mir gerade, dass er Orte besuche, an denen er sich mit wildfremden Menschen so nahe kommt, wie zwei Menschen sich eben kommen können, körperlich. Wow! Ich ziehe mir das T-Shirt über den Kopf.

Haben deine Blutergüsse mit den Besuchen in diesen Bars zu tun?

Eher mit den Treffen, die sich über die Datingplattformen ergeben.

Ich versuche mein Erstaunen nicht zu zeigen. Schnell und ohne Umstände öffne ich den Büstenhalter.

Scheint ja doch nicht so *unzuverlässig* zu sein. Gemessen an der Anzahl blauer Flecken kann das nicht so schlecht für dich laufen, auf diesen Plattformen. Das war jetzt keine Frage!

Ich habe nur noch die Unterhose an. Ich habe keine Fragen mehr, sage ich.

Wolltest du nicht wissen, wie die Flecken entstanden sind?

Ja. Nein. Doch, aber ich frage nicht, sage ich.

Ist es dir unangenehm, fragt er nach einer kleinen Stille, die Unterhose auszuziehen?

Ja.

Er kommt auf mich zu und umarmt mich.

Beiß zu, wenn du möchtest, sagt er.

Nein, sage ich. Ich hebe die Kleider vom Boden auf.

Mir gefällt aber sehr, was ich da sehe, sagt er.

Keine Ahnung, was du siehst, mit deiner komischen Brille, antworte ich und ziehe das T-Shirt über. Darf ich mal hindurchschauen?

Er nimmt die Brille ab, putzt die Gläser mit seinem Pulloverärmel und hält sie mir hin.

Es schmerzt in den Augen, das Bild ist verzerrt. Ich nehme sie wieder ab.

Thomas, bei dieser Lesung …

Ja?

Ich habe dich den ganzen Abend nicht angesehen.

Ich dachte.

Nein.

Mir war aber so.

Nein. Legst du eigentlich für jede Frau, die du kennenlernen möchtest, eine passende Emailadresse an? So wie deineblicke@ freenet.de?

Nein, sagt er, die habe ich schon länger, bestimmt ein paar Jahre.

Das heißt, du schreibst auch anderen Frauen von dieser Adresse aus?

Im Moment nicht.

Er hat noch einen Nachtisch vorbereitet, den er umständlich zubereitet, Birnen in Rotwein. Ich mache Kaffee. Er habe seine Mappe mitgebracht, sagt er, längst schon habe er mir doch einige seiner Arbeiten zeigen wollen, damit ich mir ein Bild machen könne, was er den ganzen Tag so *treibe*.

Ich blättere die Mappe mit den Informationsgrafiken durch, während er unter stetigem Rühren Zucker in Rotwein auflöst. Das Streckennetz der öffentlichen Busse in Schleswig-Holstein. Struktur und Übertragungswege des Schweinegrippevirus. Diagramm aller Kräfte, die eine globale Bankenkrise auslösen. Beim Menschen, erklärt Thomas, stehe die visuelle Wahrnehmung an erster Stelle der Informationsaufnahme. Darin liege die Stärke der Infografik und ihr Vorteil gegenüber den anderen journalistischen Disziplinen. Ein bekanntes Sprichwort fasse es sehr einprägsam zusammen: Bilder sagten eben mehr als tausend Worte. Er überlässt den Topf sich selber, reduziert die Flamme und sieht mir über die Schulter. Um es ganz einfach zu sagen: Seine Aufgabe sei das Sichtbarmachen komplizierter Zusammenhänge, sodass sie im besten Fall auf einen Blick zu erfassen seien.

Er nimmt den Topf vom Herd. Die Birnen schmecken sehr gut.

Bevor er geht, fragt er: Soll ich dir morgen wieder helfen kommen?

Morgen lieber nicht, antworte ich.

Er geht grußlos zur Tür.

Ich ziehe mich aus, lege mich ins Bett und denke an Philipp, versuche an Philipp zu denken, sehe aber nur eine große bernsteinfarbene Hornbrille, und als ich sie abnehme, taucht dahinter das Gesicht von Petrus auf. Er sieht mir zwischen die Brauen und wiederholt die Frage, die ich nur in Gedanken gestellt habe. Brille? Nein, ich trage keine Brille. Im Bett schon gar nicht. Ich drehe mich auf den Bauch, schließe die Augen, halte die Luft an.

6. Scheinpaar

Die Liebe, sagt Nathanael und macht eine lange Pause, in der er nicht atmet, hör mir auf damit! Wir stapfen im Regen durch den lichten Buxtehuder Wald und suchen das Grab seiner Mutter. Nathanaels Mutter ist nicht tot, nur dement, aber ihr Mann Achim plant bereits ihre Bestattung. Fairerweise muss man sagen, dass es dabei auch um seine eigene, ja sogar um die seiner Freundin Julika geht, denn sie alle sollen, das ist der Plan, zu Füßen desselben Baumes im Buxtehuder Forst begraben werden, wo Julikas Mann Fredi bereits ruht. Fredi ist vor fünf Jahren ohne erkennbare Vorerkrankung mit fünfund-siebzig plötzlich verstorben, und Julika hat diesen Baum für mehrere Tausend Euro auf dreißig Jahre hinaus gemietet, als Partnergrab, erweiterbar auf bis zu acht Personen. Ein entspre-chender Vertrag mit der Firma, die solche Waldbestattungen anbietet, liegt in ihrem *Safe*, dem Brotkasten in der Küche, in dem sie seit Jahren statt der Fränkischen Kruste, die Fredi so liebte, Dokumente und Bargeld aufbewahrt. Erweiterbar auf bis zu acht Personen. Julika, und nur Julika, wird bestimmen, wer sich zu Fredi dazulegen darf. Sie selbst, natürlich. Bleiben sechs weitere Plätze. Seit sie und Achim *Liebesleute* sind, ihre Beziehung hat sich parallel zur Demenzerkrankung seiner Frau entwickelt, ist Julika der Meinung, Achim solle einen davon erhalten, und zwar, wie es derzeit aussieht, denjenigen direkt an ihrer Seite. Achim findet die Idee grundsätzlich gut, obwohl er noch längst nicht mit seinem Tod rechnet, und auch Julika solle sich lieber auf die irdischen Freuden konzentrieren, als sich mit der Ewigkeit zu beschäftigen. Da aber auch ihm daran gelegen ist, diese unerfreulichen letzten Dinge ein für alle Mal zu klären, hat er aufmerksam zugehört. Ich kann doch aber, liebe Julika, wandte er nach einer kurzen Bedenkzeit ein, die arme Gisela nicht einfach ganz alleine irgendwo verbuddeln lassen, was meinst du, könnte die da nicht auch zu liegen kommen? Dann wäre auch dein Fredi nicht so alleine. Und später dann, wenn wir beide dazukommen, müssen die beiden nicht so eifersüchtig auf uns sein, eine gute Lösung für alle, scheint mir. Für Achim steht außer Zweifel, dass seine Frau Gisela bald, und selbstverständlich lange vor ihm und Julika, sterben wird. Julika hat schließlich eingewilligt. Mit Gisela wurde nicht gesprochen, was solle er sie mit so etwas belästigen, sagte Achim, sie verstehe es ja doch nicht mehr. Bevor ihr Name bei der Waldbestattungsfirma vorgemerkt wird, will Achim jedoch das Einverständnis seines Sohnes einholen. Und so laufen Nathanael und ich an diesem verregneten Aprilvormittag durch den Wald, der aufgeweichte Boden gibt unseren Schritten nach, und suchen eine Esche, die als kleines Kreuz auf einer Karte, die Nathanael unaufhörlich auf- und wieder zusammenfaltet, eingetragen ist. Dabei erläutert er mir die verzwickten Liebesverhältnisse in seiner Familie in der Generation seiner Eltern, bis mir ganz schwindlig ist. Zu Achim und Julika gibt es nämlich ein entsprechendes Gegenpaar, Wolf und Bärbel, sein Onkel und dessen Freundin; aber das willst du alles gar nicht so genau wissen, sagt Nathanael, nachdem er es detailreich ausgebreitet hat, verliebte Alte, schauderbar! Ach überhaupt, die Liebe (lange Pause, kein Atemzug), hör mir auf damit. Ich bin froh, dass ich das hinter mir habe.

Nathanael ist mein engster Freund. Ursprünglich war er Philipps engster Freund. Sie lernten sich vor zehn Jahren im Zug kennen; Philipp gefiel Nathanael, so gut, dass er seine Nähe suchte, auch wenn er auf Anhieb verstand, dass alle Avancen auf erotischem Gebiet vergeblich bleiben würden. Sie freundeten sich an, obwohl sie keine gemeinsamen Interessen hatten, außer dass sie beide gerne kochten. Sie schenkten sich gegenseitig Musik und Bücher, obwohl ihr Geschmack unverträglich war. Meistens missbilligten sie die Geschenke des anderen, tauschten sich darüber aber in aller Offenheit aus, ließen sich nicht entmutigen und beschenkten sich weiterhin, in der Hoffnung, wenigstens einmal eine Geschichte oder ein Lied zu finden, das sie miteinander teilen könnten.

Nathanael lernte ich kurz nach unserer Hochzeit kennen, als er von einem längeren Afrikaaufenthalt zurückkam. Wäre er dagewesen, hätte Philipp natürlich ihn als Trauzeugen gewählt. Nathanael war in schlechter Verfassung, daran hatte auch Afrika nichts ändern können. Dennoch strahlte er, als er uns sah, und begrüßte uns mit den Worten: Wahrlich, wahrlich, ich sage euch, ihr seid ein schönes Paar! Zuvor war er von seinem langjährigen Geliebten Angelo verlassen worden. Angelo hatte mit Nathanaels gefälschter Unterschrift stümperhafte Geldgeschäfte getätigt und große Verluste gemacht. Auf der Flucht hatte er noch Zeit gefunden, sämtliche Bank- und Kreditkarten, Nathanaels Uhr, die Traveller Cheques und das Bargeld einzupacken, dann war er untergetaucht. Nathanael hatte geglaubt den Verstand zu verlieren. Wenigstens davon war er durch das Brunnenprojekt in Namibia abgehalten worden. Doch als er nach einem halben Jahr zurückkehrte, war sein Kummer ungebrochen.

Wie sieht eine Esche eigentlich aus, fragt Nathanael, nachdem wir bereits eine Stunde lang kreuz und quer und im Kreis gegangen sind. Nicht mal dicht, dieses Blätterdach. Er schüttelt den nassen Kopf, ich springe zur Seite, um dem feinen Sprühregen auszuweichen. Es tut mir leid, sagt er, ich kann diesen Plan nicht lesen. Ich verstehe ihn nicht.

Sind Eschen nicht besonders hoch?, frage ich.

Sieh mal nach oben, sagt Nathanael, die sind alle hoch.

Sie haben eine zerfurchte Borke, glaube ich.

Glaubst du, wiederholt Nathanael. Und wahrscheinlich grüne Blätter, richtig? Wir sehen uns an. Stell dir vor, ich lasse mein armes Mütterchen hier beerdigen, das finde ich dann nie wieder! Er blickt sich um. Esche, zischt er. Schesche. Er bleckt die Zähne.

Nathanael und ich mochten uns auf den ersten Blick. Die Musik, die er hörte, gefiel mir, die Bücher, die ich las, gefielen ihm. Nur gemeinsames Kochen wollte uns nicht gelingen. Was mir schmeckte, lehnte er ab, und umgekehrt. Überall lässt Philipp uns, seine Frau und seinen besten Freund, allein, nur nicht in der Küche. Lasst mich an den Herd, sagt er, sonst gibt es ja doch nichts zu essen, oder gar Tote, oder beides.

Als Nathanael erfuhr, dass Philipp uns um all unser Geld gebracht hat, sogar ums Ersparte der Kinder, weinte er. Und was machen wir jetzt? Er schnäuzte sich. Wo ist Philipp?

In der Entzugsklinik.

Ach du lieber Gott! Wieso das denn?

Weil er spielsüchtig ist, Nathanael.

Ach du lieber –! Und ich kann hier im Moment nicht weg.

Glücklicherweise hatte er zwei Wochen später Urlaub beantragt, denn sein Vater wollte mit Julika Ferien im Schwarzwald machen. Nathanael würde sich tagsüber um seine demente Mutter kümmern, die nach einem Treppensturz im Krankenhaus lag. Abends wäre er bei uns, spielte mit den Kindern, brächte sie ins Bett, kochte gemeinsam mit mir.

Du willst mit mir kochen?

Unbedingt.

Kräftiger Wind kommt auf. Wir haben nicht einmal Jacken dabei und frieren in unseren durchnässten Pullovern. Nathanael sieht mich entschuldigend an. Es tue ihm leid, dass er mich auf diesen grauenvollen Ausflug in diesen elenden Wald bei diesem ganz und gar unpassenden Wetter mitgenommen habe, sagt er. Wo bleibt eigentlich der Frühling? Er wirft sich gegen einen Stamm. Wie ich diesen Wald hasse! Wie ich jeden Wald hasse. Jeden verfluchten Dreckswald hier in der ganzen Gegend. Die Bäume sind ja nicht das Schlimmste. Aber dieses ganze Getier. Wie ich das hasse, die Kaninchen und Wildschweine und Rehe und Marder und Waschbären und Siebenschläfer, alles, worauf man schießen kann, was man erlegen und ausweiden und abziehen und zerteilen und braten und fressen kann – wo ist übrigens dein Hund?

Hier.

Nimm ihn an die Leine.

Wieso?

Die knallen den sonst ab und behaupten hinterher, sie hätten ihn für einen Fuchs gehalten.

Quatsch, sage ich.

Die kennen nichts, antwortet Nathanael. Mein Vater ist Jäger, sein Vater war Jäger und sein Bruder Wolf der Oberjäger. Das liegt bei uns in der Familie. Weiß auch nicht, was da bei mir schiefgelaufen ist.

Es ist doch Schonzeit.

Von wegen. Kaninchen und Füchse haben keine Schonzeit. Und Waschbären und Marderhunde sind jetzt im April davon ausgenommen.

Er wendet sich ab. Ich trete ganz nah hinter ihn, er ringt nach Luft. Ich breite die Arme aus. Meine Hände liegen auf seiner Brust. Sein Herz rast, der Atem flattert.

Ich habe mal zugesehen, wie mein Vater einem Marderhund das Fell abzog. Der winselte ganz leise mit letzter Kraft. Mein

Vater hat den bei lebendigem Leib gehäutet. Geht leichter von der Hand, sagte er. Es war ganz warm. Damals, als Angelo ging, schreckte ich nachts hoch, ich hatte gesehen, wie mir die Haut in Fetzen hing, und ich konnte nur noch genau so winseln. Nathanael holt tief Luft. Hast du je einen Marderhund gehört?

Nein. Ich habe bis heute noch nicht einmal den Begriff gekannt.

Sehen ein bisschen aus wie Waschbären. Als Welpen geben sie dieses kaum hörbare Fiepen von sich, der junge Rüde aber stößt bei der nächtlichen Suche nach seiner Lebenspartnerin langgezogene heulende Schreie aus. Nathanael heult auf, befreit sich aus meiner Umarmung, dreht sich um und lacht kurz auf. Ich werde keinen Menschen mehr lieben können, sagt er. Einen Roboter, meinetwegen, ich würde mich nicht daran stören, dass es eine Maschine wäre, im Gegenteil, das wäre mir angenehm: keine Äußerungen aus keiner Öffnung, keine Drüsen, keine Absonderungen, keine Gerüche, wunderbar. Keine körperlichen Unzulänglichkeiten, kein Verfall. So, und jetzt lass uns dieses verdammte Grab finden.

Es gibt keine Hinweise darauf, ob ein Baum eine Grabstätte ist. Es fehlen Gedenksteine, Inschriften, Namen. Vereinzelt tragen Bäume rund um den Stamm gelbe oder blaue Bänder, Nathanael vermutet, es handle sich um die noch nicht verkauften. Das würde umgekehrt bedeuten, dass die allermeisten Bäume bereits belegt sind.

So viele Leichen hier, frage ich, aber Nathanael erklärt, die Toten kämen eingeäschert in ihr Baumgrab.

Schade. Ich habe mir gerade vorgestellt, wie sich Füchse und Marder zum abendlichen Schlemmermahl treffen.

Nathanael sieht mich missbilligend an.

Du meinst, die würden die Leichen ausbuddeln und anfressen?

Natürlich. Mein Hund stürzt sich auf alles Aasige, warum sollten die Waldtiere das nicht auch tun?

Nathanael seufzt.

Dass es aber auch immer so schnell unappetitlich werden muss! Wo wir gerade dabei sind, erinnere mich daran, dass ich dir von Wolf und Bärbel noch etwas erzähle. Das Wichtigste habe ich nämlich vergessen! Er bleibt stehen und steckt den Lageplan in seine Hosentasche. Mir reicht's, sagt er. Bist du einverstanden, dass wir abbrechen?

Auf der Rückfahrt frage ich Nathanael, wie er sich nun entscheiden werde. Er sieht zum Fenster hinaus und denkt nach. Was würde ich an seiner Stelle tun? Er lebt in Berlin. Will er das Grab seiner Mutter besuchen, muss er in Zukunft am Hamburger Hauptbahnhof eine weitere Stunde Fahrt bis nach Buxtehude auf sich nehmen und dort durch den Wald rennen, vorausgesetzt, diese Esche gibt es und er hat sich ihren Standort gemerkt. Aber wie oft besucht man tote Mütter überhaupt? Ich versuche mir den Vater mit seiner Freundin im Schwarzwald vorzustellen. Welcher Art sind die Zärtlichkeiten, die sie austauschen? Nathanael lächelt mich an. Na, wo bist du, fragt er.

Wie hat dein Vater seine Julika eigentlich kennengelernt?

Sie wohnen seit vierzig Jahren nebeneinander.

Und sind genauso lange ein Paar?

Aber nein. Erst seit meine Mutter nichts mehr mitkriegt.

War deine Mutter früher auch mit ihr befreundet? Oder mit ihrem Mann?

Keineswegs, die waren sich nicht grün.

Und sollen sich nun alle zusammen in ein Grab legen?

Genau.

Das kannst du deiner Mutter doch nicht antun.

Nein, das kann ich wohl nicht – nicht?

Nathanael fährt direkt weiter zu seiner Mutter ins Krankenhaus, ich gehe nach Hause. Philipp hat eine Nachricht hinterlassen. Er vermisse die Kinder. Und mich. Auch wenn ich
das nicht hören wolle. Und er habe Neuigkeiten: Er komme
voraussichtlich in zehn Tagen raus. Und dann? Was stellt er
sich vor? Ich brauche Abstand, schreibe ich ihm. Kaum habe
ich die Nachricht versendet, klingelt das Telefon, Philipp
schluchzt mir ins Ohr. Ich sage, dass es mir leid tue, aber ich
könne jetzt nicht sprechen. Ich lege auf.
Nathanael bringt die Kinder ins Bett. Ich höre ihn die Sand-
männchenmelodie pfeifen, dann sagt er mit tiefer Stimme:
Liebe Kinder, gebt fein Acht, ich hab euch etwas mitgebracht.
Er fängt an, eine Geschichte zu erzählen, wird aber alle paar
Sekunden unterbrochen. Er wird immer leiser, er wird immer
lauter, aber ganz egal, was er tut, die Kinder schreien durchein-
ander. Stop!, ruft er, sonst werfe ich mit Sand! Stille. Nathanael
erzählt weiter. Ich denke, sie sind eingeschlafen, da kommt der
Größere weinend in die Küche gelaufen.
Thanatal hat mir Sand in die Augen geschmissen! Die sind
jetzt kaputt. Ich kann gar nichts mehr sehen.
Dann müssen wir deine Augen auswaschen.
Nein! Das tut mir weh!
Nathanael erscheint in der Küchentür.
Nathanael, hast du mit Sand geschmissen, frage ich streng.
Nein, antwortet er. Den Sand streue ich erst, wenn du einge-
schlafen bist, damit du die Träume besser sehen kannst. Oder
willst du die gar nicht sehen?
Doch!, ruft der große Kleine, will ich! Er nimmt Nathanael bei
der Hand und zieht ihn ins Kinderzimmer.
Wir kochen nicht, natürlich nicht, schließlich ist Philipp nicht
da, um einzuspringen, sollte der Frieden in Gefahr geraten.
Wir einigen uns darauf, überhaupt nicht hungrig zu sein, trinken süßen Tee und knabbern Knäckebrot. Nathanael ist sehr

still. Der Arm meiner Mutter, sagt er endlich und wischt die Krümel vom Tisch in seine flache Hand, wurde zusammengenäht wie eine Kohlroulade. Farblich passt es auch, das Ganze ist gelb-violett. Der Physiotherapeut hat ihr ein Kompliment gemacht, wie gut koordiniert sie für ihr Alter sei. Und sie hat stolz erwidert, nach dreißig Jahren Yoga sei das wohl kaum verwunderlich. Nathanael steht auf und wirft die Krümel in den Mülleimer, danach wäscht er sich die Hände und setzt sich wieder hin. Er greift nach der nächsten Scheibe Knäckebrot. Als ich dann mit meiner Mutter alleine war, wusste sie die längste Zeit nichts zu sagen. Ich glaube, das war ihr unangenehm. Schließlich sagte sie: Ich kann dir noch eine Schokolade aus dem Keller holen. Ruf nächstes Mal bitte an, bevor du mich besuchst, ich möchte sicher gehen, dass ich da bin. Dass ich nicht arbeite. Die Krümel fallen ihm aus dem Mund. Er entschuldigt sich, wischt sie, wie vorhin, mit der einen Hand in die flache andere, steht auf und schüttelt die Hände über dem Mülleimer aus, betrachtet seine Handflächen, geht zum Waschbecken und wäscht sie. Er tritt ans Fenster, draußen ist es bereits dunkel. Ich glaube, es regnet schon wieder. Nach dem nicht enden wollenden Winter nun dauernd dieser Regen. Naja, er seufzt. Mein Vater schafft das alles gar nicht. Dieses Haus, das hat er ja vor Jahrzehnten selbst geplant und gebaut, und da lebt er jetzt alleine und weigert sich, auszuziehen. Ist ja auch ganz praktisch, gleich neben seiner Julika. Aber der Garten, der Haushalt, die Wäsche. Einkaufen, kochen, putzen, er hat das alles sein Leben lang nicht gemacht. Er hat sich allerhöchstens mal ein Steak gebraten, der Herr Jäger. Neulich kochte er Kartoffeln und versalzte sie völlig. Er schnitt Steckrüben und bekam einen Gichtkrampf. Was machst du dich auch an dem Karnickelfraß zu schaffen, sagte ich, da lachte er und war stolz auf sich und mich. Aber mitten in seinem Krampf, als ich fragte, ob es wohl ginge, fuhr er mich an: Mir geht's gut! Er rang mit den Schmerzen. Aber Irm ist ja tot. Wie, die ist tot, fragte ich. Tot ist die, einfach umgefallen. Irm ist, oder war, die Frau seines Bruders. Sein Krampf löste sich langsam. Die war ja noch nicht alt, was weiß ich, Herzschlag. Die hat ja auch nur diese Kekse gegessen, die hat sich ja völlig runtergewirtschaftet. Und Wolf? Mein Vater lachte höhnisch, Wolf! Der lässt es krachen. Der war zu der Zeit ja auf Kur mit seiner Bärbel. Der hat doch da diese Jugendfreundin reaktiviert, die Bärbel eben, die kenne ich ja noch von ganz früher, so eine Sinnliche, die immer gerne gegessen hat. Nicht wie die Irm mit ihren Keksen. Und die Kur hat mein lieber Herr Bruder auch gar nicht unterbrochen. Kremation und ab ins anonyme Grab mit der armen Irm. Grauenhaft. Liegt jetzt da im Nirgendwo. Und das soll unserer Mutter eben nicht passieren, verstehst du, mein Junge. Die soll gut zu liegen kommen. Was gibt es Schöneres als den Wald. Was gibt es Friedlicheres. Die soll sich da neben den Fredi hinlegen.

Mein kleiner Sohn steht da, der große Kleine. Welcher Fredi, fragt er. Er hat geträumt. Ich habe was gesehen! Es ist nicht leicht, zu verstehen, was. Einen Riesenbagger mit Flügeln? Und du warst der Baggerführer? Nein, der Pilot. Ach so. Und flog ganz weit in den Himmel hinauf und stürzte dann ab. Und dann? Zu Ende, sagt mein Sohn. Ich will noch mal. Thanatal, kannst du mir noch mal Sand reintun?

Als Nathanael wieder in die Küche kommt, erinnere ich ihn daran, dass er mir von Wolf und Bärbel noch etwas erzählen will. Die sind, das kann man wohl so sagen, ein besonderes Paar, sagt Nathanael und fragt, ob noch Knäckebrot da sei. Bärbel war ein dickes Mädchen, und das war damals, nach dem Krieg, etwas Seltenes. Weil Wolf sie mochte, fing er an, ihr Essen zuzustecken. Meist war das ein Stück Brot oder mal ein Apfel, was er eben entbehren konnte. Mit der Zeit überließ er ihr seine ganzen Pausenbrote, alles, was die Mutter ihm mitgab, auch die Extrabrote, die sie ihm schmierte, weil er so dünn war und so gut betteln konnte. Wolf schleppte immer mehr an, aber es reichte nie. Das Knäckebrot kracht, Nathanael lacht. Wolf sah Bärbel zu, wie sie aß, aber kaum hatte sie geschluckt, plagte sie erneuter Hunger. Wolf tat, was er konnte. Bärbel gedieh, und je dicker sie wurde, desto größer wurde Wolfs Liebe zu ihr. Bärbel war früh entwickelt und ließ Wolf, wenn er ihr etwas Süßes gab, ihre Brüste anfassen. Später auch daran saugen. Als sie erwischt wurden, stand die dicke Bärbel splitternackt auf einer Kiste, breitbeinig, verschlang ein Wurstbrot und ließ sich von Wolf nacheinander alle Schlüssel, die an einem schweren Bund hingen, in die Scheide stecken, so tief es ging. Da waren sie zwölf. Die Eltern verboten ihnen den Umgang. Sie trafen sich weiterhin und wurden von Jahr zu Jahr gerissener in der Auswahl ihrer Verstecke. Als Bärbel siebzehn war, wurde sie schwanger. Wolf war es, der die Kindsbewegungen bemerkte, da war Bärbel schon im sechsten Monat. Ihre Eltern steckten sie in ein Heim, das Kind wurde ihr direkt nach der Geburt abgenommen, sie wusste nicht einmal, ob es ein Junge oder ein Mädchen war. Sie schrieb Wolf mehrere Briefe, die ihn nicht erreichten, und so erhielt sie nie eine Antwort. Nathanael trinkt seinen Tee in einem Zug leer, greift nach der nächsten Scheibe Knäckebrot und sagt: Ich kann gar nicht mehr aufhören!

Wolf und Bärbel sahen sich jahrzehntelang nicht. Er studierte, machte seinen Jagdschein, heiratete Irm, bekam eine Tochter und versuchte vergeblich, auch noch einen Sohn zu *produzieren*. Irm ertrug es, fand aber keinen Gefallen daran und wusste eine weitere Schwangerschaft, wie, das bleibt ihr Geheimnis, zu vermeiden. Die dicke Bärbel heiratete zweimal und bekam nach mehreren Fehlgeburten einen Sohn. Und als sie, inzwischen Rentnerin, ihre erste Enkelin im Krankenhaus besuchen wollte, stand vor ihr am Empfangsschalter der aufgeregte Wolf und wiederholte immer wieder: Mein Name ist Wolfgang Fendel, und ich möchte wissen, wo meine Frau Irmgard Fendel geborene Kraushaar liegt, die heute mit einer Nierenkolik eingeliefert wurde. Hallo Wolf, ich bin's, die Bärbel, sagte da die Bärbel von hinten. Schmal bist du geworden, sagte Wolf. Na, nun übertreibst du aber, antwortete Bärbel und klopfte sich auf Bauch und Hüften. Schön, dich zu sehen. Seitdem sind sie unzertrennlich. Nur Irm stand zwischen ihnen. Aber mit der Heimlichkeit hatten die beiden ja Erfahrung. Wolf fing sofort damit an, seine Bärbel aufzupäppeln. Nun reicht's aber, sagt Nathanael und faltet die Knäckebrottüte zu. Die gute Bärbel ist inzwischen so fett, dass sie ohne Hilfe nicht mehr vom Sofa hochkommt. Da sitzt sie den ganzen Tag und lässt sich reichen, was Wolf anschleppt und zubereitet. Wolf hingegen ist hager wie immer, ein hochaufgeschossener, schmalschultriger Mann mit schütterem silbernen Haar und randloser Brille, der seine Liebe solange stopft, bis sie platzt, bis es sie zerreißt. Oder bis sie erstickt. Oder einfach nicht mehr kann. Zum Erliegen kommt. Erlischt. Wolf ist Jäger, weißt du ja. Er hat Erfahrung im Erlegen. Nathanael steht auf. Er nickt vor sich hin, sieht zu Boden, scheint nachzudenken. Überleg mal, was mir alles erspart bleibt, weil ich mich von der Liebe abgewandt habe, sagt er dann und steht einen Moment unschlüssig da. Ich sehe mal nach den Kindern, sagt er. Den Sand nicht vergessen, rufe ich hinterher.

Am nächsten Morgen hat der große Kleine Fieber. Ich bin runtergefallen, jammert er. Er hat geträumt, sage ich, aber er widerspricht: Ich bin runtergefallen, Mama, mein Kopf tut weh.

Nathanael bringt den kleinen Kleinen in die Kinderkrippe. Dein Sand macht ja wilde Träume, sage ich, als er zurückkommt. Der große Kleine erzählt, er sei ganz hoch hinaufgeflogen, bis zum Ende des Himmels, und von ganz oben heruntergefallen. Nathanael glaubt nicht an einen Traum. Und wenn er heute Nacht aus dem Bett gefallen ist? Wir sollten ihn untersuchen lassen.

Das Wartezimmer beim Kinderarzt ist bis auf den letzten Platz besetzt. Mein Sohn spielt mit den anderen kleinen Patienten Fangen. Und wenn er nicht krank ist, wird er's hier, denke ich. Es kommen unaufhörlich neue Mütter mit Kindern herein, vereinzelt auch ein Vater. Eine Mutter setzt sich, noch in der nassen Jacke, neben mich. Hallo, sagt sie. Hallo, antworte ich. Willst du deine Jacke nicht aufhängen?

Ich hatte Angst, der Stuhl neben dir wäre dann gleich wieder besetzt, sagt sie. Sie sieht Nathanael an. Hallo, sagt sie, ich bin Silke.

Die Frau unseres Trauzeugen, flüstere ich, als sie endlich doch die Jacke aufhängen geht, nachdem ich ihr dreimal versichert habe, dass ich ihr den Platz freihalten würde.

Kennt ihr euch näher? Keine Frage, Nathanael ist irritiert.

Nein, wieso?

Nur so. Er nimmt sich eine Broschüre mit dem Titel *Richtig Zähneputzen von Anfang an* und beginnt interessiert zu lesen.

Silke fragt, wie es mir gehe, ich sage gut und erwidere die Frage. Silke fragt, was der Kleine denn habe, ich erkläre ihr, dass wir es nicht wissen, und erwidere die Frage. Dann fragt Silke nichts mehr, und das ist verdächtig. Als Nathanael kurz hinausgeht, ohne zu sagen, was er vorhat, sagt Silke: Bei euch hat sich ja viel verändert! Hatte ich aber auch schon gehört.

Hilf mir, Silke, antworte ich, was hat sich denn bei uns verändert?

Silke errötet. Sie reißt die Augen auf. Sie stammelt, na ... und blickt zur Tür, durch die Nathanael hinausgegangen ist.

Ich verstehe nicht, Silke, tut mir leid, sage ich, obwohl ich schon verstehe. Silke hält Nathanael für meinen neuen Freund. Silke muss gehört haben, dass Philipp auf Entzug ist, und wollte eins und eins zusammenrechnen. Silke ist die dümmste Person, der ich in den letzten zwanzig Jahren begegnet bin. Ich lächle sie freundlich an. Na komm, schon, Silke, hilf mir, sag es.

Ach, nichts.

Sag es doch, bitte.

Nein.

Dann sage ich es dir, liebe Silke, und dieser Satz wird der letzte bleiben, den du von mir an dich gerichtet hörst, also gib fein Acht: Philipp und ich sind verheiratet, wie du eigentlich wissen könntest, hast du doch, ohne Einladung, aber mit gehöriger Dreistigkeit, an unserer Hochzeitsfeier teilgenommen, die wir im engsten Rahmen ausschließlich mit den beiden Trauzeugen feiern wollten, es hat wahrscheinlich wenig Sinn, dir das zu erklären, aber seit jenem Tag tragen Philipp und ich denselben Namen, dieselben Sorgen, dieselbe Verantwortung, und nun, leb wohl.

Nathanael kommt zur Tür herein, setzt sich wortlos neben mich und nimmt erneut die Broschüre zur Hand. Da bin ich, sagt er.

Wir wurden gerade für ein Paar gehalten, stell dir vor.

Das ist ja putzig, sagt er und blättert um.

Auf dem Nachhauseweg will er es wieder und wieder hören, obwohl er vor der Tür des Wartezimmers gestanden und gelauscht hat. Und du hast wirklich gesagt *gib fein Acht*?

Ja, das habe ich gestern Abend vom Sandmann gelernt und gleich angewandt.

Wir lachen beide. Aufhören, sagt mein Sohn, das tut mir im Kopf weh. Der Kinderarzt hat seine Augen untersucht und erklärt, dass er nicht in den Kopf hineinschauen könne, daher müsse er ein paar Fragen stellen.

Wo tut es dir weh?

Im Kopf!

Und wo, zeig es mir.

Da und da, und da, und da, und da, sagte mein Sohn und fuhr mit seinem Zeigefinger einmal um die ganze Welt auf seinen Schultern.

Tut es immer weh oder nur manchmal?

Es tut weh!

Es ist ja oft so, sagte der Kinderarzt, die Eltern brauchen mich, nicht die Kinder. Er streckte mir die Hand hin: Auf Wiedersehen.

Ja, was hat er denn?, fragte ich.

Wir wollen abwarten. Eine Gehirnerschütterung schließe ich eigentlich aus. Beobachten Sie ihn. Wenn er über Übelkeit klagt oder apathisch wird, kommen Sie wieder vorbei.

Wir sind also ein Scheinpaar, sagt Nathanael leise, als wir aus Rücksicht auf den Kopf meines Sohnes nicht mehr lachen.

Wir gehen am Kanal, es hat aufgehört zu regnen, der Wind fährt durch die Blätter, Tropfen rieseln herab.

Jedenfalls sind wir ein ziemlich gutes Paar, fährt er fort, wenn ich mich so umschaue.

Nur schade, dass wir nicht zusammen kochen können, sage ich.

Nathanael geht unbeirrt weiter. Finde ich nicht, sagt er. Sieh es mal so: Wolf und Bärbel verstehen sich kulinarisch blendend, dennoch möchte man nicht unbedingt mit ihnen tauschen. Oder der Kannibale, der seinem Geliebten immer ganz besondere Speisen vorsetzte, solche, die sein Fleisch zart machten …

Was ist das, ein Kannibale?, fragt mein Sohn.

Nichts mehr davon, sage ich. Mein Scheinpartner soll bitte jetzt das Thema wechseln!

Was ist das, ein Kannibale?

Meine Scheinpartnerin sieht doch, so einfach geht das nicht!

Thanatal, was ist das, ein Kannibale?

Mein Scheinpartner muss sich schon ein bisschen mehr anstrengen, bitte.

Meine Scheinpartnerin könnte mir dabei behilflich sein.

Mama, was ist das? Ein Kannibale?

Ein Menschenfresser, rufen Nathanael und ich gleichzeitig entnervt.

Ach so, sagt mein Sohn und verstummt.

Wir schweigen eine Weile. Mein Sohn schläft im Buggy ein.

Neun Tage noch, sage ich. Nathanael nickt. Philipp kommt in neun Tagen zurück. Und, Nathanael sieht mich von der Seite an, darf man das als Bekenntnis verstehen, was du dieser Silke gesagt hast?

Ich schreibe ihm in Gedanken andauernd widersprüchliche Nachrichten. Such dir bitte ein Zimmer. / Ich freu mich auf dich. / Ich habe Angst – das würde ich natürlich niemals zugeben. Abgeschickt habe ich bisher keine. Ich bleibe stehen. Ach, sieh an. Ich glaube, das ist eine Esche.

Wieso glaubst du das? Nathanael kann sehr skeptisch klingen.

Weil ich nach unserem gestrigen Ausflug in meinem Baumbuch nachgesehen habe. Das ist eine Esche.

Nathanael sieht sie lange an. Er umrundet sie zweimal. Er fasst den Stamm an. Er streicht mit den Händen über die Borke. Er lehnt sich dagegen.

Sieht schön aus, sagt er. Wir sollten die hier nehmen, was meinst du? Er wartet, bis ich ihn ansehe, dann zwinkert er mir zu.

7. So *wusch*, aus dem Nichts

Man sagt, wenn der erste Schreck vorbei sei, gehe es wieder. Bei mir war es umgekehrt. Das wahre, tiefe Grauen kam erst nach wenigen Wochen, dann aber mit solcher Wucht, dass ich mir nicht anders zu helfen wusste, als mich tot zu stellen. Nicht einmal geschrieben habe ich, keinen Satz. Gehorcht habe ich viel, in mich hinein, aus mir heraus, aber gehört habe ich nichts, auch nicht Petrus' Stimme, obwohl ich oft an ihn gedacht habe, kein *Weiter, komm, weiter!*, nichts, nicht einmal das lästige Klopfen. Drei Monate lang.

Inzwischen ist es Sommer geworden. Die Hitze traf mich völlig unvorbereitet. Im Aprildauerregen habe ich mir angewöhnt, den Trenchcoat überzuziehen, bevor ich mit dem Hund rausgehe. Vor einer Woche, oder waren es zwei, schlug mir morgens die Hitze entgegen, und eine Frau sah mich kopfschüttelnd an.

Und sonst? Philipp kam zurück, er schwor, er flehte, er gab sich kämpferisch und hoffnungsvoll. Ich schwieg, weil ich nichts zu sagen wusste.

Die Liebe sucht man sich nicht aus, mein Herz, ist der Satz, den ich in diesen drei Monaten am häufigsten gedacht habe. Und die häufigste Geste war der Griff an die linke Wange. Großmutter, Herz, Philipp. Plötzlich war er da.

Ich stelle mir vor, hatte die Regisseurin gesagt, dass du da hinten, so *wusch*, aus dem Nichts erscheinst. Die Rampe fiel nach vorne steil ab. Hinten war sie etwa zwei Meter hoch. Ich kann da raufklettern, hatte ich geantwortet, aber fliegen, so leid es mir tut, kann ich nicht.

Es war die erste Bühnenprobe. Ich war Teil des Teams, das mit dieser Produktion die neue Intendanz eröffnen würde. Wochenlang hatten wir auf der Probebühne in einer Behelfsdekoration geprobt, die Rampe hatten wir uns vorgestellt. An diesem Vormittag betraten wir doppeltes Neuland. Die Originaldekoration fühlte sich fremd an. Das Theater erst recht. Es hatte eine ebenso glorreiche wie wechselvolle Geschichte, die Besten hatten reüssiert, alle anderen waren gescheitert. Das Theater war berüchtigt für seine schlechte Akustik und einen riesigen Zuschauerraum, dessen Tiefe man von der Bühne aus nur erahnen konnte. Jetzt war er, bis auf ein paar Stühle im Parkett, die das Regieteam belegte, leer. Auf den Seitenbühnen und Umgängen jedoch drängten sich Bühnentechniker, Requisiteure, Beleuchter, Maskenbildner und sogar einige Damen und Herren aus der Verwaltung, dem Betriebsbüro, der Presse- und Marketingabteilung, um zu sehen, was die Neuen denn da so veranstalteten.

Den nächsten Versuch brach die Regisseurin ab, ohne sich erneut an mich zu wenden, indem sie dem Inspizienten zurief: Kann da mal einer kommen? Und es kam einer; geduckt, obwohl die Rampe so hoch war, dass er auch aufrecht gehend im Zuschauerraum nicht gesehen worden wäre. Den Kopf gesenkt, tief in den Knien, steuerte er zügig und lautlos auf mich zu, ich dachte an eine Katze, auch später, auch heute noch sehe ich eine schwarze Katze, die sich anschleicht. Er kniete sich auf ein Bein und bedeutete mir, mich auf das andere zu stellen. Er fasste mich mit beiden Händen um die Hüften und richtete sich auf, wodurch ich, die Arme seitlich geöffnet, bereit, die Welt zu umarmen, scheinbar schwerelos an der Kante der Rampe erschien: ich schwebte. Fantastisch, rief die Regisseurin, und es gab Applaus von den Seiten- und der Hinterbühne, ja, sogar aus dem Schnürboden. Ruhe bitte, rief die Regisseurin, der es unheimlich war, dass sich im Verborgenen und ohne ihr Zutun Leben ereignete, und weiter im Text! Und ich spielte die nächste Szene am Rand der Rampe entlangtänzelnd, um zu sehen, was er machte. Er ging, wie er gekommen war: lautlos, geduckt, schleichend.

Beim Umziehen nach der Probe betrachtete ich mich in Unterhose im Spiegel, als suchte ich an den Hüften nach Spuren seiner Hände. Er hatte kräftig, ohne Scheu zugepackt. Angenehm war es gewesen, und zugleich peinlich, besonders jener Moment, als er sich aufrichtete und mein Hintern an seinem Gesicht vorbei und weiter in die Höhe schwebte und ich das Gefühl hatte, er blicke nun direkt von unten in mich hinein und durch mich hindurch bis unter die Schädeldecke.

Leider, so erfuhr ich am nächsten Tag bei Probenbeginn, war der Schwebeauftritt gestorben. Es ist inhaltlich falsch, sagte die Regisseurin. Was wäre die Botschaft? Dass deine Figur mehr mitbringt als das irdisch Fassbare? Gerade die Handfestigkeit, die Erdenschwere geben ihr Kraft und Erotik. Wir verzichten also auf diese übersinnliche Andeutung und konzentrieren uns aufs Sinnliche, ja?

Ich sah ihn tagelang nicht. Nach einer Probe hörte ich in meiner Garderobe den Durchruf: *Technik bitte zum Umbau auf die Bühne, zum Umbau bitte.*

Der Zuschauerraum lag im Dunkeln. Ich schlich mich in eine Loge im zweiten Rang und sah zu. Er arbeitete flink, war aufmerksam bei der Sache; zwischendurch hielt er inne und machte Späße, die ich nicht verstehen konnte, ich hörte ihn mit seinen Kollegen lachen.

Einige Tage später kam er in der Kantine auf mich zu.

Entschuldige, hast du vielleicht eine Zigarette?

Tut mir leid, nein.

Dann ist ja gut.

Gut?

Ich bin nur Verlegenheitsraucher.

Ich musste lachen.

Darf ich mich vorstellen: Philipp. Meine Freunde nennen mich Philipp.

Hallo Philipp.

Meine Feinde auch, im Übrigen.

Ah, ja.

Zuhause sagten sie auch Philipp, früher.

Sieh an.

Und ich habe mir auch nie einen Spitznamen eingehandelt, Bundeswehr war ich auch nicht, also nenn mich einfach Philipp.

Mach ich.

Wo ist dein Hund?

Mein Hund?

Ich habe dich mehrmals mit einem schwarzen Hund gesehen.

Er ist, sagte ich, also sie, ein Weibchen, sie ist im Moment …

Bei meinem Freund, wäre die richtige Antwort gewesen, aber ich sagte: Im Urlaub.

Im Urlaub, wiederholte er.

Im Urlaub, wiederholte ich. Ich muss los.

Danke, dass du mir keine Zigarette gegeben hast, rief er mir hinterher.

Philipp macht mit den Kindern Urlaub bei seiner Mutter. Sie hat die erste Phase der Chemotherapie hinter sich, kahl wie Buddha ist sie, in keiner Weise fett, natürlich nicht, sie hat seit Monaten kaum Appetit und bringt es nicht über sich zu essen. Bevorzugt kleidet sie sich in orange, lebensfroh, sagt sie, ich mag diese Farbe vor allen anderen. Nach der Brustkrebsdiagnose im Frühling kam die Operation, dann die Chemotherapien, anschließend wird sie mehrere Wochen lang täglich bestrahlt werden. Jedes Kind braucht Sommerurlaub, sagt sie, und wir haben hier sogar ein Solefreibad, das ist wie am Meer. Die Kinder schlucken Salzwasser und bekommen abwechselnd Fieber. Die Kinder haben Heimweh. Philipp ruft an, er fragt: Wer will mit Mama sprechen? Der große Kleine berichtet von einem Krokodil in seinem Bett, der kleine Kleine sagt: Mama, Oma, Eis. Philipp nimmt ihm den Hörer weg und erzählt, dass er mit den Kindern vor der Tür stand und läutete, und sie machte nicht auf, der große Kleine sei ganz außer sich gewesen, und er habe gedacht, sie sei eingeschlafen, er fügt hinzu: Du weißt schon, was ich meine.

Der Hund liegt unterm Tisch. Die Hündin. Sie hat ein weißes Gesicht und schläft, den Mund leicht offen. Die Zunge hängt leblos heraus. Sie zuckt, ich atme auf. Zum ersten Mal habe ich sie diesen Sommer scheren lassen wie ein Schaf. Sie ließ es ungerührt über sich ergehen. Dick fiel die Wolle zu beiden Seiten herunter, wie herausgeschält entstieg sie den schwarzen Wogen und sprang, um Jahre verjüngt, davon. Süß, sagen die Leute, wenn ich mit ihr um den Block gehe, dieselben Leute, die uns nie beachteten. Was ist das für ein Hund, fragen sie, sieht aus wie ein Fuchs, sagen sie. Ja, sage ich, das ist ein Schwarzfuchs, sie sehen mich erstaunt an, und ich sage: ein halber. Füchse sind doch rot, Mama, sagt der große Kleine am Telefon, als ich es ihm erzähle, das weiß doch jeder.
Ich setzte mich immer wieder in die dunkle Loge. Am liebsten war es mir, einem Umbau zuzusehen, den ich schon kannte. Von Othello auf Mephisto, zum Beispiel. Es gab, fand ich heraus, ungeahnt viele Möglichkeiten, ein Bühnenbild ab-, ein anderes aufzubauen. Mit der Zeit konnte ich die meisten Techniker von Weitem an ihren Umrissen erkennen, und es entging mir nicht, dass jede Schicht anders zusammengesetzt war. War

Philipp nicht dabei, ging ich gleich wieder. War er dabei, folgte mein Blick jedem seiner Handgriffe, jedem seiner Blicke, seiner Gänge, seiner Auf- und Abtritte. Behände bewegte er sich, geschickt, und immer überraschend. Schwarze Katze. Ich folgte ihm, folgte jeder Bewegung, versuchte vorauszusehen, wohin er den nächsten Fuß setzte, irrte mich, riet erneut, wieder falsch. Ich registrierte, mit wem er zusammenstand oder sich unterhielt, wen er besonders beachtete oder häufig ansah, mit wem er sich einen Spaß erlaubte, wem er auf die Schulter klopfte oder über den Kopf fuhr. Wenn es einige Zeit zu ruhig war, rief jemand: Philipp, was los, geht noch was? Er machte einen Scherz, und alle lachten. Einige Tage lang schien er angeschlagen, krank oder unglücklich, das war die Frage, die ich durch Zuschauen nicht beantworten konnte, er wirkte matt, lustlos, schlich eher, als er ging, sprach mit niemandem. Es waren nur ein paar Tage, dann war es vorbei, und hinterher schien es unwirklich und schwer vorstellbar.

Er sagt, das verflixte siebte Jahr sei vorbei. Drei Tage, bevor er mit den Kindern wegfuhr, hatten wir Hochzeitstag. Ich kam erst spät abends von einer Tagung zurück. Der Flieger hatte Verspätung. Ich saß vier Stunden am Flughafen Basel Mulhouse, am *Euroairport,* herum. Ich konnte nicht einmal lesen. Ich ärgerte mich. Ich fragte mich, wie ich auf die Idee kommen konnte, dem Ruf zu dieser Tagung zu folgen, die, schon klar, wie immer absolut unverrückbar und ebenso wichtig war. Du fährst da hin, sagte Philipp. Es reicht doch, wenn du abends zurück bist. Als ich anrief und die Verspätung bekanntgab, sagte er: Vielleicht kommst du doch früher an, versuch wenigstens einmal positiv zu denken. Ich lasse den Babysitter auf jeden Fall kommen. Im Landeanflug wollte ich mir den Gurt wegreißen, aufspringen, zur Tür rennen, sie lostreten und ihr hinterherspringen. Nach der Landung konnte ich mich kaum vom Sitz erheben. Ich schlich zum Ausgang, durch die Gangway, den Terminal, die Ankunftshalle. Ich wollte ein Taxi nehmen, aber das hätte den Abend auch nicht zurückgebracht. Also setzte ich mich in die Bahn, stieg zweimal um, ging das letzte Stück zu Fuß. Im Treppenhaus kamen mir die Tränen. Als ich den Schlüssel ins Schloss steckte, war es nach elf Uhr. Es tut mir leid, sagte ich. Er küsste mir eine Träne weg. Es ist doch alles gut.

Das Angenehme an der Loge war der plüschbezogene Stuhl, den ich mir so hinstellen konnte, wie ich es brauchte, um Philipp, je nachdem, in welchem Teil der Bühne er gerade arbeitete, zu beobachten. Ich zog die Schuhe aus und legte die Beine auf die Brüstung, wobei es vorkam, dass ich am Ende eines Umbaus eingeschlafen war. Einmal kam der Hausmeister, um die Glühbirnen zu inspizieren. Er erschrak, als ich sagte: Nicht erschrecken. Das muss ich melden, sagte er spaßeshalber. Ich setzte mich nie wieder hinein.

Ich ging Philipp aus dem Weg. Sah ich ihn an der Pforte stehen, wartete ich, bis er weg war. Saß er in der Kantine, machte ich kehrt. Kam er mir im Gängegewirr der Unterbühne entgegen, schlug ich einen Haken. Einmal stand er so plötzlich vor mir, dass ich nicht mehr fliehen konnte. Er sagte: Meine Schwester hat dein Buch gelesen. Ich traute mich nicht zu fragen, wie sie es fand. Ich sagte: Es ist mein erstes Buch. Weiß ich, antwortete er. Und wiederholte: Meine Schwester hat es gelesen. Und das war eine Lüge, auf die wir, das fällt mir gerade auf, nie wieder zu sprechen kamen. Jetzt ist es zu spät. Er würde alles abstreiten, wie immer.

Im Mai wurde es nach einem kühlen, windigen Frühling schlagartig Sommer, eine unserer Theaterproduktionen wurde nach Wien eingeladen, ich brachte meinen Hund, wie immer, wenn ich mich nicht selbst um ihn kümmern konnte, zu

Jakob nach Bonn, fuhr zurück nach Hamburg und verpasste den Flug. In Wien fuhr ich auf direktem Weg ins Theater. Am Bühneneingang stand Philipp vor mir.

Hattest du eine angenehme Reise?

Kann ich nicht sagen. Ich habe den Flug verpasst.

Ich weiß, das war eine Riesenaufregung, aber nun bist du da, also entspann dich.

Wer war denn riesig aufgeregt?

Na, alle! Die Hamburger, die Wiener, Regie, Dramaturgie, Leitung, alle.

Ich wusste gar nicht, dass du auch dabei bist.

Bin ich. Komm, die warten auf dich.

Er bewegte sich lautlos, flink, geschmeidig, schwarze Katze. Sie, nein, er führte mich durch unzählige Türen und Gänge, nach links, nach links, nach rechts, mehrere Treppen hinab, eine wieder hinauf und geradeaus, bis er mir schließlich eine eiserne Tür aufhielt.

Viel Glück.

Kann ich brauchen.

Ich pass auf.

Worauf?

Dass nichts passiert.

Nach der Wiener Premiere gab es eine Feier, wie es sich gehört, und am Ende gingen die Letzten in eine Bar, wie es immer ist, und irgendwann saß ich mit ihm in einem Taxi.

Als wir zum Frühstück erschienen, sah uns ein Kollege besorgt an. Ist euch etwas zugestoßen?

Ja, antwortete Philipp.

Ihr wirkt, als hättet ihr einen Unfall gehabt.

Hatten wir auch, sagte Philipp, wir sind mit ein paar Engeln kollidiert.

Vier weitere Tage verbrachten wir in Wien, abends spielten wir vier weitere Vorstellungen, vier Nächte durchwachten wir abwechselnd in seinem und meinem Hotelzimmer. Dann ging mein Rückflug. Philipp musste zwei Tage länger bleiben, um das Bühnenbild abzubauen. Ich litt unter heftigem, anhaltendem Seitenstechen, das ich abwechselnd dem Darm, der Niere, der Leber zuschrieb.

Ich habe Sehnsucht nach den Kindern. Ich rufe bei seiner Mutter an, wo denkst du hin, sagt sie, bei der Hitze sind sie im Freibad. Philipp hat ja Nerven, du. Der lässt die da rumtoben, die springen ins Becken, tauchen unter, also, ich kann da gar nicht hinsehen.
Wie geht es dir?
Ach du, gut, wirklich.
Macht dir die Therapie sehr zu schaffen?
Nein, also, ich freu mich ja, dass die Kleinen da sind, das muss ich wirklich sagen.
Ist es dir nicht zuviel? Du musst dich doch auch schonen.
Nein, alles prima.
Das ist seine Mutter. Ihr geht es gut. Es gibt kein Problem, hat nie eines gegeben. Jeder Sturm zieht weiter, weißt du. Als ihr Mann den eigenen Restaurantbetrieb verspielte, suchte sie für sich und ihn eben eine Anstellung, kein Problem, gearbeitet werden musste hier wie da, sagt sie. Als der Alkohol seine Leber soweit geschädigt hatte, dass er nicht mehr arbeiten konnte, blieb er eben zuhause und ruhte sich aus, während sie doppelte Schichten in der Großküche arbeitete. Als sie ihn eines Tages im Bett der ältesten Tochter liegen sah, machte sie schnell die Tür wieder zu. Die kam demnächst sowieso aus dem Haus, die wollte ja unbedingt auf dieses Lehrerseminar. Als ihr Mann starb, schlug sie das Erbe aus, kein Problem, und fing neu an, zog mit Philipp in eine kleine Wohnung, war auch nicht so viel zu putzen, schickte die jüngere Tochter in die Lehre in ein Hotel, lernte Männer kennen. Als irgendwann

kein Mann geblieben war, wunderbar, hatte sie ihre Ruhe. Als Philipp Ärger in der Schule, Ärger mit Ordnungskräften, Ärger mit der Polizei bekam: wird schon wieder, nichts wird so heiß gegessen, wie es gekocht wird. Als die älteste Tochter in eine Lebenskrise geriet und in einer psychiatrischen Klinik behandelt wurde: sehr gut, ruht sie sich jetzt mal aus und schließt Frieden mit der Welt. Weißt du, sagt sie, das ist wichtig: nichts bleibt, wie es ist.

Die Verhärtung in ihrer Brust hatte sie, sagt sie, natürlich bemerkt, sich aber keine Sorgen gemacht, was soll sein, wird schon wieder weggehen. Als der Arzt ihr wegen einer hartnäckigen Erkältung die Lunge abhörte, stolperte er mit dem Kopf seines Stethoskops förmlich über den hühnereigroßen Tumor in ihrer Brust. Um Himmels Willen, sagte er. Ach, das habe ich schon länger, antwortete sie.

Was glaubst du, wann sie aus dem Freibad zurückkommen?

Die Kleinen sind nicht aus dem Wasser zu kriegen, antwortet sie.

Ich versuche es gegen Abend noch einmal, sage ich, genieß die Ruhe. Ich mache die Balkontür auf, der Hund verzieht sich unter den Tisch, ich schließe die Tür. Online schaue ich nach, wie heiß es ist. Das aktuelle Hamburgwetter, ich kann sogar den Stadtteil eingeben, 34 Grad. Der Hund schüttelt den Kopf, und ich sage: Wir bleiben drin. Ich bürste den Hund, er, also, sie zuckt, die Drahtborsten kitzeln sie unter dem kurzgeschorenen Fell.

Wo ist dein Hund, fragte er.

Mein Hund?

Ist er wieder im Urlaub?

Wieso im Urlaub?

Na, hier ist er jedenfalls nicht, sagte er, als er nach 49 Stunden endlich bei mir eintraf, direkt vom Flughafen.

Sie ist in Bonn.

Was gibt es denn in Bonn?

Meinen Freund.

Stille.

Und was machen wir jetzt?

Ich rufe jetzt in Bonn an.

Gut, ich gehe raus, ich … dann gehe ich ein Bier trinken an der Ecke.

Jakob, der soeben erfahren hatte, dass er mein Exfreund war, behielt den Hund. Sie bleibt hier, sagte er, wenn du dich abreagiert hast, meld dich. Er legte auf.

Ich rief wieder an, wurde aber direkt mit dem Anrufbeantworter verbunden. Sie ist kein Faustpfand, sagte ich und legte auf, bevor ich weinte.

Doch, genau das war sie, wie er mir anderntags versicherte. Er weigerte sich, sie herauszugeben, erst wenn ich diesen Idioten fallenließe und zu ihm zurückkehrte, würde ich sie wiedersehen.

Am nächsten Tag, wir waren seit einer Woche ein Paar, beschlossen wir zu heiraten. Mein Leben lang hatte ich eine Heirat für mich ausgeschlossen. Wenn ich mich recht erinnere, sagte ich zu Philipp: Wir könnten eigentlich heiraten, und er antwortete: Gute Idee. Ein paar Stunden später sagte ich: War eine blöde Idee, und er antwortete: Finde ich nicht. Am nächsten Morgen fuhren wir zum Standesamt. Wir hatten erwartet, es als Eheleute zu verlassen, doch so schnell ginge das nicht, belehrte uns die Beamtin, und das sei auch gut so. Wir könnten uns bei ihr zur Eheschließung anmelden, einen Termin erhielten wir jedoch erst, wenn meine Heimatgemeinde mir ein Ehefähigkeitszeugnis ausgestellt habe, und das dauere, es handle sich um, Schätzwert, einen Monat.

Sie lag auf den Tag richtig. Es blieben also vier Wochen, um die Trauringe zu bestellen und sich ein bisschen kennenzulernen.

Damit ich es weiß, schließlich bin ich kurz davor, deinen Namen zu meinem zu machen – waren deine Vorfahren Nazis?, fragte ich zu Beginn der dritten Woche.

Waren die Deutschen nicht alle Nazis? fragte Philipp zurück.

Das ist eine gute Frage und eine bequeme Antwort. Im Fall deiner Familie möchte ich es gerne genauer wissen.

Und deine brave Schweizer Familie, wie viel Nazigold liegt in eurem Keller? Er wippte ungeduldig mit dem rechten Fuß.

Ich lachte. Hier ist meine Armut mein moralischer Reichtum, antwortete ich. Philipp sah mich missmutig an. Kommt mir das nur vor, oder ist dein Ton gerade selbstgerecht?

Philipp, komm schon: Waren deine Vorfahren in der NSDAP? Oder in einer ihrer Unterorganisationen, was weiß ich, Hitlerjugend, Studentenbund? Oder in der Volkswohlfahrt oder der Deutschen Arbeitsfront?

Glaube ich nicht, antwortete er. Da gab es diesen einen Onkel, der vielleicht. Der rief, bereits senil, vor ein paar Jahren auf seinem neunzigsten Geburtstag: Sieg Heil. Er wusste nicht mehr, in welcher Zeit er lebte.

Du meinst, er dachte, es sei das Jahr 1940 und er feiere in Wirklichkeit seinen 30. Geburtstag?

Philipp sah mich unsicher an. Wahrscheinlich, sagte er leise, und es klang eher wie eine Frage.

Es wird einfach nicht dunkel. Es kühlt einfach nicht ab. Ich warte auf die Dämmerung, um mit dem Hund spazieren zu gehen. Sie liegt unter meinem Schreibtisch. Wenn sie sich woanders hinlegt, auf die Fliesen im Bad oder in der Küche, kann ich nicht schreiben. Komm, komm doch wieder her, sage ich, leg dich zu mir. Sie seufzt, sie gehorcht. Oder auch nicht. Wenn nicht, möchte ich sie unter den Tisch schubsen und in die Knie zwingen. Ich versuche es mit Worten. Ich schreibe, sage ich, eine Liebesgeschichte, leg dich zu mir, komm, mein

Liebchen. Sie rührt sich nicht. Mir fällt nichts ein ohne dich, also komm her und arbeite mit! Sie steht auf, streckt die Vorderpfoten, gähnt, schüttelt sich, trottet ins Arbeitszimmer.

Um halb elf gehen wir los, es dämmert. Ich bin in Gedanken bei meiner Geschichte. Wir gehen am Kanal. Ein Licht schwankt auf uns zu, klingeling, ruft die alte Frau auf dem Fahrrad und reißt im letzten Moment den Lenker herum. Alte Idiotin, ich schüttle den Kopf und gehe weiter. Der Hund ist weg. Ich drehe mich im Kreis, sie ist weg. Ich stehe und horche. Irgendetwas hindert mich daran, ihren Namen zu rufen. Ich überlege. Nichts. Eine entsetzliche Ahnung befällt mich. Ich klettere über das Geländer und stolpere die Böschung hinunter. Du verdammte Töle, fluche ich, um die Ahnung zu vertreiben, wenn ich dich kriege, breche ich dir das Genick. Nichts. Ich hangle mich am Wurzelwerk der Bäume die Böschung wieder hoch. Nichts. Seit zehn Jahren begleitet sie mich, jetzt ist sie weg. Ich setze mich auf das Geländer. Mein Kopf ist leer. Ich werde nun nach Hause gehen, die Tür versperren, mich an meinen Schreibtisch setzen und das Kapitel zu Ende bringen. Ich blicke zu Boden. Mein Hund sitzt neben mir. Bist du von allen guten Geistern verlassen, warum erschreckst du mich so? Sie lächelt.

Einige Wochen später, aber noch vor Eintreffen des Ehefähigkeitszeugnisses, klingelte es an der Tür. Jakob mit meinem Hund. Kümmern solle ich mich, sei ja schließlich mein Hund. Und wenn ich mich beruhigt habe, solle ich mich melden.

Beruhigt?

Ja, beruhigt.

Wie geht es dir?

Gut, ich drehe viel. Hunde sind am Set nicht erlaubt.

Sie war wieder da. Ich heulte erst vor Freude, dann vor Rührung. Philipp beobachtete sie eine Weile interessiert, aber auch skeptisch. Sie ihn auch. Ich stellte sie einander vor, dann musste ich dringend auf die Toilette. Als ich herauskam, standen sie sich unverändert gegenüber. Sie belauerten einander. Katz und Hund, schwarz, beide.

Philipp lernte schnell. Noch vor dem Hochzeitstag hielten Passanten meinen Hund für seinen. Die sehen sich aber auch ähnlich mit den üppigen schwarzen Haaren, sagten die Leute, ist ja oft so, nicht, Hund und Halter, eine Optik. In Wahrheit können sich die beiden nicht leiden. Sie sind von Natur aus unvereinbar. Ich aber hänge an diesem Hund, wir leben zusammen, arbeiten zusammen, schweigen zusammen. Meistens reicht ein Räuspern, und sie versteht. Seit zehn Jahren. Sie war Erste.

Ich hänge die Wäsche ab, die ich nachmittags aufgehängt habe. Auf dem Trockenboden steht die Hitze. Die Dachbalken knacken. Nur Männerkleidung, riesig, klein, winzig. Und eine Unterhose von mir, das war's. Ich mache drei Stapel. Großer, großer Kleiner, kleiner Kleiner, murmle ich abwechselnd. Philipps Kleider sind schwer. Die Kleider der Kinder kommen mir absurd klein vor. Nicht vorzustellen, dass die da hineinpassen! Großer Kleiner, kleiner Kleiner, ich kann mich immer wieder nicht entscheiden. Trägt das noch der Große oder schon der Kleine? Der Kleine trägt, was der Große trug. Wenn ich die ganz kleinen Kleider in Händen halte und mir beide darin vorzustellen versuche, scheitere ich. Immer sehe ich nur den kleinen Kleinen, die älteren Bilder sind weg. Ich gehe hinunter, schaue mir Fotos an, vergesse die Zeit.

Montag, 3. Juli um 11.20. Da will keiner heiraten, den Termin hatten sie noch anzubieten. Es war ein strahlend schöner Morgen. Wir zogen uns hübsch an, packten das Kästchen mit den Ringen ein, banden dem Hund eine Blume um, hofften, dass beide Trauzeugen pünktlich wären, und nahmen ein Taxi zum Rathaus. Die Standesbeamtin trug ein Liebesgedicht vor, feierlich im Ton und schleppend im Tempo; Erich Fried, und die Tatsache, dass sie es auswendig konnte, war mir besonders peinlich. Es ist Unsinn, sagt die Vernunft, es ist Unglück, sagt die Berechnung, es ist nichts als Schmerz, sagt die Angst, es ist aussichtslos, sagt die Einsicht, es ist lächerlich, sagt der Stolz, es ist leichtsinnig, sagt die Vorsicht, es ist unmöglich, sagt die Erfahrung, es ist was es ist, sagt die Liebe. Offensichtlich gehörte dieses Gedicht zum Prozedere wie die Frage, ob wir uns heiraten wollen, aber am Ende kamen mir doch die Tränen, und die Standesbeamtin reichte mir lächelnd ein Taschentuch, das sie vorbereitet haben musste, so schnell war es zur Hand. Als wir aus dem Amt traten, durch die Hintertür, wie alle Frischverheirateten, wurden wir von Philipps Kollegen, die ich alle schon von weitem erkannte, mit Reis beworfen. Wir gingen hinunter zur Elbe, setzten uns in einen Ausflugsgasthof, tranken Sekt, waren glücklich, gingen baden. Der Hund spritzte uns nass.

Philipp kann steile Wände hochklettern und sich in großer Höhe auf schmalsten Stegen und Kanten katzenhaft sicher bewegen. Einmal saß ich in der Loge, sah dem Abbau irgendeines Stückes zu, das keiner Erwähnung wert ist, und ging meinen Text durch, den ich abends in einem vergleichbaren Stück zu sprechen hatte. Philipp stand auf einer Art Halfpipe, einem überdimensionierten U aus Pressspanplatten, und löste Schrauben, die er einem Kollegen, der neben ihm stand, weiterreichte. Von unten rief einer, der in der Rundung des U zugange war: Philipp, was los, geht noch was? Und Philipp begann mit dünner, hoher Stimme, ohne aufzublicken oder die Arbeit zu unterbrechen, etwas zu fisteln, das ich nicht hören konnte. Er imitierte anscheinend jemanden, den seine Kollegen erkannten, sie lachten; aufgrund der Fistelstimme dachte ich an eine Frau, und meine Aufmerksamkeit war geweckt. Ich unterbrach meine Vorbereitung und lauschte aufmerksam, ohne es verstehen zu können. Philipps Kollegen sahen zu ihm hoch und bogen sich vor Lachen, und derjenige, der neben ihm stand und die Schrauben in Empfang nahm, krümmte sich, bis er vornüber kippte und stürzte. Und wie das ging, ist mir im Nachhinein unerklärlich: Philipp fing ihn auf, zog ihn wieder zu sich hoch, setzte ihn auf die Kante, beruhigte ihn. Die Kollegen waren verstummt. Nach einer kurzen Weile begann Philipp in die Stille hinein erneut zu fisteln, und alle, auch der Kollege, der soeben fast fünf Meter in die Tiefe gefallen wäre, lachten, die Erleichterung schien ihr Lachen noch zu befeuern, sie schüttelten sich, sie bebten, sie wanden sich, sie stöhnten, sie konnten nicht mehr.

Philipps Onkel Günter und Tante Sigrid wollten die neue Schwiegertochter kennenlernen. Beim Kaffeeplausch auf der Terrasse erklärten sie mir geduldig der Reihe nach, wer wer in ihrer Familie war. Ich nickte, aß Erdbeertorte und hoffte, dass die Familie nicht allzu groß war. Als die Rede auf den Siegheil-Onkel kam, horchte ich auf. War das ein Nazi?, fragte ich. Na, du bist gut, antwortete Tante Sigrid. Der war Aufseher im KZ Bergen-Belsen, und nach der Befreiung des Lagers durch die Briten im April 1945 floh er. Mir fiel das Stück Erdbeertorte von der Gabel, ich sah zu Philipp, der mir gegenübersaß und es sich schmecken ließ. Versteckt wurde der flüchtige Siegheiler, erfuhr ich weiter, von drei Schwestern, die zusammen einen Gasthof in der Lüneburger Heide führten. Sie boten dem Unbekannten Unterschlupf auf ihrem Dachboden. Die älteste der Schwestern hatte zwei Töchter, eine davon ist Philipps Mutter. Die jüngste aber verliebte sich so gründlich in den flüchtigen KZ-Aufseher, dass sie, nachdem er in seinem Versteck entdeckt, vor ein Britisches Militärgericht gestellt und zu 15 Jahren Haft verurteilt worden war, schwor, auf ihn zu warten. Und das tat sie auch. Sie war 28 Jahre alt, als ihr Liebster ins Gefängnis kam, sie wäre 43, wenn er herauskäme. Zu alt, um eine Familie zu gründen. Trotzdem wartete sie auf den verurteilten Kriegsverbrecher. 1955, nach zehn Jahren, wurde er begnadigt, sie heirateten und bekamen, seine Frau war immerhin schon 38, noch vier Kinder. Ich sah Philipp erneut an: Warum hast du mir das nicht erzählt?

Ach, das wusste er wahrscheinlich gar nicht, sind ja uralte Geschichten, antwortete seine Tante an seiner Stelle. Philipp nickte. Ich bin, sagte er später, mit diesem KZ-Aufseher gar nicht verwandt. Er war ein angeheirateter Großonkel. Du musst dir vorstellen: meine Großtante, die Tante meiner Mutter, heiratete diesen Typen.

Aber deine Großmutter hat, und zwar als älteste der drei Schwestern, diesen Kriegsverbrecher versteckt gehalten! Und deine eigene Mutter hat in diesem Gasthaus, in dem eine, um es einmal vorsichtig auszudrücken, äußerst nazifreundliche Atmosphäre herrschte, ihre Kindheit und Jugend verbracht!

Dafür kann sie ja nichts, sagte Philipp.

Ja, aber warum hast du mir das nicht erzählt?

Von meinem Onkel und seinem Nazigruß am 90. Geburtstag habe ich dir wohl erzählt, ich verstehe nicht, warum du mich so angreifst.

Philipp nahm mich in den Arm. So genau habe man ihm das nie erzählt, sagte er. Und vieles habe er auch vergessen, er finde das alles unsagbar abstoßend. Er schnupperte an meiner Schläfe. Mich hingegen finde er gar nicht abstoßend. Er küsste mein Ohr, es kitzelte, ich drehte mich weg, er küsste das andere Ohr, ich ließ den Kopf nach hinten fallen, er küsste mein Schlüsselbein – ich gab meinen Widerstand auf.

Mama, sagt der große Kleine, stell dir vor, Oma hat mir ein Schwein geschenkt, und das stinkt ganz ekelig.

Könnt ihr das nicht waschen?

Nein, das ist so ekelig, das bleibt so, da kann man nichts machen.

Und nun?

Nun schnuppere ich daran. Iiii, ist das ekelig, bä! Willst du auch mal?

Lieber nicht.

Soll das Schwein bei Oma bleiben?

Ja, lass es bei Oma.

Der kleine Kleine fragt: Mama? Mama? Mama?

Ja, mein Schatz.

Mama?

Ja, hier ist Mama.

Mama?

Ja, mein Liebling.

Mama?

Gibst du mir mal Oma?

Oma?

Ja, gib sie mir mal.

Mama?

Ja!

Oma!

Ja, genau, gib sie mir mal.

Philipp ist dran. Sie schläft, sagt er, war was?

Nein.

Was wolltest du sie fragen?

Nur, wie es ihr geht.

Sie ist erschöpft. Philipp ist außer Atem.

Was ist los?

Ach nichts, er ringt nach Luft, nur, sie schläft so viel, dauernd schläft sie ein.

Denk dir nichts Schlimmes.

Das sagt die Richtige! Ich muss auflegen, die Kinder streiten schon wieder.

Philipp wusste, weil ich es ihm noch vor der Hochzeit erzählte, dass ich ihn monatelang aus der dunklen Loge heraus beim Arbeiten auf der erleuchteten Bühne beobachtet hatte. Ich sprach ihn auf den Sturz an. Er lächelte. Das sei nicht so dramatisch gewesen, wie ich es nun darstelle, sagte er. Ich erinnerte ihn an die Szene, Schritt für Schritt führte ich ihm vor Augen, was geschehen war, bis zu dem Moment, an dem er blitzschnell ins Leere gegriffen und seinen Kollegen zu packen bekommen hatte. Philipp nickte. Du darfst nicht hinunterschauen, ganz einfach. Das müsstest du als Schweizerin und gelernte Berggängerin doch wissen. In dem Moment, wo er vornüber kippt, darfst du nicht denken: Oh Gott, er fällt, sondern: Ich fang ihn jetzt auf. Die Vorstellung wird zur Tat. Erst hast du das Bild, dann wird es Realität. Wie im Theater. Erst das Modell, dann die Inszenierung. Das klinge alles gut, · sagte ich, und in diesem einen Fall habe es auch wunderbar geklappt, aber das sei ja kein Patentrezept, einfach die Augen zu verschließen und zu glauben, das Schreckliche verschwinde dadurch aus der Welt.

Es gibt Dinge, antwortete Philipp, die sind zu schrecklich, um genauer betrachtet zu werden. Wenn du mit zehn Jahren erfährst, dass der nette Onkel, der eine Weile auf deinem Dachboden wohnte, aus der Hölle kommt, wo er als teuflischer Aufpasser dafür sorgte, dass das Grauen andauerte, sich steigerte, dass die Berge von Leichen, die auf der bloßen Erde herumlagen, immer höher wurden, dass die unzähligen Gefangenen in allen Stadien der Auszehrung, diese Tausende von todkranken und bis auf das Skelett abgemagerten Menschen in ihren verseuchten Baracken nicht gesundeten – wenn du das mit zehn Jahren erfährst, musst du den Blick abwenden, in diesen Abgrund darfst du nicht blicken, sonst stürzt du hinab.

Bevor seiner Mutter der Tumor aus der Brust geschnitten wurde, begleitete ich sie zu den Voruntersuchungen ins Krankenhaus. Ich lud sie zum Mittagessen ein, Linseneintopf, und dazu, weil ich sie ermunterte, ein kleines Bier. Sie nahm den ersten Schluck, hatte einen weißen Schnurrbart und sagte: Herrlich. Ist es nicht herrlich? Auch schön, dass wir mal Zeit zum Plaudern haben, nicht? Ich fragte sie, ob sie Angst habe. Nö, antwortete sie, und es klang trotzig, wenn ich das Schreckliche an mich herangelassen hätte, würde ich schon längst nicht mehr leben. Sie stellte das Bierglas ab, sie hatte die Serviette darunter nicht bemerkt, das Glas kippte.

Wie geht's dem Köter? Philipp macht dauernd unfreundliche Bemerkungen über den Hund oder erinnert mich daran, wo die Lebenserwartung eines Hundes dieser Größe, und weil es sich um einen Mischling handelt, der beteiligten Rassen, liege: bei zwölf Jahren (angeblich). Noch zwei Jahre, seufzt er, wenn er ihre Haare wegsaugt, ihr eine Zecke entfernt oder einen zerfetzten Kinderball entreißt, noch zwei Jahre.

Es ist ihr zu heiß, antworte ich, aber danke der Nachfrage, freut mich, dass du dir um den Hund Gedanken machst.

Stille.

Philipp, warum rufst du an?

Die Kinder schlafen jetzt. Ich wollte nur gute Nacht sagen.

Gute Nacht.

Und dich fragen, ob du uns vermisst.

Philipp … Ist das nicht zu gefährlich, du alleine mit den beiden Kleinen im Freibad?

Du hast einfach kein Vertrauen zu mir, das ist das Problem, sagt er.

Ja, das ist das Problem.

Soll ich auflegen?

Willst du?

Stille.

Und, kommst du zum Arbeiten?

Ja. Ich schreibe eine Liebesgeschichte, sage ich.

Schön, sagt er.

Du kommst darin vor.

Nicht dein Ernst.

Mein Ernst.

Was schreibst du denn da?

Wie wir uns kennengelernt haben.

Das ist doch schön.

Ja, das war schön.

Soll ich auflegen?

Wenn du willst.

Nö, sagt er, und es klingt trotzig, nö, will ich nicht.

8. Spielmacher

Er hat das Klassenzimmer als Letzter betreten, ist mitten im Raum stehen geblieben, hat die Augen aufgerissen und mich von unten bis oben und zurück gemustert, dann gegrinst. Ein auffallend großer, auffallend schlanker, auffallend hübscher schwarzer junger Mann mit Basecap.

Bonjour, Madame, sagt er.

Ich blicke intensiv auf die Liste. Name?

Mathieu96, sagt er. Einfach, oder?

Was bedeutet die 96?

Das ist mein Geburtsjahr.

Was?

Es klopft. − − • • / • / • • / − . Ich dachte, ich hätte es schon wieder verlernt. Das ganze Frühjahr über war nichts zu hören, im Sommer dann gab es einige kurze heftige Attacken in eintönigem Stakkato, nicht der Entschlüsselung wert, und nun das, ein zweites Mal und eindeutig: lang lang kurz kurz / kurz / kurz kurz / lang: ZEIT. Und gleich noch ein drittes Mal, ich drücke die Fingerspitzen gegen die Schläfen.

Er sieht mich mitleidig an. Alles okay mit Ihnen, Madame?

Ich versuche zu lächeln und nicke.

Die Schüler sollen ihre Stühle nehmen und einen Kreis bilden. Es kommt zu Zusammenstößen, metallene Stuhlbeine klirren gegeneinander; pass doch auf! Pass doch selber auf! Eine lässt ihren Stuhl fallen, eine andere läuft dagegen, stolpert. Sofort nehmen beide Kampfstellung ein. Hinsetzen, ruft die Klassenlehrerin und klatscht in die Hände, hin se tzen.

Die Liste mit den Namen der Schüler habe ich im Schulbüro bekommen, aber da stehen lauter Fantasienamen, Kristallblume, Snoopy, Kampfmaus. Ich zeige sie der Lehrerin. Das sind die Nicknamen, sagt sie, unter denen die Schüler sich im internen Computernetzwerk anmelden. Sie versucht sie zuzuordnen, schüttelt dann aber den Kopf und gibt mir die Liste zurück.

Fangen Sie bitte an, sage ich zu dem schönen Schwarzen, wie heißen Sie? Schreiendes Gelächter, wie angeknipst. Wir duzen die Schüler, sagt die Klassenlehrerin. Das ist Mathieu. *Mathieu*?! Du kommst ja gerade recht. Was für ein Zufall. Es klopft. – • – / • • / – • / – • • ? Das ging jetzt zu schnell. Stille.

1996 war ich schwanger. Das war doch gerade erst. Jetzt stehe ich vor 23 jungen Menschen, die damals geboren wurden. Nach dem *Eingriff* fand ich auf dem Flohmarkt winzige Lauflernschuhe, steckte sie in meine Tasche und lief weg. Mathieu hat riesige Füße. Welche Schuhgröße haben Sie – entschuldige: hast du?

Na, Sie gefallen mir, Madame, sagt er, 47, warum?

Du gefällst mir auch, Mathieu. Du bist schön. Du bist charmant. Du riskierst, dich lächerlich zu machen. Du bist mutig. Du bist siebzehn Jahre alt und siehst mich an.

Ich bin hier, um mit euch ein Buch zu schreiben. Ein Buch?, fragt Kristallblume. Es wird eher eine Broschüre als ein Buch werden, haben die Organisatoren mich beruhigt, als ich genau so erstaunt fragte, wie Kristallblume jetzt, aber ich nicke und sage: Ja, ein Buch. Sie sieht mich entsetzt an. Wieso das denn? Ich gebe die Frage an die Runde weiter. Hat jemand eine Idee? Mathieu zeigt als einziger auf. Es würde reichen, ihm zuzunicken, aber ich sage: Mathieu, bitte. Eine Frage, Madame, er stützt sich auf die Oberschenkel und beugt sich vor, dieses Buch wird doch verkauft werden?

Natürlich, antworte ich.

Sehr gut, sagt er, und an wen geht der Gewinn? Ich hoffe, an uns?

Du bist ein geschäftstüchtiger Autor, das ist gut, sage ich, die meisten müssen das erst mühsam lernen.

Kaufen und verkaufen, Madame, da macht mir keiner was vor.

Es ist nun aber so, Mathieu, sage ich und denke währenddessen über seinen Satz nach, dass dieses Projekt zunächst einmal Kosten verursacht, Papier- und Druckkosten, aber auch Personalkosten.

Bekommen Sie denn Geld dafür, dass Sie zu uns kommen, Madame?, fragt er.

Das ist der Grund, warum ich da bin, antworte ich.

Buh, macht einer, der sich Oreo nennt, und ich muss lachen.

Ich habe einen Fragenkatalog vorbereitet. Ich stelle die Fragen jetzt reihum. Mit wem soll ich beginnen? Niemand meldet sich. Mathieu?

Ja, Madame?

Soll ich mit dir beginnen?

Wenn Sie möchten.

Gut, Frage eins: Glaubst du an die Liebe?

Ja.

Er sagt es so, als bestätige er seinen Namen. Ja Punkt.

Nächste Frage, fordert er.

Nun ist dein Nachbar dran. Frage zwei geht an dich, Oreo – du heißt Derric, richtig? Er verzieht keine Miene.

Derric, glaubst du an Gott?

Teilweise.

Nächste Frage geht an Big Bang – die Lehrerin zuckt mit den Schultern. Abdul, sagt Big Bang. Danke, Abdul. Sag mir, leben wir in einem gerechten Land?

Abdul denkt nach. Es gibt auch schlechtere Länder. Er denkt nach. Er schüttelt den Kopf. Er denkt weiter nach. Geht so, sagt er.

Kampfmaus, wer ist das? Die Klassenlehrerin flüstert es mir zu. Jennifer? Sie sieht mich feindselig an, eine von den beiden, die vorhin aufeinander losgehen wollten. Ich überspringe eine Frage und nehme die: Jennifer, warst du schon einmal in eine Schlägerei verwickelt? Großes Gelächter.

Ja, antwortet Jennifer, und ich bin auch schon K.o. gegangen.

Nächste Frage. Tayfun. Das ist sein richtiger Name, sagt die Lehrerin. Gut. Tayfun, ist die Polizei dein Freund und Helfer? Nein, antwortet er, sonst noch was?

Reihum frage ich weiter. Wenn immer möglich, antworten die Schüler mit Ja oder Nein. Die meisten sehr schnell, als wollten sie mir signalisieren, dass sie gar nicht zuhören.

Vorletzte Frage: Gloria, gibt es moderne Helden?

Nein, sagt Gloria.

Ich wiederhole die Frage, sie wiederholt ihr Nein. Ich frage in die Runde: Moderne Helden? Kopfschütteln.

Letzte Frage – Moment, wieso bin ich denn jetzt schon wieder bei dir angelangt, Mathieu? Habe ich jemanden übersprungen?

Büşra fehlt heute, ruft Nesrin, die Kristallblume.

Ich bin gerne bereit, Ihnen noch eine Frage zu beantworten, Madame, sagt Mathieu. Klopfen. Lang kurz lang / kurz kurz / lang kurz / lang kurz kurz. Mathieu sieht mich erwartungsvoll an.

Wenn du die Macht hättest, was würdest du verbieten?

Und ohne auch nur eine Sekunde zu zögern, sagt er: Cybermobbing, Diskriminierung, Rassismus, Diktatur. Er strahlt mich an. Das war einfach, sagt er.

Die Lauflernschuhe habe ich immer noch. Ich hatte sie vergessen. Als ich vor zwei und vor vier Jahren meine beiden Söhne zur Welt brachte, dachte ich nicht an sie. Auch nicht, als meine Söhne laufen lernten und ich ihnen die ersten Schuhe kaufte. Nun habe ich sie in dem großen schwarzen Koffer, mit dem wir früher in die Sommerferien verreist sind, meine Eltern, meine Brüder und ich, und der noch immer das Schild mit dem Namen meines verstorbenen Vaters und der Adresse meines Elternhauses trägt, auf dem Dachboden gefunden. Sie sind aus blauem Leder. Die Schnürsenkel, die Nähte und die Sohlen sind blendend weiß. Sie sind ungetragen. Damals auf dem Flohmarkt in Wien, als sie mir ins Auge fielen und ich sie einfach einpackte, war es mir nicht aufgefallen. Auf diesem *Fetzenmarkt*, wie die Wiener ihn nennen, wurden, wie auf jedem Flohmarkt, gebrauchte Dinge verkauft. Ich kann mich an den modrigen Geruch an diesem herbstlichen Samstagmorgen am Donaukanal erinnern, als ich mich von den trödelnden Menschen herumschieben ließ, bis mein Blick auf diese kleinen Schuhe fiel, *für meinen Sohn*, ich nahm sie und lief schnell davon.

Die Klassenlehrerin erwartet mich vor dem Unterrichtsraum und entschuldigt sich dafür, dass sieben Schüler fehlen. Sie habe jeden einzelnen gerade in der Pause angerufen, aber, das müsse sie mir sagen, ihre Klientel sei ganz schwer zu fassen. Es gebe keinerlei Konstanz, weder in der Anwesenheit noch in der Leistung.
Du solltest das nicht persönlich nehmen, wenn Schüler dem Unterricht fernbleiben, antworte ich, worauf sie mich irritiert ansieht. Sie hält mir die Tür auf. Mathieu ist nicht da. Ich schaue mich um. Er ist nicht da! Die Lehrerin beobachtet mich. Ich packe ganz langsam meine Notizen aus. Wieso ist Mathieu nicht da? Ich lese der Klasse die Liste mit den Nicknamen vor, sie antwortet mit *hier* oder *fehlt*. Weiß jemand, warum?, frage ich jedes Mal, wenn ich *fehlt* höre, bei Mathieu96 antwortet die Kampfmaus Jennifer: Der ist krank. Ich möchte nachfragen,

woher sie das weiß, vermute aber, die Lehrerin wäre der Meinung, das ginge zu weit. Sie steht direkt neben mir. Du solltest das nicht persönlich nehmen, sagt sie leise und lächelt leicht.

Das Thema der Hausaufgabe war *Was mich so richtig wütend macht.* Ich gehe durch die Reihen und sammle sie ein. Die meisten Schüler haben, und das macht mich stutzig, mit exakt denselben Worten dazugeschrieben: Ich möchte nicht, dass Sie das in der Klasse vorlesen.

Wenn ich keine Namen nenne, frage ich, darf ich die Texte dann vorlesen?

Sie zögern. Lieber nicht, sagt Snoopy, mich erkennen sowieso immer gleich alle. Ich suche Snoopys Hausaufgabe heraus und lese sie mir durch.

Ich werde wütend, wenn ich mitbekomme, dass man hinter meinem Rücken über mich redet und sich nicht traut, mir etwas direkt zu sagen. Und wenn irgendwelche Weiber sich an meinen Freund ranmachen (und ihn anbaggern)! Oder wenn ich keine Zigaretten habe, oder wenn ich einfach dumm von der Seite angemacht werde.

Okay, Snoopy, ich behalt's für mich. Aber zum Schreiben, sage ich, gehört immer auch die Lust an der Indiskretion. Eure nächste Aufgabe lautet: *Ein Geheimnis, das ich schon immer ausplaudern wollte.* Ihr könnt natürlich auch fremde Geheimnisse verraten, vielleicht fällt euch das leichter. Los geht's!

Am Ende der Stunde sammle ich die Blätter ein. Die Lehrerin verspricht mir, die Aufgabe von den sieben Fehlenden einzufordern. Eine Deadline ist unerlässlich, sagt sie, und je knapper, desto besser.

Dann sagen wir bis heute Abend, zweiundzwanzig Uhr.

Am besten ist es, sagt sie, mit den Schülern über Facebook zu kommunizieren, das ist ein positiv besetztes Medium, eines, dem die Schüler vertrauen.

War das jetzt ein Scherz? Ein Lehrerinnenscherz? Anscheinend nicht, sie fragt: Du hast doch hoffentlich ein Facebookprofil? Ich nicke, und sie scheint erleichtert. Sehr gut. Ich sage den Schülern, sie sollen dich direkt anschreiben und dir eine Freundschaftsanfrage schicken, ja?

Ich zögere.

Selbstverständlich kannst du sie als Freunde wieder löschen, wenn das Projekt vorbei ist.

Es ist viertel nach neun. Mein Mann hat Abenddienst, wie fast immer in letzter Zeit wieder, ich bin alleine mit den schlafenden Kindern, dem schlafenden Hund. Unter meinem Tisch zuckt er im Traum. Ich setze mich hin und lese die sechzehn Geheimnisse, die schon immer ausgeplaudert werden wollten, durch. Die sechzehn, die ich nach der Stunde eingesammelt habe.

Von Jennifer Heitmann. Ich habe den Vater meiner Freundin am Hauptbahnhof mit einer fremden Frau gesehen, aber das kann ich meiner Freundin nicht erzählen, wenn das ihre Mutter erfährt, die bringt ihn um. Oder sich selber.

Von Nesrin Gül. Ich weiß, dass meine Freundin dienstags und donnerstags nicht zur Lerngruppe geht, sondern zu ihrem deutschen Freund, den sie über alles liebt.

Von Marvin Gosch. Ich habe einen Freund, dessen Vater hat eine neue Familie. Nun zahlt er der alten Familie weniger Unterhalt, soll sie doch Sozialhilfe bekommen. Aber der Sohn darf neben der Schule nicht mehr arbeiten, sonst wird der Familie die Hilfe gekürzt. Diesen Vater sollte man anzeigen, er zerstört das Leben seines Sohnes.

Lauter Freunde und Freundinnen ... und dennoch ist das erste Wort immer *Ich*. Seitenblick auf die Uhr: kurz vor zehn. Ich schaue in meinem Facebook-Account nach. Zwei Nachrichten sind eingegangen. Von Mathieu ist nichts gekommen. Ich mache mir einen Kaffee. Es schlägt zehn. Ich sehe, dass Mathieus Profil aktiv ist. Ich kann nicht anders, ich schreibe ihn an.

Denkst du an die Hausaufgabe, Mathieu?

Die Antwort kommt sofort: Keine Panik, bin gleich so weit.

Der Kaffee ist getrunken, aber nichts angekommen. Gleich halb elf. Grässlicher Balg. Ich beschließe, schlafen zu gehen. Eine neue Nachricht.

Guten Abend, Madame, hier kommt mein Geheimnis. Mein Vater ist evangelisch-presbyterianischer Pastor, wenn er erfährt, dass ich eine Freundin habe (Atheistin), verstößt er mich. Mit freundlichen Grüßen, Mathieu.

Ich schalte den Computer aus.

Einen Namen hatten wir spaßeshalber schon. Wenn wir mal ein Kind haben, wird es Paul heißen, sagte Jakob.

Auch wenn es ein Mädchen ist?

Jakob lachte. Wenn es ein Mädchen ist? In meiner Familie gibt es keine Mädchen.

Und wie kommst du auf Paul?

Ist doch ein schöner Name, antwortete Jakob, und reimt sich auf Maul.

Ich schüttelte den Kopf. Lass mich lesen, Jakob, bitte.

Ja, du brauchst Ruhe. Du hast selbst gesagt, du könnest Kindergeschrei nicht ertragen, deshalb Paul: Paul, halt's Maul.

Jakob, du spinnst.

Nein, du spinnst, mit deinem übersteigerten Ruhebedürfnis. Wer lebt, stört, egal ob er Jakob oder Paul heißt. Merk dir das. Ich gehe jetzt spazieren, dann hast du Ruhe.

Auf den Fahrradwegen liegt frisch gefallenes, nasses Laub, ich bin zu spät dran und kann nicht so schnell fahren, wie ich möchte. Hinter dem Hauptbahnhof wird die Unterführung in Stand gesetzt, der Weg ist gesperrt. Dichter Verkehr. Ich weiche im letzten Moment auf die Straße aus, ein Auto schießt so knapp an mir vorbei, dass mein Lenker schlottert; ich bremse, es zieht mir den Vorderreifen weg, ich stürze. Ein Transporter hupt, weicht aus, spritzt mich nass. Mein Bein schmerzt, ich richte das Fahrrad auf, schwinge mich in den Sattel und trete in die Pedale, als wolle ich ein Rennen gewinnen.

Die Fahrradständer vor der Schule sind leer. Als ich mein Schloss festmache, kommt Tayfun angerannt. Glück gehabt, Sie sind auch zu spät. Er hat kaum Luft zum Sprechen. Sie sind ganz nass, sagt er.

Ich weiß.

Und schmutzig, ihr Mantel ist hinten ganz schwarz. Wollen Sie so in die Klasse gehen?

Ich habe keine Wahl.

Guten Morgen, entschuldigt die Verspätung und lasst uns gleich anfangen. Ich habe eure *Geheimnisse, die ihr schon immer ausplaudern wolltet,* zusammengefasst und einen einzigen langen Text daraus gemacht. Den wollen wir jetzt gemeinsam lesen.

Die Schüler starren mich an. Nur Mathieu untersucht eingehend seinen Bleistift.

Ich nicke freundlich in die Runde. Also, wer liest?

Ich höre Tayfun flüstern: Sie ist mit dem Fahrrad gekommen. Kichern.

Genau, sage ich, ich bin mit dem Fahrrad gekommen, wie immer. Wenn ihr dazu Fragen habt, stellt sie gerne im Anschluss an die Stunde.

Stille.

Mathieu, bitte.

Bitte was?

Lies bitte vor.

Nein, danke. Er untersucht weiter seinen Bleistift.

Die Lehrerin schaltet sich ein. Mathieu, würdest du bitte lesen?

Nein, ich möchte nicht, antwortet er und bückt sich nach seiner Tasche unter dem Tisch. Er öffnet sie und wirft den Bleistift hinein. Er richtet sich wieder auf. Wir warten. Ich blicke ihn unverwandt an. Schließlich nimmt er den Text zur Hand, wirft mir einen verächtlichen Blick zu und beginnt – stockend – zu lesen, mit leiser Stimme, verletzlich wie ein Kleinkind, das sprechen lernt. Seine Mitschüler sagen ihm bei jedem Stopp das nächste Wort, die nächste Wendung, den nächsten Satz vor. Er spricht nach, er dehnt und zieht einzelne Wörter, er nuschelt und hastet über andere hinweg. Hätte ich den Text nicht vorliegen, könnte ich ihm unmöglich folgen.

Als die Stelle mit dem Pastorenvater und der atheistischen Freundin kommt, lachen alle, auch Mathieu. Seine Sicherheit ist zurück.

Wie heißt sie denn, deine Freundin, ruft Derric.

Latoya, antwortet Mathieu, spitzt die Lippen und küsst die Luft.

Latoya, schreien einige. Mathieu senkt beschwichtigend die Hände. Leute, immer cool bleiben, ja. Und an mich gewandt: Reicht das jetzt, oder muss ich noch weiterlesen?

Nach der Stunde kommt er nach vorne. Was gibt es, Mathieu, frage ich beiläufig und packe meine Notizen ein. Sie sagten doch, wir könnten jetzt fragen. Ihre Hose sieht ja schlimm aus, hier, auf der Seite, sehen Sie doch mal.

Ja, ich weiß es, danke, ich bin gestürzt.

Gestürzt? Er reißt die Augen auf, genau wie bei unserer ersten Begegnung. Er mustert mich. Er nickt. Glück gehabt, Sie haben Glück gehabt, Madame.

Ich nehme meine Tasche und gehe zur Tür. Er folgt mir. Ich finde den Lichtschalter nicht. Hier, Madame, hier können Sie es ausknipsen, sagt er und langt mit seinem Arm über mich hinweg.

Danke, Mathieu.

Ich gehe den langen Gang zur Haupttüre vor, Mathieu an meiner Seite.

Und Sie, verraten Sie auch ein Geheimnis, fragt er plötzlich.

Ich bin so überrascht, dass ich stehen bleibe. Ein Geheimnis?

Haben Sie auch einen Freund?

Nein, ich bin verheiratet.

Vielleicht haben Sie trotzdem einen Freund?

Mathieu, das reicht jetzt. Bis nächste Woche, auf Wiedersehen. Ich lasse ihn stehen. Nach ein paar Schritten drehe ich mich um. Er ist weg. Der Gang ist leer, bis auf Jennifer, die Kampfmaus, die neben den Yuccapalmen steht und mich beobachtet. Ich winke ihr zu, sie dreht sich weg.

Mathieu ist fast zwei Köpfe größer als ich. Die meisten Jungs heutzutage sind so lang. Jakob, Pauls Vater, ist, wenn ich mich recht erinnere, einen Meter achtzig groß, für heutige Verhältnisse fast schon klein. Und Paul, wie groß wäre er? Wäre er mir so weit über den Kopf hinaus gewachsen wie Mathieu? Wenn Paul mir den Arm auf die Schulter legte und ich den Kopf höbe, was würde ich sehen? Einen riesigen spitzen Adamsapfel, vom Rasieren entzündete rote Haarwurzeln, weißköpfige Pickel? Ich stelle die blauen Schühchen auf meinen Schreibtisch. Größe 19, steht seitlich innen im Schaft. $47 - 19 = 28$. Zwischen diesen blauen Schühchen und den Sneakers, die Mathieu trägt, liegen achtundzwanzig Größen. Eine sechs Meter lange, doppelreihige Schuhschlange aus achtundzwanzig Paaren ergäbe das, so lange wie der ganze Flur von der Küche bis zu meinem Arbeitszimmer. Klopfen. Jetzt erkenne ich es: KIND.

Ich habe eine Nachricht von Mathieu bekommen. Madame, Sie haben vergessen, uns eine Hausaufgabe zu stellen. Aber ich bitte um Rücksicht, ich habe diese Woche zwei wichtige Spiele.

Rücksicht?! Großartige Wortwahl. Ich sehe auf die Uhr. Philipp holt ausnahmsweise die Kinder ab, also habe ich Zeit. Ich schreibe zurück: Mathieu, du hast völlig Recht, danke für den

Hinweis, hier kommt speziell für dich eine (sehr rücksichtsvolle) Aufgabe: Worum sollte es deiner Meinung nach in unserem Buch gehen? Bis heute Abend, 22 Uhr.

P.S. Was spielst du denn?

Eine Minute später ist Mathieus Antwort da, um 16:13:

Ich spiele Basketball, Madame. In der Geschichte sollte es um Liebe und Gewalt gehen. Möglicherweise um dunkle Geschäfte. Verrat wäre nicht schlecht, und Sex sollte auch vorkommen (ein bisschen), damit wir sie verkaufen.

(16:14): Mathieu, fällt dir ein würdiger Protagonist ein?

(16:14): Was ist das?

(16:15): Ein Hauptdarsteller.

(16:18): Es ist jedenfalls ein Mann. Ich stelle mir vor, dass er achtzehn Jahre alt ist und Drogendealer. Nebenher verdient er Geld mit illegalen Cagefights. Sein Traum ist es, ein berühmter Rapper zu werden. Er stammt aus Mexiko. Ich gebe ihm den Namen Kalim. Er ist skrupellos, und er ist ein Rassist.

(16:20): Gut, Mathieu; viel Glück bei deinen Spielen.

(16:25): Werde ich haben, Madame, danke.

Ich klicke auf Mathieus Profil und schaue mir seine Freunde an. Er hat mit seinen siebzehn Jahren 377 Freunde. Eine Latoya finde ich nicht.

Jakobs Profil hat mir immer besonders gefallen. Seitlich wirkte er viel weicher als von vorne. Stirn, Nase, Wangen, Kinn: eine perfekt komponierte Hügellandschaft. Wenn Jakob merkte, dass ich ihn von der Seite betrachtete, schielte er, ohne den Kopf zu wenden, zu mir herüber, bis ich dachte, sein Augapfel fiele heraus, und Vorsicht! rief. Paul hätte dieses Profil geerbt, aber meine dunklen Augen, meinen roten Mund und meine kleinen Ohren. Die Haare hingegen hätte er von Jakob gehabt, dicht, honigbraun, gewellt. Und seine langgliedrigen Hände und Füße. Und die starken Augenbrauen. Und – ich suche ein Foto von Jakob heraus und pinne es in meinem Arbeitszimmer an die Wand über den Computer. Was soll das jetzt?, fragt mein Mann, als er mit den Kindern nach Hause kommt. Ich versuche mir vorzustellen, wie mein Sohn aussehen würde, antworte ich, er wäre jetzt siebzehn.

Philipp sieht mich an. Wenn ich helfen kann, ich bin nebenan. Er geht hinaus und schließt die Tür. Ich nehme das Foto ab und werfe es in die Schreibtischlade.

Wir wollen heute damit beginnen, unsere Geschichte zu skizzieren, sage ich und blicke auf, weil irgendwo ein Mobiltelefon klingelt. Jennifer, schalte das bitte aus. Die Kampfmaus sieht mich hasserfüllt an. Das ist aber dringend, sagt sie, ich muss rangehen. Hallo? Sie steht auf und geht zur Tür. Ja, warte, sagt sie, warte! Die Klassenlehrerin rennt ihr hinterher, hält sie zurück, will ihr das Telefon abnehmen. Jennifer wirft es ihr vor die Füße. Wir gehen jetzt zusammen ins Schulbüro, sagt die Klassenlehrerin. Jennifer bricht in Tränen aus. Nein! Sie wissen doch, was dann passiert.

Jennifer hat eine letzte *letzte Chance* bekommen. Sie schnieft in ein Papiertaschentuch. Ihr Telefon liegt vor mir auf dem Pult, die Klassenlehrerin hat es dort hingelegt, aber nicht ausgeschaltet. Auf dem Display ist das Foto einer Cheerleadergruppe in blauen Paillettentrikots, zur Pyramide formiert, zu sehen.

Gut, dann noch einmal von vorne. Wir beginnen nun damit, die Geschichte zu erfinden. Einige Vorgaben gibt es: Wir haben einen jungen Mann, Kalim, er ist achtzehn und vor fünf Jahren aus Mexiko City nach Hamburg gekommen. Er hat die Schule abgebrochen und dealt. Es ist Sonntagabend, kurz nach dreiundzwanzig Uhr. Kalim hockt am Hauptbahnhof bei den Rolltreppen auf dem Vorplatz und wartet. Worauf? Oder auf wen? Erfindet eine Figur, die irgendetwas mit Kalim zu tun hat. Wer ist sie, woher kommt sie, und wie hängt sie mit ihm zusammen? Ihr habt eine halbe Stunde Zeit.

Madame! Mathieu zeigt auf und redet gleichzeitig, Madame, Sie haben vergessen, dass Kalim auch rappt und ein Meister in MMA ist.

Woher willst du das wissen, ruft Abdul.

Ganz einfach, Leute, antwortet Mathieu und deutet mehrmals stolz auf sich selber, ich habe Kalim erfunden.

Alle sehen mich an. Stimmt das? Ich nicke. Wenn ihr also Fragen zu Kalim habt, wendet euch an Mathieu, seinen geistigen Vater. Übrigens, Mathieu, was bedeutet MMA?

Mixed Martial Arts, Madame, das ist eine Kampfkunst mit sehr wenigen Beschränkungen und Regeln; äußerst brutal. Treten, Schlagen, Klammern, Werfen, alles ist möglich, um den Gegner zu bezwingen. Und Leute, Mathieu blickt in die Runde, Kalim ist nicht irgendwer. Der verdient sein Geld als Cage Fighter, klar? Wäre er nicht so ein Rassist, wäre er wahrscheinlich direkt mein Freund. Mathieu lehnt sich zurück und verschränkt die Arme. Also, lasst euch was einfallen. Darf gerne auch hübsch sein. Er lacht.

Jennifer senkt den Kopf und beginnt, immer noch schniefend, zu schreiben. Nach zehn Minuten kommt sie nach vorne, wirft ihr zerknülltes Taschentuch in den Mülleimer und legt mir ein Blatt auf den Tisch. Fertig. Kann ich mein Telefon wiederhaben?

Was ist das für ein Bild, frage ich sie und zeige aufs Display.

Geht Sie nichts an.

Stimmt. Aber ich bin neugierig, von Berufs wegen. Bist du Cheerleaderin?

Über mich sollen Sie aber nicht schreiben.

Versprochen.

Das ist mein Team. Die Angels.

Und wen feuert ihr an?

Die Blue Devils.

Ich sehe zu Mathieu hinüber. Kommst du bitte mal nach vorne? Danke, Jennifer, ich lese es zuhause durch. Ich gebe ihr das Telefon zurück. Die Klassenlehrerin zieht die Brauen hoch. Jennifer fragt, ob sie auf die Toilette gehen darf. Natürlich, sage ich, obwohl die Klassenlehrerin mir Zeichen macht. Mathieu kommt angeschlendert. Madame?

Wie sind deine Spiele gelaufen?

So so, la la. Er grinst. Interessieren Sie sich für Basketball?

Habt ihr verloren?

Wo denken Sie hin. Eins gewonnen, eins unentschieden.

Wie heißt dein Team?

Wir sind die Devils. Raten Sie, welche Position ich spiele.

Die Blue Devils? Danke, Mathieu, du kannst dich wieder hinsetzen. Er schlendert zurück an seinen Platz, dreht sich um und sagt: Point Guard, Madame, ich bin Spielmacher.

Liebe und Gewalt. Möglicherweise dunkle Geschäfte. Verrat und Sex (ein bisschen), geht es mir durch den Kopf, als ich nach Hause radle. Ich habe Kalim erfunden, Leute. Mathieu, der Spielmacher. Wir sind die Devils. Interessieren Sie sich für Basketball, Madame? Die Bäume sind kahl, das Laub ist weggekehrt. Wie schnell das ging, beides. An einer Ampel lege ich den Kopf in den Nacken. Eine Gruppe Graugänse zieht, zum Keil formiert, mit heiseren Rufen über mich hinweg. Ihre Schnäbel leuchten dunkelgelb. Seht zu, dass ihr wohlbehalten wiederkommt, und lasst euch nicht abknallen, sage ich. Der Fußgänger neben mir, ein älterer Herr mit Hut, kommt einen Schritt näher, er hält die Hand ans Ohr. Entschuldigen Sie, ich höre schlecht, sagt er. Ich wünsche Ihnen einen schönen Tag, rufe ich und fahre weiter. Ja, es ist ein schöner Tag, antwortet er, und ich behalte den Satz im Ohr. Ich fahre in den Park, setze mich auf eine Bank und hole die Zettel, die ich von den Schülern bekommen habe, aus der Tasche. Ich blättere sie durch und suche Jennifers Beitrag.

Von Jennifer Heitmann. An den Gleisen steht ein Mädchen.

Das ist Janua. Sie sollte eigentlich ein Junge werden und Januar heißen, aber irgendwas ist da schief gelaufen. Janua kennt Kalim schon ewig (seit er in Deutschland ist = 5 Jahre). Wenn es ihr nicht gut geht (meistens), ruft sie ihn an und lässt sich Gras geben. Jetzt kommt sie vom Streetdancetraining und muss am Hauptbahnhof umsteigen. Plötzlich sieht sie ihren Vater Arm in Arm mit einer anderen Frau. Sie rennt auf die beiden zu, schubst die Frau vor die Gleise und schlägt ihren Vater. Aber dann sieht sie, wie die beiden in die nächste Bahn einsteigen, und merkt, dass sie das nur geträumt hat. Ihr wird schwarz vor Augen. Sie ruft Kalim an, sie braucht was zur Beruhigung. Sie treffen sich oben bei den Rolltreppen. Kalim schwärmt seit Jahren für Janua, aber das ist ihr egal, sie steht auf jemand anderen, aber sie sagt niemandem, wer es ist. Ende.

Nächster Zettel. Eine Gemeinschaftsarbeit.

Von Büşra Demir und Nesrin Gül.

Ähnlichkeiten mit bestimmten Lebenden rein zufällig!

Hallo Leute, ich bin Ludovic, ich bin eitel und gut aussehend. Meine Eltern stammen aus Togo. Ich bin Basketballer und habe eine gute Figur. Meine Freundin heißt Latoya. Vielleicht bilde ich mir die aber auch nur ein. Ich denke nämlich dauernd, alle Mädchen seien in mich verliebt. Obwohl es in einigen Fällen sogar stimmt, aber ich will keine Namen nennen. Kalim, den blöden Rassisten, kenne ich vom Sehen. Ich habe Lust, ihn mal ordentlich zu verprügeln, obwohl er viel brutaler und stärker ist als ich. Ich warte nur auf eine gute Gelegenheit.

Ich beobachte zwei junge Mädchen, sie könnten in meiner Klasse sein. Sie stehen unschlüssig vor einer Parkbank, Platz zu nehmen, bringen sie nicht über sich, weil sie ihnen allem Anschein nach zu schmutzig ist. Eine telefoniert und beißt dabei auf ihren Nagelhäuten herum, die andere untersucht ihre

Haarspitzen. In ihrer Handtasche sitzt ein kleiner beigefarbener Hund und gähnt. Die Mädchen geben sich Zeichen, tippen gegen die Stirn, verdrehen die Augen, lachen lautlos. Wie war das bei mir? Wie war es, siebzehn zu sein? Ich wusste, was richtig war. Zu fast allem hatte ich eine klare Meinung, um die ich mich heute manchmal beneide. Es gab keinen Gott, aber absolute Vorstellungen von Gut und Böse. Solidarisch war ich grundsätzlich mit den Opfern, den Schwachen, den Unterlegenen und Unterdrückten. Gewalt war abzulehnen, in jeder Form, immer, überall. Kein Mensch hatte das Recht, einen anderen zu töten, unter keinen Umständen, das galt auch für Mütter und ihre ungeborenen Kinder, egal, wie klein sie waren. Ein paar Jahre später entschied ich selbst mich gegen mein Kind, das war die Sprachregelung der Ärzte und Berater, mit denen ich reden musste, bevor ich mich hinlegte. Ich ließ nicht töten, ich entschied mich nur dagegen. Ich mich. Mit siebzehn hätte ich mir dafür ins Gesicht gespuckt, mich von mir abgewandt. Mit fünfundzwanzig sah ich keinen anderen Weg.

Mathieu schreibt: (23:48): Ich möchte mit Ihnen sprechen.

Ich traue meinen Augen nicht. Es ist spät, ich bin müde, und Mathieu hat geschrieben. Ich leere mein Weinglas in einem Zug und gehe ins Bett. Mein Mann kommt nach Hause, geht direkt ins Wohnzimmer, sieht fern. Die Schüsse, die kreischenden Reifen dringen bis unter meine Decke. Ich liege wach. Ich habe nichts mit dir zu besprechen, Mathieu.

Um 4:14 schreibe ich: Worum geht es?

Um 9:13 schreibt er zurück: Mein Vater verlangt, dass ich die Schule abschließe, aber mein Onkel will mich in die Lehre nehmen.

(9:15): Natürlich schließt du erst die Schule ab!

(9:56): Ich muss Ihnen das erklären.

Mathieu wohnt im Osten der Stadt, ich im Westen. Ich willige ein, dass wir uns nachmittags kurz in der Innenstadt treffen. Er schlägt vor, am Hauptbahnhof, bei den Rolltreppen auf dem Vorplatz. Dort, wo Kalim immer herumhängt. Kalim, der Dealer, den er erfunden hat.

Es ist vierzehn Uhr. Ich sehe ihn schon von weitem am Geländer stehen, ein Bein angewinkelt. Ich schiebe mein Fahrrad über den Vorplatz, er hebt den Arm, winkt kurz, kommt auf mich zu. Er wirkt, als er mir lächelnd hallo sagt, unsicher auf den Beinen.

Auf dem ganzen Vorplatz gibt es keine einzige Bank. Die wollen keine Penner hier, sagt Mathieu. Im Wartebereich der Fahrkartenausgabe setzen wir uns auf die rote, kunstlederne Bank. Sie müssen eine Wartemarke ziehen, sagt ein freundlicher Angestellter der Deutschen Bahn. Mathieu steht auf und drückt einen Knopf, der Automat spuckt einen Zettel aus, der Bahnangestellte nickt zufrieden.

Wie oft trainierst du, frage ich, um kein Schweigen aufkommen zu lassen.

Mindestens zweimal die Woche, plus Turnierkämpfe.

Ihr habt auch ein eigenes Cheerleaderteam, habe ich gesehen.

Er seufzt. Ja, leider. Er zieht einen Zettel aus seiner Jackentasche und gibt ihn mir. Machen Sie ihn ruhig auf, der ist von Jennifer.

Hass mich, lieb mich, schrei mich an, schlag mich, küss mich, ganz egal. Aber ignorier mich nicht.

Ich falte den Zettel wieder zusammen.

Seid ihr ein Paar? Oder wart ihr mal eins?

Nein, lieber Gott, wirklich nicht, Madame.

Okay, Mathieu, du wolltest wegen deines Onkels mit mir sprechen?

Ja, sagt er und zögert, es wirkt, als würde er nur ungern das Thema wechseln. Mein Onkel ist Kaufmann, verstehen Sie, ein sehr guter. Er sagt, ich soll meine Zeit nicht verschwenden. Er wartet nicht auf mich. Jetzt oder nie, Mathieu, hat er gesagt. Ich bin ja schon siebzehn.

Du solltest auf jeden Fall deinen Abschluss machen und dir dann eine ordentliche Lehrstelle suchen.

Was meinen Sie mit *ordentlich*?

Keine unter der Hand, in der Familie, sondern eine offizielle, mit Berufsschule und Zeugnissen und allem.

Ich habe mir schon fast gedacht, dass Sie das sagen würden.

Mathieu, jeder würde dir das sagen, wirklich jeder, und das weißt du ganz genau. Warum fragst du ausgerechnet mich?

Weiß nicht, Sie sind mir sympathisch. Und da ist es, das Schweigen, das sofort bedeutungsvoll wird. Also sage ich, bevor es zu spät ist, irgendetwas, nämlich: Dein Vater ist Pastor?

Ja. Und er wünscht, dass auch ich Pastor werde, das ist ein guter Weg, sagt er, aber es ist nicht meiner, wirklich nicht. Er blickt auf meine Hände, die ich im Schoß verschränkt habe.

Was ist das für eine Kirche, frage ich und löse die Hände.

Na, die evangelische Ewe-Kirche. Mathieu blickt mir ins Gesicht. Das ist mein Volk, Ewe, aus Togo, Madame.

Hallo!, ruft der freundliche Angestellte der Bahn, 553, das sind doch Sie? Sie sind dran!

Ja! Wir springen auf, müssen lachen. Dann laufen wir, ohne ein Wort zu sagen, schnell aus dem *Reisezentrum* hinaus.

Ich bücke mich und schließe mein Fahrradschloss auf. Mathieu steht hinter mir. Müssen Sie schon los?

Ja. Ich richte mich auf.

Danke für den Rat, sagt er, ich drehe mich um, sein Mund schießt auf mich zu und drückt mir einen Kuss auf die Wange.

Mathieu, bitte lass das.

Wieso? Normal, das ist doch normal unter Freunden.

Ich bin nicht deine Freundin. Er mustert mich wie beim ersten Mal, der ganzen Länge nach hinauf und hinab, sein Blick ist trotzig. Sie gefallen mir eben, sagt er leise.

Und Latoya?

Ach, die. Er lacht. Habe ich auch erfunden. Glauben Sie, ich habe Talent?

Als Schriftsteller?

Er nickt.

Schon möglich. Aber du wolltest doch Kaufmann werden.

Er zuckt mit den Schultern. Ich steige auf mein Fahrrad. Auf Wiedersehen, Madame. Ich fahre los. Ihr sprecht zuhause französisch?, rufe ich ihm nach. Er dreht sich um. Aber ja, Madame. Er geht weiter. Seine Füße sind riesig.

P.S. Mathieu ist keineswegs beleidigt, im Gegenteil, dass er von Büşra und Nesrin unter dem Namen Ludovic in unsere Geschichte hineingeschrieben wurde. Auch dass Janua, die Streetdancerin, in ihn verliebt ist, findet er in Ordnung. Aber er besteht darauf, umgekehrt selbstverständlich *nicht* in sie verliebt zu sein.

Da mache ich nicht mit, sagt er.

Aber wir müssen doch irgendwie motivieren, dass du diesen Kalim verprügelst, der ja bekanntlich auf Janua steht.

Da wird mir schon was einfallen, Madame, machen Sie sich keine Sorgen. Diesen Rassisten mache ich fertig. Den schlage ich tot, wenn es sein muss, mit gutem Grund, warten Sie nur. Damit da mal Ruhe ist.

Ach ja: Solange wir das mit Ihnen machen, ich meine, diese Geschichte schreiben, bleibe ich auf jeden Fall dabei. Wollte ich nur sagen.

Mit freundlichen Grüßen, Mathieu

9. Schwimmen und fliegen

Ich weiß nicht, wie es weitergeht. Weder in diesem Buch, noch in meinem Leben. Insgeheim warte ich darauf, dass wieder jemand in mein Leben stolpert und die Geschichte weiterschreibt. Nummer neun von zwölf. Bald kommt der Winter. Er haucht mich morgens an, wenn ich das Fahrrad aus dem Keller hole und ächzend die steile Treppe hinauftrage, wenn ich den Hund, dessen Fell nachgewachsen und winterfest ist, atemlos frage, wohin er spazierengehen möchte, wenn ich wie immer keine Antwort bekomme, den Kopf in den Nacken lege und meinem Atem zusehe, wie er zum Himmel fährt. Bald kommt der Winter. Was noch? Was hat die Liebe vor? Die Liebe. Als ob du keine anderen Probleme hättest, würde meine Großmutter jetzt sagen, erst das Brot, dann die Liebe! Ich presse die Lippen zusammen. Philipp hat mir heute Morgen einen Kuss gegeben. Den ersten seit über einem halben Jahr. Meinem Blick wich er dabei aus, schloss die Augen; seine Lippen waren rau und feucht zugleich.

Ich steige auf, fahre los, ein Stück auf dem Gehweg, bis zur nächsten Hofeinfahrt mit dem abgesenkten Bordstein, fall nicht!, ruft jemand, und prompt kippt mein schweres Hollandrad mit mir um. Ich habe die Stimme sofort erkannt. Gläubiger Nummer 17, unser Nachbar von zwei Häusern weiter. Er reicht mir die Hand, zieht mich hoch, wirft einen Blick auf meine Hose. Dann hebt er das Fahrrad auf, probiert die Bremsen, überprüft, ob Sattel und Lenker gerade sind. Hab ich dich erschreckt?

Ich greife wortlos nach dem Lenker. Er lässt nicht los. Unsere Hände berühren sich fast. Ich muss mich beeilen, sage ich und schiebe an. Er blockiert. Bisher habe ich keinen Cent gesehen.

Ich tue, was die Schuldenberaterin empfohlen hat, in so einem Fall, ich antworte: Wende dich bitte an Philipp.

Nein, ich wende mich an dich, sagt der Nachbar, der meinem Mann vor exakt einem Jahr dreitausend Euro geliehen hat, meine Geduld ist erschöpft.

Ich halte mich weiterhin an die Anweisungen der Schuldenberaterin, nicke verständnisvoll und sage: Du hast den Schuldenregulierungsplan bekommen, da steht drauf, wann du deine erste Rate bekommst.

Auf diesem Plan steht, dass ich in zwei Jahren dran bin, antwortet der Nachbar, aber ich brauche das Geld jetzt. Seine Stimme kippt. Jetzt, wiederholt er.

Und dann sage ich genau das, was ich laut eindringlicher Warnung der Schuldenberaterin niemals sagen darf, ich sage: Gut, ich kümmere mich darum.

Grußlos fahre ich los. Meine Hündin läuft neben mir her. Vor einigen Wochen, als der Nachbar sich mir zum ersten Mal in den Weg stellte und plötzlich von mir wissen wollte, wann er sein Geld bekäme, fiel ich nicht vom Fahrrad, obwohl es der Situation durchaus angemessen gewesen wäre. Ich blieb einfach stehen und wartete auf den berühmten Schlag. Welches Geld? Dieser Mann, dieser Kleinfamilienvater von nebenan, stand gar nicht auf der Liste der Gläubiger. Noch mehr Schulden? Schon wieder Schulden?

Philipp wurde blass, als ich ihn zur Rede stellte. Seine Hände zitterten. Den habe er völlig vergessen, sagte er leise. Nein, er habe nicht wieder gespielt. Er hob die Hand und schwor, es sei eine Altlast, kein Rückfall. Er habe es einfach – er wisse es auch nicht – wahrscheinlich verdrängt. Philipp entfällt Unangenehmes, ich habe sieben Ehejahre gebraucht, um es zu kapieren, es ist dann weg, inexistent. Beruhigend ist das nicht.

Ein Pinguin fliegt über mich hinweg. Ein –? Pinguine können nicht fliegen. Seit 50 Millionen Jahren schon nicht mehr. Im Übrigen gibt es hierzulande keine Pinguine. Und dennoch: Statt auf die Straße schaue ich in den Himmel. Er ist weg. Da ist nichts, da fliegt nichts. Ich halte an. Schließe die Augen und versuche, ihn wieder zu sehen. Den gedrungenen, milchig schimmernden Körper, den schlanken Kopf, die schmalen Flügel, schwarz wie Gesicht und Schnabel. Ich habe nicht wirklich Kenntnis von geflügelten Wesen. Den Humboldtpinguin habe ich früher im Zoo beobachtet und erst neulich wieder im Fernsehen gesehen, der sah genauso aus. Genauso? Moment. Hatte er diesen typischen schwarzen Streifen auf der Brust? Ich weiß es nicht. Ich kneife die Augen zusammen, so fest es geht. Schwarzes Brustband? Vielleicht, vielleicht nicht. Möglicherweise nicht. Möglicherweise also doch kein Pinguin. Einfach nur ein Vogel. Solche Vögel haben wir am ehesten auf Helgoland gesehen, wir: Philipp und ich. Letztes Jahr im Frühsommer, als alles noch in bester Unordnung war, in heiterstem Chaos; als wir noch ein Paar waren, nicht nur eine elterliche Gütergemeinschaft mit Schulden und verlorenem Vertrauen, als wir uns kurz entschlossen einen Baby- sowie einen Hundesitter nahmen und zu zweit mit dem Schiff nach Helgoland fuhren. Die See war ruhig. Als wir landeten, empfing uns lautes Vogelgekreisch.

Wir mieteten unbesehen *ein romantisches Zimmer für frisch Verliebte*. Ein ekelhaftes Loch ohne Fenster und Bad, mit durchhängendem, fleckigem, aber äußerst bequemem Bett. Erst abends unternahmen wir einen Strandspaziergang. Wir erreichten den *Lummenfelsen*. Im abnehmenden Licht konnten wir gerade noch erkennen, wie ein ganzer Schwarm, wie unzählbare kleine Körper, plump wie Kartoffeln, schwarz vor schwarzer Felswand vierzig Meter in die Tiefe schossen. Gelockt von den herzzerreißenden Schreien ihrer Eltern schoben sich die wenige Wochen alten, flugunfähigen Küken langsam an die Felskante vor, bis sie ins Leere kippten und von der Tiefe verschluckt wurden. Nach wenigen Minuten war es bereits so dunkel, dass nichts mehr zu sehen war, das Geschrei der Elternvögel aber riss nicht ab.

Und solch eine Trottellumme soll gerade über mich hinweggeflogen sein? Spät im Herbst? Von Helgoland nach Hamburg? Lummen sind Hochseevögel, sie überwintern auf offener See, und außerdem schlechte Flieger. Mit ihren Stummelflügeln lässt sich besser rudern als fliegen. Die pinguinähnliche Körperform ist Ausdruck ihrer Anpassung an ein Leben auf dem Meer. Nein, der Lummengedanke überzeugt nicht wirklich. Bleibt nur – ?!

Fall nicht, rufe ich ihm hinterher, auf dessen Brust ich nicht geachtet habe, sehe den fragenden Blick meiner Hündin und schnalze, weil mir die Worte fehlen, worauf sie resigniert nickt. Ich trete in die Pedale. Vertraue darauf, dass meine Hündin mir in einigem Abstand auf dem Gehsteig folgt. Statt auf die Straße schaue ich dabei in den Himmel, aber da ist nichts. Leere, kalte Luft. Winterluft. Was wird? Nachbarn werden zu Gläubigern. Pinguine fliegen. Da! Da ist er ja wieder!

Er fliegt über die Baustelle, an der bis vor einigen Tagen eine Bonbonfabrik stand und nun Luxusapartments entstehen, am Bohrkran und den Baggern, die den Keller ausheben, vorbei, und verschwindet hinter dem benachbarten Haus. Brustband? Ja oder nein? Es ging zu schnell, weg ist er, mit oder ohne Band. Dafür, dass er nicht fliegen kann, fliegt er erstaunlich gut. So gut, wie er taucht. Und wenn er taucht, das habe ich oft genug am Pinguinbecken im Zoo beobachtet, sieht es aus, als fliege er. Seine Flügel gleiten mühelos und elegant auf und nieder. Nur an den Fischschwärmen, die er jagt, erkennt man, dass er sich nicht in der Luft, sondern unter Wasser bewegt.

Ich steige ab, blicke nach oben. Wo bist du? Der Baukran schwenkt lautlos über mich hinweg, ich ducke mich vor seinem Schatten.

Unsere Miete ist an die *ortsübliche Vergleichsmiete* gekoppelt. Sie steigt, mit jeder Sanierung, mit jedem *gehobenen* Neubau im Viertel, mit jedem Euro, den ein neuer Nachbar (und es wimmelt von neuen Nachbarn) mehr zu bezahlen bereit ist. Genau wie die Miete von Gläubiger Nummer 17. Wie die Mieten all der Familien, die vor einigen Jahren, kurz bevor die Kinder kamen, hierher gezogen sind. Wir alle wohnen in zu klein gewordenen Wohnungen, die wir kaum noch bezahlen können. Wir alle wissen, dass der nächste Brief, die nächste Mieterhöhung kommt.

Ich blicke weiter nach oben. Der Kran schwenkt hin und her, als habe er den Verstand verloren. Nimm mich mit, rufe ich in die Richtung, in die mein Pinguin verschwunden ist, aber so leise, dass es keiner hört, nicht einmal mein Hund, nimm mich mit. Na, dann beeil dich, antwortet er. Seine Stimme kommt mir bekannt vor. Ich trete in die Pedale und nehme die Verfolgung auf.

Ich bin zwanzig Jahre jünger, es ist Winter, ohne Schnee, ohne Sonne, viel zu mild, viel zu grau, ich schließe mein Fahrrad, ein altes Militärvelo, an einem Laternenpfahl an und betrete in meinen roten Pumps, den einzigen Schuhen, die ich besitze, das Hallenbad. Die Wärme, die hohe Luftfeuchtigkeit, der Chlorgeruch, alles wie zu erwarten; ich lockere meinen Schal, knöpfe den Mantel auf, reiße mir die Mütze vom Kopf, starre dem stark gebräunten Bademeister, der nichts als ein Shirt, Shorts und Flipflops trägt, auf die nackten Beine. Er lässt sich Zeit mit der Kundin an der Kasse. Sie spricht leise. Er hört ihr zu. Er schüttelt den Kopf. Er macht Schwimmbewegungen. Es geht, soviel ist zu erkennen, ums Kraulen. Ein Trockenschwimmkurs. Mir ist heiß. Ich drehe mich um. Hinter mir steht meine erste Liebe, Petrus, er verdreht die Augen himmelwärts und verzieht den Mund, und hinter Petrus steht unser beider Freund, ich nenne ihn Simon. Er streicht sich murmelnd über den Nacken, fasst sich an den Hals, flüstert mit seiner dunklen Stimme: Gleich, meine Süße. Damit meint er nicht mich. Petrus weiß das, und dennoch fragt er: Hast du meine Süße gerade Süße genannt? Sie boxen sich gegenseitig in die Oberarme. Alle paar Tage gehen wir gemeinsam schwimmen, Petrus, Simon, ich. Petrus beugt sich zu mir herunter und gibt mir einen Kuss.

Jetzt bin ich wieder bei Petrus gelandet. Vom Pinguin zu Petrus. Jetzt erkenne ich auch die Stimme wieder. Die Pinguinstimme in meinem Ohr. Die erste Liebe wird man nicht los. Neun Monate ist es her, dass ich es erfahren habe. Ich schrieb Simon einen Brief, handschriftlich, und schickte ihn an die Zürcher Adresse, die laut Telefonbuch immer noch gültig war. Eine Antwort erhielt ich nicht. Ob er wisse, dass Petrus sich bei einsetzender Dämmerung im Schneetreiben hofseitig aus dem achten Stock in den Tod gestürzt habe, lautete die Frage in meinem Brief.

Der Kuss, den Philipp mir heute Morgen gab, war klebrig. Ich wischte ihn weg, dann fehlte er mir.

Kann ich noch einen haben?

Scheinen dir ja doch nicht zu schmecken.

Doch. Muss mich nur erst wieder daran gewöhnen.

Philipp ging in die Küche und setzte den Porridge für die Kinder auf. Ich beobachtete ihn. Er wusste es, drehte sich aber nicht um. Er hat den schönsten Rücken, den man sich vorstellen kann. Wohlgeformt, gerade, breit (aber nicht zu sehr).

Meine Hündin ist alt. Zehn Jahre und acht Monate. Tapfer rennt sie neben meinem Fahrrad her, die Zunge hängt ihr hochsommerlich weit aus dem Maul. Ich vergesse, sie anzufeuern, wie ich es mir in letzter Zeit angewöhnt habe, wenn sie neben mir immer langsamer wird (und ich mit ihr, bis ich fast vom Rad falle), wenn alle Lebensfreude aus ihr gewichen scheint und sie grau und schwerfällig vor sich hin trottet. Ich vergesse es, weil ich den Pinguin einholen will, weil ich ihn sehen, sein Brustband erkennen und ihn fragen will, was er hier zu suchen hat, woher er kommt und wie es geht, dass er fliegen gelernt hat. Ich habe ihn aus den Augen verloren, aber die Richtung ist klar. Hinter dem Dammtorbahnhof erreiche ich den Alsterradweg, und da sehe ich ihn, da ist er ja wieder, er fliegt direkt auf den Hauptbahnhof zu, warte doch!, und der Verkehr auf der Kennedybrücke ist immens, bei mir!, schreie ich, und meine Hündin folgt aufs Wort, hält sich dicht an meinem Hinterrad, gemeinsam werfen wir uns auf und über die Straße, erreichen die andere Seite, sind noch einmal davongekommen, weiter, komm, lauf!, und meine Hündin hebt kurz den Kopf und lächelt.

Am Hauptbahnhof steige ich ab, schiebe mein Fahrrad über den Vorplatz und blicke nach allen Seiten, aber der Pinguin ist nirgends zu sehen. Beeil dich, höre ich ihn da sagen, dein Zug fährt in fünf Minuten! Meine Hände flattern. Ich habe noch nie so lange gebraucht, um mein Fahrrad an einem Geländer und meinen Hund an der Leine festzumachen. Ich laufe in die Halle und überfliege die Anzeigentafel. Uhrenvergleich. In drei Minuten fährt auf Gleis 14 der Intercityexpress nach Zürich. Zürich? Ist das dein Ernst?

Und da sagt der Pinguin und wiederholt dabei die Frage, wie es auch Petrus immer tat: Mein Ernst? Mein blutiger!

Der Zug fährt los. Meine Hündin stellt sich auf die Hinterbeine und reckt den Kopf, um hinauszuschauen. Frag mich nicht, wohin und nicht warum, ich streichle ihr über den Kopf, dann fällt mir ein, dass es in den nächsten acht Stunden keine Gelegenheit für sie geben wird, sich zu entleeren. Zu erleichtern. Auszutreten. Zu äußerln, meine Hündin ist gebürtige Österreicherin.

Hältst du das aus?

Sie sagt nichts dazu. Sie legt sich hin. Ich schließe die Augen. Atme tief aus und ein. Es riecht nach Chlor.

Simon, Petrus und ich führten in jenem grauen, milden Winter vor gut zwanzig Jahren eine Art Dreierbeziehung. Obwohl wir darauf bestanden, nach außen wie nach innen, ein Paar und dessen gemeinsamer Freund zu sein.

Trotz des warmen Schmuddelwetters froren wir die ganze Zeit. Tagsüber, wenn Petrus und ich zuhause lasen oder lernten, trafen wir uns jede Stunde in der Küche, schalteten den Backofen ein, der viel effizienter war als die alten Heizkörper, öffneten die Klappe, hüpften im heißen Dampf auf und ab und erzählten uns gegenseitig, womit wir gerade beschäftigt waren. Dann gingen wir zurück, jeder in sein Zimmer, und arbeiteten weiter, bis uns wieder kalt war. Schnee gab es in jenem Winter im Unterland kaum. Über Silvester waren Petrus und ich in den Bergen gewesen, im Haus der Eltern eines Studienkollegen in Lenzerheide, dort lag der Schnee in kürzester Zeit mannshoch, aber in Zürich blieb es grau. Simon verbrachte den Jahreswechsel alleine in seiner Wohnung und zeichnete. Nach Neujahr fiel bei ihm die Heizung aus, und es gab kein Warmwasser mehr. Simon verständigte seinen Vermieter, einen freundlichen, schwerhörigen Mann Anfang neunzig, der erst beim fünften Mal begriff, um welches seiner Häuser es sich handelte, zog alle drei Pullover, die er besaß, übereinander und beschloss, vorerst im Hallenbad zu duschen. Wir boten ihm unser Bad an, aber er sagte, das sei ihm unangenehm. Er schlief regelmäßig in unserem Bett, die Vorstellung, bei uns zu duschen hingegen war ihm *unangenehm*. Komm schon. Wir lachten. Simon aber ließ sich das Hallenbad nicht ausreden. Immerhin willigte er ein, uns mitzunehmen. Petrus kraulte sowieso alle paar Tage seine drei Kilometer, und ich, die gelegentliche, gemächliche Brustschwimmerin, hoffte auf eine Chance, meine Technik endlich zu verbessern. Den Trockenschwimmbewegungen des braungebrannten Bademeisters sah ich genau zu. Irgendwann nahm er beiläufig, ohne das Gespräch mit seiner Schülerin zu unterbrechen oder auch nur den Blick zu wenden, unser Geld entgegen, teilte drei Schlüsselbändchen aus, drückte einen roten Knopf, und auf leichten Druck gab das Drehkreuz nach. Dahinter trennte sich unser Weg. Simon und Petrus bogen links zur Männergarderobe ab, ich ging in meinen klackernden Pumps geradeaus auf das Piktogramm mit dem Rock zu.

Alle paar Nächte schlief Simon bei uns. Zu dritt legten wir uns in mein großes Bett. Anfangs hatte Simon in Petrus' schmalem Bett geschlafen, dann war er eines Nachts zu uns herübergekommen, hatte sich auf die Bettkante gesetzt und im Dunkeln gewartet, bis wir aufwachten.

Das Bett da drüben ist zu weich, ich habe Rückenschmerzen.

Ruhe, hinlegen, antwortete Petrus, rollte sich in die Mitte und schlief weiter. Ich sagte nichts, aber ich sah zu, wie Simon sich in unser Bett legte. Er starrte an die Decke, ich starrte ihn an. Zwischen uns lag Petrus und schnarchte leise.

Mir huscht ein Name durch den Kopf: Roswitha! So hieß *die Süße*. Die schlief ja auch in unserem Bett. Die war ja ständig dabei.

Simon war Einzelgänger, aber nie allein. Auf ihm wohnte, sehr diskret, Roswitha: eine grau gescheckte Farbratte mit rosa Schnauze, rosa Ohren, rosa Pfoten, die er *meine Süße* nannte. Wo er hinging, ging sie mit. Er bewirte sie, sagte er. Daher sei Roswitha mit Sicherheit kein Haustier, sondern allenfalls ein

Leibtier. Selbstverständlich kam Roswitha auch ins Hallenbad mit, wo sie aber, obwohl sie angeblich eine sehr gute Schwimmerin war, in den Spind gesperrt wurde. Der Grund war weniger, wie wir zunächst glaubten, Simons Rücksicht auf seine Mitschwimmer, nein, er machte sich Sorgen um Roswitha, Sorgen um ihre *Chlorverträglichkeit*. Er wollte da *nichts riskieren*.

Simon war, beim Wort Ratte entstehen womöglich unzutreffende Bilder, alles andere als ein Punk oder Penner. Auch kein Verrückter, nicht einmal ein Tierschützer. Die Ratte Roswitha hatte er von einem ehemaligen Schulkameraden übernommen, der sich ein paar Monate zuvor, versehentlich oder nicht, eine Überdosis Heroin gespritzt hatte. Von diesem Robert war zwischen Petrus und Simon oft die Rede. Der begabteste von uns allen, sagte Simon, und Petrus antwortete: Ja, zweifellos, aber das hat ihn nicht im Geringsten interessiert.

Als Robert noch lebte, war Simon Roswithas Pate gewesen. Ein Gefallen, den er dem Schulfreund tat, obwohl er das Ganze für einen Witz hielt. Drei Dinge, mehr nicht, hatte Robert verlangt: Einmal im Jahr musst du mit ihr Geburtstag feiern, sie bekommt ein anständiges Weihnachtsgeschenk, und wenn mir was passiert, hast du sie am Hals. Im Fall von Roswitha war das wörtlich zu verstehen. Simon hatte ihm die Hand darauf gegeben, was sollte er machen. Sie schien nichts dagegen zu haben. Mit einem rasanten Sprung warf sie sich ihm an die Brust, drehte eine erste Runde und machte es sich in seinem Nacken bequem. Für alle Zeiten, wie es aussah.

Ich muss Philipp anrufen. Ich muss Philipp sagen, dass ich nach Zürich fahre! Wer holt die Kinder ab? Mein Mobiltelefon hat keinen Empfang. Draußen verschwimmt die flache Landschaft zu einem endlosen, graubraunen, schmierigen Streifen. Am Arsch. Leckt mich doch alle. *Ich kümmere mich darum* – nichts da! Es wird sich nicht gekümmert, um nichts und niemanden, egal, ob ihr mich um Geld, Liebe, Verständnis, Vertrauen oder Fürsorge angeht: Vergesst es! Es hat sich ausgekümmert, auf Wiedersehen. Zürich, ich komme!

Der Schaffner öffnet die Abteiltür und fragt nach meinem Fahrschein. Ich habe keinen.

Wo soll's hingehen?

Zürich.

Schöne Stadt.

Ich sage nichts.

Mich brauchen Sie nicht so anzusehen, ich war da noch nie, sagt er. Er zückt sein elektronisches Handgerät. Also, einmal Frau, einmal Hund.

Können Sie über den Hund nicht hinwegsehen?

So schwarz wie Ihr Hund ist unser Boden noch lange nicht. So. Für Hunde zahlen Sie bei internationalen Reisen grundsätzlich den Kinderfahrpreis zweiter Klasse. Er rechnet. Es dauert. Macht zweihundertachtundsechzig fünfundachtzig. Bitteschön.

Zweihundertachtundsechzig fünfundachtzig? Ich will nur nach Zürich, nur hin! Oneway!

Ja, macht zweihundertachtundsechzig fünfundachtzig.

Minutenlang kann ich nichts anderes denken als: Warum habe ich mich in diesen Zug gesetzt?

Der Pinguin schaltet sich ein. Nun hör schon auf. Lehn dich zurück, entspann dich. Schließ die Augen.

Ich reiße die Augen auf. Wo bist du?

Wo ich bin? Na hier, sagt er, hier. Schschsch.

In jenem Winter, als seine Heizung ausfiel, hatte Simon den Auftrag bekommen, für eine Versicherung einen *lustigen* Werbevogel zu entwerfen. Er war Doktorand der Physik, verdiente sein Geld jedoch als Zeichner. Sein Auftraggeber rief ihn mehrmals an und drängte zur Abgabe der Entwürfe.

Es gibt keine Entwürfe, teilte Simon mit seiner Bassstimme mit, abends, als wir den Tisch deckten. Es ist ein Pinguin, mehr weiß ich nicht. Keine Ahnung, wie er aussehen wird. Er entkorkte mit verzerrtem Gesicht eine Weinflasche.

Und wieso gerade ein Pinguin, fragte ich. Simon roch am Korken, er blickte kurz auf, leicht irritiert, und antwortete mit Grabesstimme: Er geht aufrecht und kann nicht fliegen. Er ist der Mensch unter den Vögeln. Sein vertikales Streben und Unvermögen machen ihn uns sympathisch. Simon griff in den Ausschnitt seines Pullovers, den Korken in der Hand. Eine Weile wühlte er auf Höhe seiner Brust herum, dann erschien seine Hand wieder – ohne den Korken. Gern geschehen, meine Süße, murmelte er.

Du solltest dir einen Namen für den Pinguin ausdenken, schlug ich vor, vielleicht nimmt er dann Gestalt an. Dafür hatte Petrus nur Spott übrig. Großartig, der Pinguin folgt dem Ruf seines Schöpfers und zeigt sich! Aber Simon antwortete ganz ernst, und seine Stimme rutschte noch eine halbe Oktave tiefer: Den Namen habe ich bereits.

Da bin ich aber gespannt!, höhnte Petrus. Ein tierisches Tautogramm vielleicht? Ich sag nur Ratte Roswitha! – Wie wär's damit: Pinguin Pius! Pi-pi!

Simon lächelte. Nicht schlecht, nur heißt er nicht Pius, sondern Petrus.

Vergiss es, sagte Petrus.

Nein, antwortete Simon, vergesse ich nicht. Gehst du etwa nicht aufrecht?

Doch.

Kannst du etwa fliegen?

Ja!

Wir sahen Petrus verblüfft an, dann griffen wir zu den Weingläsern, lachten, tranken.

Die Tatsache, dass der Mensch nicht fliegen kann, betrübte

Petrus ebenso sehr, wie sie ihn faszinierte. Der hartnäckige, glühende Wunsch auf der einen, das Wissen um die Vergeblichkeit auf der anderen Seite. Petrus sagte: Die menschliche Kreativität reicht zur Vorstellung, nicht aber zur Verwandlung. Den Menschen zu einem flugfähigen Wesen machen könnte nur jemand, dessen Kraft, dessen Vermögen, dessen Wirkmacht die menschliche weit übersteigt, und diesen Jemand nennen wir Gott. Solange der Mensch vom Fliegen träumt, gibt es auch einen Gott. Und seine Stimme schien sich aufzuhellen, wenn er hinzufügte: Sieht gut aus für ihn, nicht zu erwarten, dass er bald stirbt. Ich glaube sogar, er ist unsterblich! Und Simon, der ihm lächelnd zugehört hatte, stellte sich auf die Zehenspitzen, griff mit beiden Armen nach Petrus' Kopf, zog ihn zu sich hinab und drückte ihm einen feierlichen Kuss auf die Stirn. Du bist der Beste, sagte er.

Lange her, das alles. Ich wollte Simon einmal besuchen, als ich in Zürich zu tun hatte, aber er ließ mich nicht hinein.

Geh weg, sagte er durch die Gegensprechanlage, geh.

Simon, was ist los?

Geh schon, wiederholte er, das kannst du doch so gut.

Ich drücke die Stirn gegen das kalte, schmierige Glas und schaue hinaus. Bald kommt der Winter. Was für ein glanzloser, fauliger Herbst das war! Bunte Blätter fielen einzig von den Blutbuchen und waren im Frühling schon rot, aber auch sie sind längst weggekehrt. Was kommt? Es gibt Tage, an denen ich in jedem einen möglichen Gläubiger sehe. In jedem Anrufer, jedem Passanten, jedem flüchtigen Blick, jedem Nachbarn, jedem Freund. Und nun? Ich möchte meine eigene Wohnung. Meinen eigenen Briefkasten. Keine fremde Post, keine fremden Probleme, keine fremden Schulden mehr. Und eigene, neue Nachbarn. – Eine eigene Wohnung? Darüber nachzudenken ist reine Zeitverschwendung. Wir teilen uns alle laufenden Kosten, immer schon. Bei getrennten Haushalten würden sie explodieren. Philipp kann von seinem Lohn gerade seine Hälfte decken und eine Schuldenrate abzahlen. Zöge ich aus, käme er von seiner Schuldenhalde nie wieder herunter.

Der Hund winselt. Die Hündin. Was ist los? Sie trippelt und tänzelt und drückt sich gegen die Abteiltür. Musst du mal? Mach keine Scherze! Wir haben noch fünf Stunden Fahrt vor uns! Sie winselt.

Aus, sage ich, Schluss jetzt, aus! Ich wende mich dem Fenster zu.

Sie legt sich hin und seufzt. Sie rollt sich ein und schließt die Augen.

Ich seufze auch. Schließe die Augen und drücke einen Kuss aufs Glas.

Scheinen dir nicht zu schmecken, meine Küsse.

Doch. Muss mich nur erst wieder daran gewöhnen.

Ich wähle Philipps Nummer. Während ich die Freizeichen zähle, sehe ich draußen den Pinguin vorbeifliegen. Bin gleich wieder da, sagt er.

Philipp überrascht mich mal wieder. Als er hört, dass ich im Zug nach Zürich sitze, freut er sich. Er würde, sagt er, jetzt auch gerne wegfahren, und Zürich sei einfach immer schön. Er hole die Kinder vom Kindergarten ab, kein Problem. Er freue sich auf einen *Herrenabend* mit seinen beiden Söhnen. Ob ich in Zürich meinen Bruder besuchen wolle?

Ja.

Dann grüß mal schön.

Mach ich.

Und erhol dich gut.

Versuch ich.

Und vergiss mich nicht.

Nein.

Ich würde gerne das Zugfenster öffnen. Nicht einmal im Notfall wäre das möglich. Dieser Typ Hochgeschwindigkeitszug mit der schnittigen Abkürzung seines behäbigen Namens ist ungefähr so alt wie meine Erinnerungen, ja ich meine mich zu erinnern, dass er genau auf dieser Strecke, von Hamburg nach Zürich, zu Beginn des Jahres 1992 in Betrieb genommen wurde, in jenem Schmuddelwinter also, in dem ich mit Petrus und Simon das Bett teilte.

Es war eine regnerische Februarnacht, wir lagen dicht nebeneinander, hörten bei gekippten Fenstern dem Rauschen des Regens zu und sahen in die Zukunft. So hieß das Spiel. Wir starrten alle drei an die Decke, als könnten wir die Zukunft von ihr ablesen. Wir würden zusammenwohnen. Wir würden gemeinsam aufwachen, frühstücken, zur Uni fahren. Wir würden spätestens alle drei Tage schwimmen gehen. Wir würden abends gemeinsam kochen oder ausgehen. Tanzen gehen. Ins Kino, zu Vernissagen, auf Partys. Wir hätten Freunde. Wir würden ständig neue interessante Menschen kennenlernen. Irgendwann wandte Petrus, der rechts neben mir lag, den Kopf zu Simon, der links neben mir lag, und sagte über mich hinweg: Wenn mir mal was passiert, kümmerst du dich um sie, ich möchte, dass du dann einspringst, ja? Sie war ich. Ich lag zwischen den beiden und starrte weiter an die Decke, aber ich spürte, dass Simon nickte. Ich hörte ihn sich räuspern, und dann sagte er mit seiner dunklen Stimme: Ja, das verspreche ich dir. Er griff sich in den Nacken und legte Roswitha sanft in eine Kartonschachtel auf dem Nachttisch. Er drehte sich zu mir und gab mir einen Kuss auf die Wange. Ich drehte mich zu Petrus und gab den Kuss weiter. Petrus beugte sich über mich und küsste erst Simon, dann mich. Alle küssten alle, dann berührten wir uns alle, überall (während Roswitha in ihrer Schachtel wartete, weil ich das zur Bedingung gemacht hatte: nicht mit der Ratte in Berührung zu kommen), dann schliefen wir ein. Darüber sprachen wir aber nie. Mit niemandem. Schon gar nicht miteinander. Es war unser Geheimnis, das wir sogar vor uns hüteten.

Petrus und ich schliefen meist schon, wenn Simon seine Roswitha wieder aus der Schachtel herausholte und sich an den Hals legte, wo sie die ganze Nacht über blieb. Kein einziges Mal entfernte sie sich unerlaubt oder kam mir zu nah. Ihren Geruch nahm ich nur als Ahnung war, als heimeligen Hauch von Heu mit einer kleinen, spitzen, beunruhigenden Urinnote. Roswitha blieb mir ungeheuer. Die einzige Rattenerfahrung, die ich vor ihr gemacht hatte, lag ein halbes Jahr zurück, sie war mir blutig in Erinnerung geblieben: Petrus' Bruder, der nachts in einem französischen Schafstall, wo er mit einem Luftgewehr um sich schoss, von einer verletzten Ratte in die Lippe gebissen wurde.

Idiot, sagte Simon, als wir ihm die Geschichte eines Abends erzählten, so ein Idiot, das ist ja kaum zu glauben. Entschuldige, fügte er zu Petrus gewandt hinzu, dass ich deinen Bruder beleidige, aber mir fällt gerade kein treffenderes Wort ein.

Schon in Ordnung, sagte Petrus und lächelte so sanft, dass es mich irritierte.

Simon senkte den Blick und streichelte seine Roswitha, meine Schicksalsschwester, die er geerbt hatte, wie er mich einst erben würde, sollte Petrus je etwas zustoßen, und ich verfolgte mit den Augen Simons Hand auf Roswithas Fell und sah in eine mögliche Zukunft, in der ich diese Ratte wäre. Und diese Vorstellung war gar nicht so schlimm.

Ich bin wohl eingeschlafen. Meine Hündin hat mich geweckt, sie ist durstig. Sie schlabbert Mineralwasser aus meiner hohlen Hand – kurz ist sie vor dem Prickeln zurückgezuckt, aber der Durst ist stärker.

Draußen zieht der Schwarzwald vorbei, dem der Herbst nichts

anhaben kann. Ja, ich muss geschlafen haben, bald erreichen wir Freiburg. Ich schließe die Augen und lasse mich zurückfallen in meinen Traum. Traum? Nein, ich habe nicht geträumt. Ich habe mich erinnert.

Simon nannte seinen Vogel, als er endlich Gestalt angenommen hatte und tatsächlich wie ein Pinguin aussah, ein zu lang geratener mit gedrungenem Unterleib und hoch aufgeschossenem, befracktem Rumpf, trotz Petrus' Protest: Petrus.

Petrus konnte es nicht glauben. Simon, ich habe doch deutlich zum Ausdruck gebracht, dass ich das nicht möchte, sagte er.

Komm schon, Petrus, es ist nur eine Zeichenfigur.

Du setzt für diesen lachhaften Werbevogel unsere Freundschaft aufs Spiel!

Jetzt bleib aber mal am Boden, du bist ja nicht der einzige Petrus auf dieser Welt. Und irgendwann sagte Simon die an sich schönen Worte: *Künstlerische Freiheit*, worauf Petrus ihn aufforderte, unsere Wohnung zu verlassen. Zwei Wochen lang gab es keinen Simon in unserem Leben. Dann stand er eines Abends vor der Tür und versprach, dem Pinguin einen anderen, welchen wisse er noch nicht, im Notfall auch gar keinen Namen zu geben.

Ich glaube, Petrus war mehr über das Aussehen des Pinguins als über seinen Namen beleidigt. Der Pinguin hieß nicht nur wie er, er sah auch so aus. Untenrum zu plump, obenrum zu lang. Mit steifem Rücken und abfallenden Schultern, den Kopf in den Himmel gereckt.

Simon erläuterte seinen Entwurf, als er wieder mit uns verkehren durfte. Natürlich wies er dabei nicht auf optische Ähnlichkeiten zwischen Petrus und dem Pinguin hin. Nein, er sagte: der Pinguin kann bis zu fünfzig Jahre alt werden, obwohl seine durchschnittliche Lebenserwartung nicht besonders hoch ist, sie liegt bei ungefähr 25. Das ist umso erstaunlicher, als er keine natürlichen Feinde hat, nur sich selbst.

Was willst du damit sagen, fragte Petrus, bringen sich etwa alle Pinguine in der Mitte ihres Lebens um?

Scheint so, sagte Simon, und wir überlegten, wie die Pinguine das wohl anstellten, die Stimmung war ausgelassen, aber Petrus fand die Vorschläge alle nicht überzeugend. Bliebe nur der Todessprung vom Eisgipfel, sagte er abschließend, aber für den rituellen Pinguinsuizid gibt es wohl kaum ausreichend geeignete Eisberge.

Wir legten uns hin, lagen wortlos wach, schliefen irgendwann ein, träumten, jedenfalls ich, vom Blick vom Zehnmeterbrett, und am nächsten Morgen gingen wir schwimmen. Den Chlorgeruch wurden wir den ganzen Winter über nicht los. Er hing uns in den Haaren, auf der Haut, er verfing sich in unseren Laken, setzte sich mit uns an den Tisch, schlug uns aus dem Kühlschrank, dem Spiegelkasten im Bad, aus unseren Taschen, ja, selbst aus den Büchern entgegen.

Denke ich an unsere Hallenbadbesuche, sehe ich den Bademeister fast deutlicher vor mir als Petrus oder Simon, es ist verwunderlich, wie sich diese Neben-, ach was, diese totalen Randfiguren immer so gut halten, so hartnäckig, so scharf umrissen und in Farbe! Dieser Bademeister mit seinen dunkelbraunen, blond behaarten Waden und seinem blauäugigen Kontrollblick, dem nichts entging – außer, er war am Putzen, denn das gehörte auch zu seinen Aufgaben, auch wenn er das gerne verheimlicht hätte. Er verschwand dann lautlos und tauchte ebenso nach einer Weile wieder auf, raunzte ein paar Kinder an und setzte sich auf seinen Ausguck am Beckenrand. Einmal, beim Wischen des Bodens, wunderte er sich über Lebenszeichen aus einem Spind, und holte den Generalschlüssel. Roswitha, die Ratte, entkam. Er fing sie, angeblich mit dem Wischlappen, ein und warf sie in den Putzeimer, aus dem er freundlicherweise, wie er sagte, vorher das Dreckwasser geleert hatte. Dann rief er die Polizei. Er sagte, er wolle Anzeige erstatten, er sprach vom Gesundheitsamt, das eingeschaltet werden müsse. Eine Schweinerei sei das, so eine Bazillen- und Dreckschleuder wie diese Ratte hier ins Hallenbad einzuführen. Beim Wort *einführen* kniffen wir uns gegenseitig in die Arme und versuchten, nicht zu lachen. Die Ratte schlug hektisch Haken im roten Eimer. Sie zitterte am ganzen Leib. Wir standen im Kreis um sie herum. Ich war zum ersten Mal in der Herrengarderobe. Meine Pumps hinterließen Spuren, die unmöglich von Männerschuhen stammen konnten. Große bauchige Flecken, darunter kleinere, kreisrunde. Der Bademeister ignorierte sie genauso wie mich. Wir warteten auf die Polizei. Wie ein Derwisch kreiste die Ratte in ihrem Plastikeimer. Die Polizei interessierte sich weder für uns, noch für die Ratte. Der Bademeister verhängte Hausverbot.

Wir hatten nicht einmal geduscht. Wir rochen nach Chlor. Wir legten uns ins Bett und wärmten uns auf. Simon streichelte Roswitha und erzählte mit seiner tiefen Stimme in die Zukunft: Wenn die Ratte einmal nicht mehr sein wird, lege ich mir einen Vogel zu. Roswitha ist eigentlich gar nicht mein Typ, ich bin eher ein Vogelmensch, aber Patenschaft ist Patenschaft, was soll ich machen. Er gab ihr einen Kuss. Meine Süße. Deine Nachfolgerin wird dann vielleicht eine Taube sein. Er wandte sich an Petrus: Vorausgesetzt, ich muss dich nicht beerben! Petrus gab keine Antwort. Er lag reglos da. Er liebte es, sich totzustellen, und er konnte es richtig gut.

Es dämmert. Bald erreichen wir Basel. Es wird jetzt jeden Tag eine Minute später hell und eine Minute früher dunkel, bis vom Tag kaum noch etwas übrig sein wird.

Was machen die Kinder jetzt? Philipp holt sie gerade vom Kindergarten ab. Steckt sie in ihre Winteroveralls mit den reflektierenden Streifen. Geht mit ihnen zum Supermarkt, um für den Herrenabend einzukaufen, Chips und Flips und Pops.

Hallo, ich bin wieder da!, ruft jemand, und vor dem Fenster
flattert ein schwarzer Schatten, der Pinguin ist zurück.

Wo warst du?

Wo ich war? Ich hatte zu tun.

Willst du nicht reinkommen?

Reinkommen? Gerne, wenn du mir das Fenster aufmachst.

Ach so, nein, das lässt sich ja gar nicht öffnen.

Macht nichts, ich komm schon klar. Die frische Luft tut mir
gut.

Petrus?

Ja?

Hat er dich also doch Petrus genannt!

Wer?

Simon, dein Schöpfer!

Was dagegen?

Ja! Nein. Was machen wir in Zürich?

Was wir da machen? Wir besuchen ihn.

Wen?

Wen? Meinen Schöpfer.

Es ist kurz vor sieben, als er die Tür öffnet. Der Zug kam Punkt
18:00 im Hauptbahnhof Zürich zum Stehen. Beim Aussteigen
riss meine Hündin mich mit einem Sprung auf den Bahnsteig
hinunter, ich vertrat mir den Fuß. Sie zog zum nächstgelegenen
Pfeiler, den sie in Ermangelung eines Baumes anpinkelte,
so lange wie nie zuvor: ich verfolgte währenddessen den roten
Zeiger der Bahnhofsuhr einmal ganz im Kreis herum. Gewaltig
und schnell dehnte sich die dunkle Pfütze auf dem Bahnsteig
aus, *verdammte Sauerei* schimpften die Passanten.

Simon sieht mich an. Dann den Hund. Wieder mich.

Hoi, sage ich. Hoi, wiederholt der Pinguin in meinem Ohr,
und es klingt albern.

Simon sieht mich an.

Ich hatte acht Stunden Zeit, mir zu überlegen, was ich sagen, wie ich beginnen könnte, aber alles, was mir einfällt, ist *hoi*. Er sieht mich an, er scheint zu überlegen. Alt ist er geworden. Das Haar schütter, die Lippen schmal, die Wangen hohl. Nur seine Stimme ist unverändert. Dunkel, voll, warm. Lange her, sagt er.

Ich nicke. Ich habe dir einen Brief geschrieben.

Er nickt. Er wendet sich ab und läuft weg.

Die Tür steht offen.

Der Hund liegt unter dem Küchentisch. Der Pinguin sitzt mir im Ohr. Ich stehe unentschlossen da. Simon stellt zwei Tassen auf den Tisch.

Setz dich.

Ich bleibe stehen.

Er sieht mich an. Kommt auf mich zu, steht dicht vor mir. Er riecht merkwürdig, aber gut. Ich kenne diesen Geruch, aber ich komme jetzt nicht drauf. Er drückt mich gegen seinen dicken Wollpullover, ich kralle meine Hände hinein, ein Schluchzen steigt auf. Simons Rücken bebt. Ich drücke, er drückt, es schnürt uns die Luft ab. Wir atmen schwer, es schüttelt uns, wir weinen, weil wir nicht anders können, weinen, bis wir nicht mehr können. Was willst du wissen, fragt er.

Warum er es getan hat, antworte ich stockend. Er. Petrus' Name ist noch nicht gefallen.

Simon blickt auf die Tassen. Der Tee ist kalt geworden, sagt er.

Macht nichts, antworte ich und setze mich hin.

Simon greift zur Tasse. Ich weiß nichts, sagt er zwischen zwei Schlucken. Wenig, korrigiert er. Wann hast du zuletzt von ihm gehört?

Er schrieb mir irgendwann, er habe aufgehört zu rauchen, antworte ich.

Simon nickt.

Warum hört einer auf zu rauchen, wenn er sich dann aus dem Fenster stürzt?

Simon nickt.

Warum nickst du?

Nicke ich?

Ja.

Simon schüttelt den Kopf. Das war ja lange vor dem Sprung. Ich weiß noch, wie Petrus anrief und sagte, er werde bald vierzig, es sei Zeit aufzuhören. Und dann machte er so eine merkwürdige Pause, und ich fragte: Aufhören? Womit? Und Petrus lachte und antwortete: Piff, puff, paff – mit Rauchen! Simon sieht mich an. Dann beugt er sich unter den Tisch und fragt meine Hündin, ob es ihr gut gehe. Er kniet sich neben sie und beginnt, sie zu streicheln. Du bist aber weich, sagt er. Ich sehe seinen Händen zu, wie sie durch das dunkle Fell fahren. Die Ratte fällt mir ein. Simon lächelt. Roswitha? Die ist seit bald zwanzig Jahren tot. Schau nicht so entsetzt, Farbratten werden nicht alt.

Und jetzt? Hältst du dir Vögel?

Simon sieht mich lange an. Nein, sagt er dann. Nein, ich lebe alleine, immer, noch immer. Manchmal denke ich darüber nach, mir jemanden ins Haus zu holen, aber – nein, ich bin alleinstehend. Allein gehend, allein liegend. Die Hündin hat sich auf den Rücken geworfen und genießt das Streicheln, ab und zu grunzt sie behaglich oder schmatzt leise.

Und Petrus? Wie hat er gelebt, und mit wem? frage ich.

Simon zuckt mit den Schultern. Wir hatten in all den Jahren nach eurer Trennung kaum Kontakt. Er zog sich zurück. Ich habe nicht verstanden, warum, verstehe es noch immer nicht. Ich schließe die Augen. Höre die Trillerpfeife des Bademeisters. Ich sehe Petrus zu, wie er mit seinem langen Oberkörper durchs Wasser pflügt, ganz leicht sieht das aus. Seine Arme schwingen hoch und nieder. Als würde er fliegen. Simon sitzt am Beckenrand. Ich kann nicht mehr, sagt er zu mir. Aber schau dir Petrus an!

Ein Vogel pfeift. Das ist der Trauerschnäpper, sagt Simon, also ist es neun. Auf der Wanduhr hinter ihm sind statt Ziffern Vögel aufgemalt. Der große Zeiger steht senkrecht, der kleine waagerecht nach links.

Ich entschuldige mich kurz, gehe auf die Toilette und schreibe Philipp eine Kurznachricht: Bin gut angekommen, gute Nacht. Dann rufe ich meinen Bruder an. Mein Bruder geht nicht ran. Ich schalte das Telefon aus. Als ich zurück in die Küche komme, sagt Simon mit Blick auf meine robusten Stiefel: Du hast ja ordentliche Schuhe an! Liegt das am Alter oder am Reichtum? Früher hattest du das ganze Jahr über diese hohen roten Riemenschühchen an.

Da ich noch immer kein Geld habe, muss es wohl am Alter liegen, antworte ich. Simon sieht mich an: Bleibst du über Nacht?

Hast du Platz?

Ja.

Wir liegen nebeneinander und starren an die Zimmerdecke, als könnten wir von ihr die Vergangenheit ablesen. Meine Süße, sagt Simon mit Bassstimme, und wir horchen beide auf: meine Hündin neben, ich im Bett. Er hat die Hündin gemeint. Er streichelt sie. Dann fragt er mich: Und wo warst du am 17. November 2008? Was hast du gemacht?

Ich war schwanger und auf Rauchentzug, antworte ich. Und ich habe an Petrus gedacht und daran, wie einfach ihm das Aufhören gefallen ist. Im Gegensatz zu mir: Ich konnte keinen Satz mehr denken, außer: Wo geht es zur nächsten Zigarette, keinen Satz mehr schreiben, außer: Ich will rauchen, und das hörte einfach nicht auf, fast ein Jahr lang. Petrus hingegen hatte einfach aufgehört. Und ich dachte: Alles ist dir immer leicht gefallen, du reicher Schnösel. Du Pseudobohemien. Du Hobbyraucher.

Simon schüttelt den Kopf. Hast du das wirklich gedacht?

Ich zucke mit den Schultern.

In unserem letzten Gespräch, sagt Simon, erzählte mir Petrus, seine Wohnung liege über der städtischen Baumgrenze. Er lebe auf Flughöhe der Vögel, sie kreisten vor seinem Fenster. Er hocke da drin wie ein Albatros bei Flaute. Bekomme einfach keinen Wind unter die Schwingen. Dabei sei er doch eigentlich ein Flugwunder! Käme er nur erst hoch, bliebe er selbst im ärgsten Sturm oben! Ich erzählte ihm, dass Albatrosse nicht nur großartige Flieger, sondern auch fantastische Schwimmer seien, selbst bei höchstem Wellengang. Weiß ich, antwortete Petrus. Ich habe den Albatros ja nicht zufällig gewählt.

Simon dreht sich zu mir. Ich habe schon gar nicht mehr damit gerechnet, sagt er, aber ich bin froh, dass du endlich gekommen bist. Und jetzt erkenne ich auch den Geruch. Merkwürdig, aber gut: Heu mit einem winzigen Spritzer Urin. Gleichzeitig anheimelnd und beunruhigend.

10. Graue paar Grad plus

Mein Sohn ist dran, der große Kleine.

Mama, bist du da?

Ja.

Wo bist du?

In Zürich.

Wo du als Kind warst?

Genau.

Was machst du da? Gehst du in den Kindergarten?

Der Empfang ist schlecht. Ich gehe hinaus. Graue paar Grad plus.

Nein, ich arbeite.

Aber dein Computer ist hier!

Ja, das stimmt, weißt du, ich schreibe von Hand.

Wie denn?

Na, mit einem Stift!

Mit der Hand?

Nein, mit dem (ich blecke die Zähne und artikuliere überdeutlich) Schtiffth!

Es ist nicht kalt, aber ich friere, meine Jacke hängt drin im Restaurant. Durch die Glasfront schaue ich hinein. Nur die Schönen sitzen am Fenster. Beim Reinkommen werden die Gäste eingeteilt, die Hässlichen führt man in den hinteren Bereich. Sitzt ein Hässlicher am Fenster, muss er schon ungeheuer reich oder berühmt sein. Uns hat man ohne Zögern einen Tisch in der Tiefe des Raumes angewiesen. Am Nebentisch saß ein fettleibiger Gierschlund, der ebenso eilig zahlte, wie er aß, und dann das Weite suchte.

Ich bin seit 26 Tagen und Nächten in Zürich. Simon hat mir am ersten Abend sein Bett angeboten, es handelt sich, um im Theaterjargon zu sprechen, um eine *Wiederaufnahme*. Wie lange ich noch bleibe, fragt er nie. Er hat mich ins Kunsthaus zu Giacometti begleitet. Am Sonntag in die Sammlung, wie früher. Nur ist es jetzt nicht mehr umsonst. 15 Franken. Simon hat mich eingeladen. Er ging unauffällig neben mir her. Das ist seine Art. Er sagt nichts, er fragt nichts, er scheint sich weder zu interessieren noch zu langweilen, er ist einfach da, an meiner Seite. Ich habe meine Lieblingsplastiken gesucht und nicht gefunden. Den *schreitenden Mann*. Den *Hund*. Den *taumelnden Mann*. Alle drei sind derzeit als Leihgaben irgendwo in der Welt unterwegs. Der taumelnde Mann, mein Favorit von früher. Minutenlang stand ich dort, wo ich glaube, dass er früher stand, in der Mitte des Raumes, und starrte ins Leere, erinnerte mich. Der Taumelnde hat die Größe eines Neugeborenen, man könnte ihn auf den Arm nehmen, aber nicht dessen Proportionen: ein spindeldürrer erwachsener Mann in Babygröße, ohne Orientierung, strudelnd, jeden Augenblick vornüber ins Leere kippend. Je länger ich ihn fixierte, wie früher, ohne ihm zu Hilfe zu kommen, desto stärker löste sich der Raum ringsum auf, desto mehr hatte ich selbst den Eindruck, keinen festen Boden mehr unter den Füßen zu haben, von einem Strudel erfasst zu werden und gemeinsam mit dem Dürren ins Schlingern zu geraten.

Mein großer Kleiner (viereinhalb) hat das Telefon dem kleinen Kleinen (zweieinviertel) übergeben.

Mama? Bist du?

Ich bin in (ich blecke erneut die Zähne) Tsüürich!

Gib mir mal, höre ich die Stimme meines Mannes. Es rumpelt. Philipp ist dran.

Hallo?

Ja?

Wo bist du?

Im Kunsthaus.

Alleine?

Mit meiner alten Liebe Alberto.

Was?

Ein Scherz. Alberto Giacometti. Natürlich bin ich alleine, Philipp!

Ich habe von dir geträumt, zuerst habe ich dich gar nicht erkannt.

Wieso nicht?

Keine Ahnung. So lange Zeit sind wir zusammen, und ich habe dich nicht erkannt.

Vielleicht war's zu dunkel.

Ich habe geträumt, dass du nicht wiederkommst. Du kommst doch wieder?

Klar.

Wann?

Ich weiß es noch nicht. Wie geht's deiner Mutter?

Sie schläft. Sie ist schwach. Aber wenn die Bestrahlungen erst durch sind, wird es besser –

Grüße sie herzlich von mir.

Es wird wieder besser, glaubst du auch?

Ich hole tief Luft. Ich hoffe es, Philipp.

Ich gehe hinein. Der Kellner mustert mich wie vorhin und nickt bestätigend, als ich meinen Platz im Hintergrund ansteuere.

Simon stellt seine Tasse hin und winkt mir zu. Ich lächle ihn an. Der Nebentisch ist wieder belegt. Die junge Frau, die da sitzt, ist sehr hübsch, was macht die denn hier, so eine gehört doch ans Fenster! Der Alte neben ihr allerdings ist, wenigstens von der Seite betrachtet, wirklich scheußlich. Dagegen kommt ihre Schönheit nicht an. Der Alte dreht den Kopf in meine Richtung. Tadeusz! Mir fällt das Telefon aus der Hand. Ich bücke mich, richte mich wieder auf, sehe erneut hin: das ist Tadeusz! Er erkennt mich nicht. Wahnsinn. Er schaut hin – weg – hin – weg: Er Erkennt Mich Nicht!!! Es klopft. Mörderisches Morseklopfen setzt ein. In meinem Kopf hämmert es: – – • • / • / • • / – /: ZEIT, wie so oft, und noch mal: ZEIT, und dann, nach einer Stille: RAUCH. Ich stehe da wie der taumelnde Mann, jedenfalls fühle ich mich so. Was ist los, fragt Simon und steht auf, kommt mir entgegen, nimmt mich bei der Hand und verdeckt mir die Sicht auf Tadeusz. Nichts, sage ich, nur das Telefon. Ich setze mich hin.

Ist zuhause was passiert? Mit deinen Kindern?

Nein, es ist mir runtergefallen.

Simon nimmt mir das Telefon ab und untersucht es. Ich schiele zum Nebentisch hinüber. Nicht zu glauben, zur passenden Zeit der passende Name, der passende Mann. Ungeheuer, sagt Tadeusz gerade, ja, das war sein Wort, damals schon, scheint es bis heute zu sein: ungeheuer. Das Schöne, das Gelungene, das künstlerisch Bewegende: ungeheuer! Mit seinem polnischen Akzent, den er auch nach über vierzig Jahren behalten hat. Ungeheuer. Was macht er hier? Und wer ist die junge Frau? Wieso frage ich. Ich weiß es doch nur zu gut. Sie ist seine Studentin. Er ist der bekannte Regisseur, der auch als Professor für Schauspiel und Theaterregie *wirkt* (ich *werke*, sagte Tadeusz immer, und es war unklar, ob er über die Phonetik stolperte oder werken sagte, weil er werken meinte). Aber wieso in Zürich? Zuletzt unterrichtete er in Berlin. Vor Jahren, als ich zuletzt von ihm hörte. Als er mich anrief und darum bat, mein Theaterstück zu bekommen, er klang, wie er immer klang, wenn er etwas haben wollte, ungeduldig, gierig; er war, sagte er, über eine Besprechung der Uraufführung in der Zeitung *gestolpert*, und nun wolle er es sofort haben. Ich schicke es dir, sagte ich, aber ich schickte es ihm nie. Zweimal fragte er noch nach, zweimal versprach ich, es gleich zu tun, weitere zwei Mal wurde ich von seiner Hochschul-Sekretärin angeschrieben und daran erinnert, dann war Ruhe.

Die Studentin lacht. Sie hat ein klares, helles, sprudelndes Lachen. Tadeusz beugt sich zu ihr und raunt ihr etwas zu. Verschworene. Tadeusz ist im gleichen Jahr wie mein Vater geboren, das hat mich damals, als ich seine Studentin war und es erfuhr, so unangenehm berührt, dass ich es nicht vergessen habe. Die Studentinnen bleiben gleich alt, er ist neben ihnen zum Greis geworden. Er war damals doppelt so alt wie ich, jetzt ist er dreimal so alt wie sie. Großvater und Enkelin. Gehen diese Künstler denn niemals in Rente, nicht einmal, wenn sie Professoren sind? Sitzt da mit seinen siebzig Jahren und raunt einer Studentin ins Ohr. Warum verschleudert diese schöne junge Frau ihre beste Zeit, Tausende von kostbaren jungen Lebensmomenten mit diesem verlebten, abgewrackten Alten? Er scheint es noch immer wert zu sein. Sie nimmt sich die Zeit. Hat er gesagt: Hallo, hier spricht Tadeusz. Hast du heute Nachmittag ein bisschen Zeit?

Hat sie geantwortet: Nehme ich mir einfach, Tadeusz?

Simon hat das Mobiltelefon auseinandergebaut. Er reibt jedes einzelne Teil, jedes Kleinteilchen mit einem Stofftaschentuch sauber und pustet es von allen Seiten ab. Mal sehen, sagt er und beginnt das Gerät wieder zusammenzusetzen. In meinem Kopf hämmert es unverändert.

Erkennt Tadeusz mich nicht, oder sieht er mich nicht? Ich denke an gestern im Zug, als ich meinen alten Schulweg abgefahren bin; Samstagmorgen, außer mir nur einige Rekruten unterwegs, früher waren sie ein Grund, auf den nächsten Zug zu warten. Heute kann ich mich getrost neben sie setzen, sie sehen mich gar nicht. Sie können ihre frauenverachtenden Sprüche lauthals äußern, warum denn nicht? Ich bin unsichtbar.

Anscheinend auch für Tadeusz. Nur Simon kann mich sehen,

sein Lächeln ist ein deutlicher Hinweis, es scheint mich also noch zu geben.

Tadeusz und ich haben uns zuletzt vor über sieben Jahren gesehen, als ich Philipp gerade kennengelernt hatte, ungefähr zu der Zeit, als wir beschlossen zu heiraten, wahrscheinlich ziemlich genau zwei Tage, nachdem Philipp und ich beim Standesamt angerufen und uns zur Eheschließung angemeldet hatten. Zufällig trafen wir uns am Bahnhof Zoo, kurz bevor er in die Bedeutungslosigkeit abglitt (der Bahnhof), am Morgen nach einer Lesung aus meinem ersten Buch. In jenen Tagen war ich so verliebt, dass ich fast jeden stürmisch umarmte. Auch Tadeusz, nachdem er unversehens vor mir stand. Wir hatten uns einige Jahre nicht gesehen. Er zögerte nicht lange und nahm das Angebot an, packte mich und küsste mich auf den Mund. Ich kniff die Lippen zusammen. Verzeih, sagte er mit einem Grinsen, das er, muss ich annehmen, für unwiderstehlich hielt, als ich mich seiner Umarmung entwunden hatte. Verzeih, grins. Und sofort setzte er zum nächsten Versuch an, wieder frontal aufs Ziel zu, Zunge voraus.

Hör auf damit, Tadeusz!

Jetzt klingst du so wie früher, schade, antwortete er schroff.

Das Telefon lässt sich nicht mehr einschalten. Es gibt keine Regung von sich, ganz egal auf welchen Knopf, ganz egal, wie stark oder lange man drückt. Geduldig zerpflückt Simon das Gerät erneut, betrachtet die Einzelteile, putzt sie, fast mechanisch, wieder mit seinem blau karierten Taschentuch, während er konzentriert nachdenkt. Ich komm schon dahinter, murmelt er.

Tadeusz winkt dem Kellner. Nächste Runde? Die schöne Studentin nickt. Tadeusz legt ihr die Hand auf die Hand. Dort liegt sie, ich zähle bis fünf, dann wird die untere sanft entzogen.

Später behauptete er noch einmal, er habe mich am Bahnhof

Zoo gesehen, er sei mir hinterhergerannt, habe mich aber, ich sei in den ICE nach München gestiegen, nicht mehr erwischt, Türen schließen selbsttätig, bitte Vorsicht bei der Abfahrt.

Ich erzählte meinem Freund Nathanael davon. Dein Professor träumt, sagte er, oder er spinnt: die Fernzüge halten schon längst nicht mehr am Bahnhof Zoo! Das war vor fünf Jahren.

Jetzt sitzt er da und erkennt mich nicht. Habe ich mich so verändert? Ich habe zugenommen, seit ich nicht mehr rauche. Diese Demütigung wollte ich vermeiden, ich versuchte, gleichzeitig zum Rauchentzug zu fasten, aber ich war schwanger, hatte Hunger, scheiterte, nahm unaufhörlich, unaufhaltsam zu. So sehr, dass man mich nicht mehr erkennt? Trotz ähnlicher Kleidung, derselben Frisur? Unwahrscheinlich. Am Gewicht wird es weniger liegen als am Alter. Ich bin sieben Jahre älter geworden. Ich bin keine junge Frau mehr. Da hilft auch die immergleiche Frisur nichts: ich werde weder gesehen noch erkannt.

Ich sehe Tadeusz dabei zu, wie er seine junge, schöne Studentin ansieht. Musik, es läuft Musik hier, die habe ich bisher gar nicht gehört. Das Lied, das gerade gespielt wird, kenne ich, es ist ein schönes Lied. Es erschien, als ich Philipp kennenlernte. Yours is the first face that I saw, singt Conor Oberst mit zittriger Stimme, I think I was blind before I met you. Tadeusz scheint es nicht zu hören. Eindringlich redet er auf die schöne Studentin ein, eindringlich sieht er sie dabei an.

Seine Beobachtungen haben mich fasziniert. Als ich so alt wie diese Studentin und er mein Professor war, als ich nach den Proben stundenlang mit ihm zusammensaß, zu *Nachbesprechungen*, in denen er nie über die Inszenierung, sondern beharrlich über phantastische Zufälle sprach, Situationen, die er beobachtet, Wunderliches, das ihm begegnet war. Ungeheuer, rief er, einfach ungeheuer: ich überquere gerade den Hof zum

Bühneneingang, in Gedanken bin ich bei der Probe, die gleich beginnen soll – und zu der mir partout nichts einfallen will –, und in diesem Augenblick wird ein ganzes Regal über den Hof geschoben, du weißt schon, auf so einem Transportbrett mit Rollen, einem so genannten *Hund*, mit mehreren Etageren voller lebensgroßer Köpfe, die wir zu Beginn der Produktion anfertigen ließen, dann aber verworfen haben. Wir alle, das ganze Team hatte dafür Modell gestanden. Da fahren sie nun scheppernd und holpernd an mir vorbei: meine Schauspieler, die Assistenten, alle körperlos, ganz Kopf geworden. Die Regalböden werden nacheinander auf die Rückbank und den Beifahrersitz eines parkenden Autos gestapelt, ich gehe vorbei und sehe mich selbst auf dem Beifahrersitz, Wange an Wange mit der Dramaturgin, ich reiße die Augen auf und starre mich an, und da scheint mein Kopf mir zuzunicken, ich nicke zurück und sehe mich schnell um, ob ich beobachtet werde, und da steht die Maskenbildnerin, grinst und sagt: Tadeusz grüßt seinen eigenen Holzkopf … und ich antworte: Was habt ihr mit den Köpfen vor? Die sollen auf eine Probebühne gebracht werden, sagt sie, eine andere Produktion will die verwenden. Nichts da, sage ich, die Köpfe gehören uns. Ich habe meinen eigenen unter den Arm geklemmt und bin zur Probe gegangen. Ich wusste plötzlich genau, was zu tun war. Mein Holzkopf hat die Inszenierung gerettet!

I'm glad I didn't die before I met you, singt Conor Oberst, aber keiner hört ihm zu. Ich denke an Philipp. Dieses Lied, damals. Als wir uns zwar nicht kannten, aber gemeinsam in die Zukunft starteten. Als ich noch so leicht war, dass er mich mühelos in die Luft stemmen konnte. Als er sich geschmeidig wie eine Katze, selbst in schwindelerregenden Höhen, sicher bewegte. Now I don't know where I am / I don't know where I've been / But I know where I want to go, singt Conor Oberst.

Und heute? Vor 26 Tagen bin ich abgehauen, als Philipp mir einen Kuss gab. Als er mir den Kuss gab, auf den ich über ein halbes Jahr gewartet hatte. Ich besuche meinen Bruder, habe ich ihm gesagt, sage ich ihm täglich am Telefon aufs Neue, ihm und meinen beiden kleinen Söhnen. Dabei bin ich bei Simon untergekommen. Ich vertraue darauf, dass Philipp meinen Bruder nicht anruft und nachfragt. Philipp will die Dinge nicht so genau wissen. Schon gar nicht, wenn sie möglicherweise unerfreulich sind. Darunter leide ich seit sieben Jahren, davon profitiere ich nun.

Philipp macht mir keine Vorwürfe. Du brauchst Raum für dich, erklärt er mir, damit ich nicht auf die Idee komme, ihm etwas zu erklären. Du brauchst Raum für dich und Ruhe, um zu schreiben. Stimmt. Seiner Mutter hat er gesagt, ich sei auf einer Recherchereise für mein nächstes Buch. Stimmt ja. Seine Mutter wohnt jetzt bei uns. Die Strahlentherapie kann sie genauso gut auch in Hamburg machen, sagt sie, kein Problem. Sie kocht abends für die Kinder, singt Lieder, spielt mit ihnen, liest was vor, bringt sie ins Bett. Lässt sie wahrscheinlich fernsehen, verlangt nicht, dass sie ihr Zimmer aufräumen, putzt ihnen nicht ordentlich die Zähne, macht ihnen anschließend noch Milch mit Honig, kein Problem!

Sie hält keinen Tag durch, ohne mindestens einmal zu schlafen. Geht sie einkaufen, braucht sie Stunden, kommt fahl und erschöpft zurück. Kocht sie, muss sie sich alle paar Minuten hinsetzen.

Wie geht's dir?

Gut, du, wirklich!

Und die Therapie, strengt sie dich sehr an?

Nein du, wirklich nicht, kein Problem!

Philipp ignoriert ihren Zustand. Mama, hast du nicht Lust, uns deine leckere Kartoffelsuppe zu kochen? Philipp erträgt es nicht, sie schwach zu sehen. Hier, die Strumpfhose, kannst du die mal eben stopfen? Philipp hat Angst. Die Einkaufsliste für morgen, Mama, habe ich auf den Tisch gelegt. Er fährt sich mit der Hand durch die dichten, dunklen Haare. Es wird wieder besser, glaubst du auch?

We just have to wait and see, singt Conor Oberst, und ich nicke. Alles okay? Simon sieht mich lächelnd an. Hartnäckiger Fall, sagt er und deutet auf mein Mobiltelefon. Scheint ins Koma gefallen zu sein. Vielleicht ist es gar nicht so dramatisch, sage ich, vielleicht hält es nur Winterschlaf? Dann will ich es mal wachkitzeln, sagt Simon, zieht sein Taschenmesser heraus, klappt es auf und macht sich mit der Klinge am Körper des Telefons zu schaffen.

We just have to wait and see, sage ich, und denke dabei an eine schwarze Katze.

Tadeusz lacht. Heiser klingt er. Jetzt hast du verstanden, ruft er fröhlich. Die Studentin bejaht. Ich glaube einen Zug von Verachtung für diesen selbstgefälligen Alten in ihrem Lächeln aufblitzen zu sehen. Oder habe ich den da hineingezaubert, sehe den nur ich? Es gibt Dinge, sagt Tadeusz am Nebentisch zu seiner schönen Studentin, die sieht man nicht gleich, auf die kommt man erst – er tippt sich gegen die Stirn – allmählich, das ist Arbeit!

Seine Frau ist noch jedesmal dahintergekommen, sagte sie, als sie mich eines Tages anrief. Sie fragte erst, ob ich am Apparat sei, bevor sie ihren Namen nannte, dem sie hinzufügte: Die Ehefrau des Mannes, mit dem Sie eine Affäre haben. Sie haben Ihre Wimperntusche bei ihm stehen lassen. Tun Sie uns bitte beiden den Gefallen und streiten Sie es nicht erst lange ab. Seien Sie nicht so kleingeistig wie die Phalanx Ihrer Vorgängerinnen. Vor allem aber, seien Sie nicht so naiv zu glauben, Tadeusz sei in der Lage, irgendjemanden zu lieben. Das Problem ist nur, dass ich ihn liebe, seit 24 Jahren, trotz allem, immer noch, es hört nicht auf. Als er hier ankam, war er ein Nichts.

Ich war es, die ihm Deutsch beigebracht hat, die ihn in Theaterkreise eingeführt, ihm seine ersten Assistenzen verschafft, ihn morgens aus dem Bett geholt und zur Probe gefahren, ihm Stücke ausgesucht, Konzepte und Besetzungen vorgeschlagen, während der Premieren seine Hand gehalten und ihn nach den Feiern völlig umnachtet nach Hause gebracht hat. Ich habe ihn gefördert, getriezt, getreten, denn Tadeusz ist niemand, der weiß, wohin er den nächsten Schritt setzen muss. Ich habe ihn stets auf den Weg gebracht, und ich lasse nicht zu, dass er sich verläuft. Was haben Sie ihm zu geben? Nichts. Und: Sie haben nichts zu erwarten. Tadeusz gibt es nicht ohne mich, und ich werde Sie vernichten. Nehmen Sie Abstand von meinem Mann. Halten Sie sich fern. Und ein Letztes: Ich wünsche Ihnen, dass Sie irgendwann am eigenen Leib erfahren, wie es ist, wenn andere Frauen Ihnen den Mann wegnehmen.

Ich habe nicht vor zu heiraten, tut mir leid, aber danke für die guten Wünsche, habe ich gesagt. Nein, das hätte ich gerne gesagt. Ich sagte, soweit ich mich erinnere, gar nichts.

Sie wollte schon auflegen, da fügte sie hinzu: Sie haben ihn übel zugerichtet. Diese ganzen Hämatome, macht Ihnen das Spaß? Was sind Sie für ein Mensch?

Ich war taub vor Schreck und völlig verwirrt. Ich wollte Tadeusz anrufen, zögerte aber, konnte mich über Stunden nicht entscheiden und ließ es schließlich bleiben. Am nächsten Tag rief er mich an, wirkte unbeschwert und wollte mich sehen.

Tadeusz hatte manchmal von seiner Frau erzählt. Er sagte dann aber nie *meine Frau*, sondern *Ute*, obwohl ich ihr nie begegnet war. Ute war eine unglaublich talentierte Journalistin. Ute kümmerte sich neben ihrem fordernden Job um ihre alten Eltern, mit denen sie auf einem riesigen Gutshof zusammenlebten, gemeinsam mit ungezählten Haus- und Hoftieren, Nutztiere gab es keine, denn Ute war neben allem anderen auch noch aktive Tierrechtlerin. Aber: Ute irrte. Ich hatte kein

Verhältnis mit Tadeusz. Ich weiß nicht, wieso ich das nicht klarstellte. Lag es an ihrer Einleitung? Tadeusz weiß, dass ich Sie anrufe, hatte sie eingangs gesagt, er selbst hat mir Ihre Nummer gegeben und ist einverstanden.

Oder lag es einfach daran, dass ich sie nicht unterbrechen wollte, um möglichst viel zu erfahren?

Tadeusz hatte außereheplichen Sex mit einer rabiaten Dame. Ich war's nicht. Wer aber konnte es sein? Und wann hatte er überhaupt Zeit dafür? Während der Proben beobachtete ihn nicht nur ich, sondern sein komplettes Team, seine Freizeit verbrachte er mit mir, und am Wochenende fuhr er nach Hause! Was hatte es mit der Wimperntusche auf sich? Wem gehörte sie? Und was war mit den Hämatomen? Ich wollte es herausfinden. Ich beobachtete Tadeusz, blätterte heimlich sein Notizbuch durch, spitzte die Ohren, wenn er telefonierte, beargwöhnte jede Frau, die sich gemeinsam mit uns in einem Raum aufhielt, ohne Ergebnis. Ich versuchte zu fantasieren: Ich biss einem Mann im Alter und mit dem Körper meines Vaters, der Tadeuszs Kopf aufhatte, in die Brustwarzen, bis sie bluteten, ich kniff ihn mit einer Zange, bis er sich wand, ich schlug mit einem stumpfen Gegenstand auf seine Hoden ein, bis er um Gnade flehte, ich drückte eine glühende Zigarette in seinem Bauchnabel aus, bis er schrie. Es bereitete mir kein Vergnügen, und ich kaufte es mir nicht wirklich ab, also gab ich es auf. Tadeusz traf ich weiterhin. Vom Anruf seiner Frau war zwischen uns nie die Rede. Aber der Anruf hatte alles verändert. Er fing an, mir Taxigeld zu geben. Viel zu viel. Wofür bezahlt er mich, fragte ich mich. Eines Abends begann Tadeusz meinen Kopf zu streicheln. Manchmal denke ich, wir kennen uns schon ewig, sagte er. Er küsste mich auf die Stirn. Schön bist du. Seine Lippen wanderten zu den Wangen, küssten sie, wanderten weiter zu den Lippen, küssten auch sie, sacht, ganz sacht.

Von diesem Abend an riss er mir die Kleider vom Leib, wann immer wir alleine waren, verlangte, dass ich ihn ebenso rücksichtslos entkleidete, dass ich mich auf ihn setzte und ihn, denn er hatte klare Vorstellungen, seine Anweisungen befolgend malträtierte. Ich verließ ihn in den frühen Morgenstunden, wenn er schlief. Die Taxifahrer rasten durch die Nacht. Tadeusz durfte, hatte er mir erzählt, nachts nur Schrittgeschwindigkeit fahren auf der kleinen landwirtschaftlichen Versorgungsstraße, die zu Utes riesigem alten Bauernhof führte, sie verlangte es so, damit er kein Tier überfuhr.

Eines Nachts machte sich Tadeusz mit einem kühlen, glatten Gegenstand an meinem Hintern zu schaffen. Als die Schmerzen unerträglich wurden, war alles warm und feucht und voller Blut. Danach hielt ich mich fern. Tadeusz flehte mich um Verzeihung an, er heulte nächtelang ins Telefon und in mein Ohr, er bezichtigte sich, ein verdammter Verbrecher, ein Geistesgestörter, ein widerliches Schwein zu sein. Ich hielt mich fern.

Simon schafft es nicht. Das Telefon gibt kein Lebenszeichen von sich. Ich muss zu Hause nachsehen, ob ich an irgendein Handbuch zu diesem Gerätetyp komme, sagt er. Es wird sowieso höchste Zeit für meine Süße. Gemeint ist meine Hündin, die wir bei ihm in der Wohnung gelassen haben, weil wir sie ins Kunsthaus nicht mitnehmen konnten. Die Arme war jetzt lang genug alleine. Kommst du mit, oder bleibst du noch?

Simon liebt meine Hündin. Zuhause hat sie es nicht leicht: Philipp agiert an ihr seinen Frust aus, die Kinder sind grob zu ihr, ziehen sie an den Ohren, wenn ich nicht hinsehe, oder schieben sie zur Seite, wenn sie angetrottet kommt und gestreichelt werden will. Auf Spielplätze darf sie nicht, ausgedehnte Spaziergänge wollen die Kinder keine unternehmen, und da sie zu zweit sind und lauter schreien, setzen sie sich meist durch.

Simon aber spricht sanft zu ihr, mit seiner dunklen Kellerstimme. Er lobt sie. Er streichelt sie. Er geht mit ihr spazieren, er spielt mit ihr. Er hat ihr Futter gekauft und eine Hundebürste, Kaustangen und eine Decke, weil wir ohne Gepäck bei ihm ankamen. Ein alter Hund kostet Geld. Die Augentropfen, die sie aufgrund ihrer Autoimmunkrankheit, die zu allmählichem Erblinden führt, täglich zweimal nehmen muss, hat er erfolgreich bei unserem Hamburger Spezialisten bestellt, obwohl dessen Helferinnen wenig begeistert waren, extra zum Postamt zu laufen, um eine Sendung in die Schweiz samt Zollerklärung aufzugeben. Und vorgestern war er mit ihr beim Tierarzt zur monatlichen manuellen Entleerung ihrer Analdrüsen, die chronisch verstopft und entzündet sind, ein Vorgang, der ganz entsetzlich stinkt. Aber Simons Liebe geht weit, so weit, dass er gestern sogar versucht hat, ihr ein Schokoladenpapier, das sie in einem Gebüsch aufgestöbert und gierig abgeleckt hat, zu entreißen. Ich würde das niemals wagen, denn ich weiß: Beim Fressen hört die Liebe auf. Sie hat gebleckt, geknurrt, geschnappt. Eine logische Abfolge. Simon wollte es nicht glauben, er war entsetzt. Die Wunde an seinem Handballen ist tief. Die Ränder der Liebe, ihre Grenzen anzuerkennen, ist schockierend, ich weiß. Einige Minuten später lag ihr Hundekopf wieder lammfromm in seinem Schoß.

Ich bleibe noch kurz, Simon. Ich mach mir ein paar Notizen.

Worüber?

Über die Ausstellung und so, sage ich.

Ich mache einen Gang mit der Süßen, sagt er, du hast ja einen Schlüssel.

Ich nicke.

Kommst du klar ohne – er macht eine kleine Pause – dein Telefon?

Ich nicke.

Und ohne deine Süße?

Ich nicke.

Und ohne – mich?

Ich nicke nicht.

Er legt einen Schein auf den Tisch.

Bis nachher, Simon, und danke. Ich sehe ihm nach, ziehe mechanisch mein Notizbuch aus der Tasche, lege es auf den Tisch und tue, als schriebe ich.

Ich konzentriere mich auf das Gespräch am Nebentisch, aber Tadeusz spricht hastig und so leise, dass ich kaum ein Wort verstehe. Die schöne Studentin kommt nicht zu Wort, scheint aber eine interessierte Zuhörerin zu sein. Wieder legt Tadeusz ihr die Hand auf die Hand. An welchem Punkt ihrer Beziehung stehen sie? Wie nah sind sie sich bisher gekommen? Ist es vor oder nach Utes Anruf? Ich gehe davon aus, dass Ute im Lauf ihrer inzwischen über vierzigjährigen Ehe mit Tadeusz noch jede Frau angerufen hat, so wie sie mich damals anrief. Vielleicht führt sie ihrem Mann auf diese raffinierte Art Gespielinnen zu, die er dann quälen darf und von denen er gequält wird, und lagert, höchst elegant, alle Gewalt aus ihrer Beziehung aus! Möglicherweise ist es das Geheimnis ihrer stabilen Ehe? Was weiß denn ich. Ich weiß nicht einmal, ob die überhaupt noch verheiratet sind.

Mit fast geschlossenen Augen lässt sich am besten zu ihm hinüberschielen. Tadeusz. Schlimm sieht er aus. Zerfurcht, grau, verquollen, das ganze Gesicht, schlaff und hängend. Ich weiß nicht, schläft er regelmäßig? Isst er auch mal was anderes als Wurst? Wäscht er sich? Sein speckiger brauner Mantel stünde jedem Penner gut zu Gesicht. Abgerockt, am Ende. Aber mal ehrlich: Sah Tadeusz vor zwanzig Jahren nicht schon genauso aus, nur eben zwanzig Jahre jünger?

Ohne, dass es bewusst geschah, sind aus meinen Schreibsimulationen tatsächlich Notizen geworden. Tadeusz wird in den

Krieg hineingeboren, steht da. 1943 im besetzten Warschau zur Welt gekommen. Sein Vater wird als Kommunist verhaftet, nach Auschwitz gebracht (sein Glück: die Vergasung von Nichtjuden – außer der von Zigeunern – ist eingestellt worden), von dort alle paar Monate in ein anderes KZ verbracht und am 1. Mai 1945 von der amerikanischen Armee in einem Außenlager des KZ Dachau befreit. Seine letzte Station, vor der Rückkehr nach Polen, ist ein *Displaced Persons-Lager* in München.

Tadeusz ist drei, als sein Vater zurückkehrt; fünf, als dieser in die kommunistische Partei eintritt, sieben und kommt gerade in die Schule, als dessen Zweifel – mit Blick auf das stalinistische System – an der Reformfähigkeit des Kommunismus überhand nehmen. Einige Tage nach der Geburt seines zweiten Kindes, der Tochter Agata, vergast sein Vater sich in der heimischen Küche. Tadeusz ist acht.

Ich schiele mit meinen beinahe geschlossenen Lidern zu ihm hinüber. Das alles weiß ich über dich, und du erkennst mich nicht einmal. Ich kann es sogar drucken lassen, in die Welt tragen, was du mir anvertraut hast, deine Geschichte als meine ausgeben und verkaufen.

Mein Interesse für sein Leben war ihm damals fast unheimlich, aber ich blieb hartnäckig, und da Männer es mögen, wenn man sich für sie interessiert, erfuhr ich, was ich wissen wollte, erfuhr sogar mehr, als ich wissen wollte. Mit acht Jahren kümmerte sich Tadeusz um das Baby Agata und die Mutter, deren Sohn er nicht länger war. Er war ihr Gefährte, ihr Beschützer, ihr Tröster. Zu Beginn des Jahres 1968 schloss er sich dem Studentenprotest gegen die Absetzung eines antisowjetischen Stückes von Adam Mickiewicz im Nationaltheater an. *Unabhängigkeit ohne Zensur!* forderten die Studenten, und daraus entstanden die Warschauer März-Unruhen. Im Oktober dann stellte Tadeusz, desillusioniert vom starren Kurs des politischen Systems, aber bei weitem nicht so verzweifelt wie sein Vater, einen Ausreiseantrag; sein Ziel war Westdeutschland, genauer: München, der Ort der väterlichen Gefangenschaft und Befreiung. Nach wenigen Tagen, Tadeusz behauptet, es waren genau sieben, lernte er an der Universität Ute kennen, die sich seiner annahm und ihn, da er Geld brauchte und eine Perspektive, einigen Theaterleuten vorstellte. Tadeusz hatte sich bis dato nicht sonderlich für Theater interessiert, die Teilnahme am Protest im Warschauer Nationaltheater war ein politisches, kein künstlerisches oder gar explizit theatrales Statement. Innerhalb einer Woche also hatte Tadeusz eine Frau, einen Job und eine berufliche Perspektive gefunden, was für eine Schöpfungsgeschichte: aus dem ziel-, halt- und mittellosen polnischen Studenten war ein angehender Theaterregisseur und Ehemann geworden.

Sobald ich über irgendjemandes finanzielle Verhältnisse schreibe, muss ich an meine eigenen denken. Ich habe jetzt monatelang alles Mögliche gemacht, jeden Job angenommen, um an Geld zu kommen: schulschwache Siebzehnjährige unterrichtet, Artikel für Wochenblätter und Szenemagazine geschrieben – für die *Genderseite*, ausgerechnet, Mann-Frau-Angelegenheiten, als ob ich in diesem Bereich irgendetwas wüsste oder zum Besten zu geben hätte. Da ich einmal auf derselben Seite zwei Artikel unterbrachte, bat mich die zuständige Redakteurin, mir ein Pseudonym auszudenken. Sie hatte keinen Witz gemacht, ich fragte fünfmal nach. Dann sagte ich: Gut, ich bin Phyllis Plank. Ich muss aber erst meinen Mann fragen, der heißt nämlich so. Also, fast.

Philipp war sofort einverstanden. Daraufhin schrieb ich einen Text, in dem ich angab, ständig von Sex zu träumen, obwohl eine uralte, unüberprüfte und daher unhaltbare Studie, die gerade wieder im Umlauf ist, Frauen derartige Reverien grundsätzlich abspricht. Und was geschah? Die Sexträume gingen

auf Philipp über, eines Morgens sagte er: Ich habe seit Ewig-
keiten heute Nacht einen erotischen Traum gehabt … Wir sahen uns an, waren sieben Jahre jünger und, wäre der kleine
Kleine in diesem Moment nicht mit einer vollen Windel in die
Küche gekommen, wer weiß! Nachdem ich lauter solche Sa-
chen gemacht habe, brauche ich jetzt endlich wieder Zeit zum
Schreiben, Zeit für dieses Buch.

Jetzt telefoniert die schöne Studentin am Nebentisch. Sie beißt
auf ihrer Lippe herum und macht mmh, mmh, mmh. Ihr Blick
ist nach innen gerichtet. Tadeusz bestellt sich ein Bier. Was machen die beiden hier? Waren sie bei einer Sonntags-Matinee im
Schauspielhaus? Oder etwa, wie wir, im Kunsthaus? Bei Giacometti? Sie sind keine fünf Minuten nach uns ins Restaurant
gekommen. Da hätte man sich doch gesehen … Die Studentin
sagt am Telefon: Okay, key, key und untersucht dabei die Fin-
gernägel ihrer linken Hand. Tadeusz trinkt. Selbst der Bier-
schaum wird bei ihm, an seiner Oberlippe, sofort grau. Fahl
und bleiern hängt er zwischen Mund und Nase, passt perfekt
hinein ins ganze Gesicht. Ich blicke durch den Raum, hinüber
zu den weit entfernten Fenstern, an denen die Schönen sitzen
und hinter denen dieser graue Wintertag lauert, dem der Bier-
bart ebenso gut stehen würde wie Tadeusz. *Aber vielleicht bin
ich, hinsichtlich des Grauen, im Grauen, Opfer einer Täuschung*
… Ich habe den Satz gestern in einem Buch gelesen, das ich
bei Simon im Bücherregal fand: *Dialogue in the Void – Beckett
& Giacometti*, und ihn selbst übersetzt. Ein Satz aus Becketts
Namenlosem.

Vor zwanzig Jahren habe ich dieses Buch zu Weihnachten geschenkt bekommen, in jenem milden Winter, der so grau war
wie der heutige Tag. Ich habe mich darüber gefreut. Ich habe
es eine Weile mit mir herumgetragen, in der Innentasche meines Wintermantels, die für den Geldbeutel vorgesehen ist und
dicht am Herzen liegt. Und als ich es lesen wollte, war es nicht

mehr da. Ich fand das Buch bei Simon im Regal und fragte: Dein Buch?

Simon zuckte mit den Schultern. Anzunehmen. Es ist irgendwie hier gestrandet.

Es steht eine Widmung drin: *Für dich von mir.* Ich erkenne die Schrift. Das ist mein Buch!

Tadeusz steht plötzlich auf. So schwungvoll, dass mich der Geruch von kaltem Frittierfett anweht. Als habe er bei McDonald's übernachtet. Tadeusz stellt sich auf die Fußspitzen, hebt die Arme seitlich und versucht, nicht aus dem Gleichgewicht zu geraten. Er sieht dabei die Studentin an, die eifrig nickt. Es scheint sich um eine Art Anschauungsunterricht zu handeln. Tadeusz schwankt, gerät ins Schleudern, rudert mit den Armen. Er sieht aus wie, und es ist nicht zu glauben, wie genau er ihn trifft, Giacomettis *Taumelnder.* Den ich vorhin in der Ausstellung vergeblich gesucht habe, der irgendwo in die Welt hinaus verliehen wurde.

Ich schiele nicht länger hinüber, ich wende mich Tadeusz zu und schaue ihn ganz offen an. In jedem Moment ändert sich sein Ausdruck. Sein Alter. Sein Geschlecht. Sein Aussehen. Er ist jugendlicher Draufgänger, verzweifelter Selbstmörder, Tänzerin auf dem Vulkan, trotzige Ignorantin: Einen Moment lang sieht er aus wie meine krebskranke Schwiegermutter, ich höre Philipps Stimme rufen: Nicht hinunterschauen! Wenn du hinunterschaust, bist du verloren.

Bevor Tadeusz nach vorne kippt, bricht er ab. Er sieht mich an. Tadeusz, sage ich. Sein Gesicht fällt zusammen. Ungeheuer, entfährt es ihm, das ist ja ungeheuer!

Ungeheuer ist viel, denke ich, wie früher, wenn ich es ihn sagen hörte, mit seinem schweren polnischen Akzent, die Vokale weit offen, die vorletzte Silbe betont (ongaHOIer!), und sage: Doch nichts ungeheurer als der Mensch.

Sophokles (SaFAkles!). Tadeusz lacht. Er richtet sich auf, brei-

tet die Arme aus und umarmt mich, ich sehe über seine Schulter hinweg die schöne Studentin da sitzen und unbeteiligt lächeln. Tadeusz drückt mich an sich, hält mich fest und sich an
mir. Mensch, ruft er, Mensch, fragt er, wie geht es dir?

11. Letzte Fahrt

Heute Nacht habe ich von ihm geträumt. Er sagte, er heiße Jakob. Jakob? Mein Zwölfjahresjakob? Nein, er sah ganz anders aus, jünger, schöner. Noch schöner, denn mein Zwölfjahresjakob war schon schön. Aber dieser Jakob heute Nacht – es gibt Männer, die sind so schön, dass das Herz aussetzt, wenn man sie sieht –, der heute Nacht war so einer. Mit unergründlichen grünen Augen und dichten dunklen Locken, deutlichen Backenknochen und geschwungenen Nasenflügeln, weichen Lippen und einer winzigen Lücke zwischen den oberen Schneidezähnen. So einer war das. Er schien mich zu kennen. Klappt das mit unserer Verabredung, fragte er, und ich nickte, gut, dann hole ich dich wie besprochen um sieben ab, ja? Ich nickte wieder, oder immer noch. Ich wunderte mich, dass ich von dieser Verabredung nichts wusste, fragte aber lieber nicht, ob es sich etwa um eine Verwechslung handelte. Sein Akzent war mir vertraut. Ein Zürcher wie ich. Warum aber sprach er hochdeutsch mit mir? Also doch eine Verwechslung? Ich freu mich auf heute Abend, sagte ich im Dialekt, aber er lächelte nur peinlich berührt, so, wie wir Schweizer eben lächeln, wenn ein Fremder sich in unserem Idiom versucht. Das empörte mich. Hallo, ich bin echt und eingeboren! Alles klar, sagte er auf Hochdeutsch, bis um sieben!, und verschwand. Und wer könnte solcher Schönheit schlechte Gefühle hinterherwerfen? Ich nicht. Ich war völlig aus dem Häuschen, ich zitterte vor Freude und Aufregung, stolperte ins Badezimmer und betrachtete mich im Spiegel. Meine steile Stirnfalte. Es klopfte. Hallo? Wer da? Es klopfte.

Lang lang kurz kurz / kurz / kurz kurz / lang
lang lang kurz kurz / kurz / kurz kurz / lang
lang lang kurz kurz / kurz / kurz kurz / lang,
ich hielt mir die Schläfen. Lass dir mal was anderes einfallen,
sagte ich und löschte das Licht im fensterlosen Bad. Finsternis. Da öffnete dieser Jüngling, dieser Jakob, ich nenne ihn
Wieder-ein-Jakob, nein: Jakob zwei, nein: Jakob der Jüngere,
ja, besser als: Jakob reloaded, da öffnete dieser Jakob der Jüngere die Tür und legte mir die Hand aufs Herz. Pfoten weg,
sagte ich, aber er gehorchte nicht, im Gegenteil. Es entstand
ein Handgemenge. Doch plötzlich ließ er von mir ab. Entschuldige, sagte er, ich muss ganz kurz was machen. Er zog
sein Kommunikations- und Datenübertragungsgerät aus der
Tasche und wischte hektisch mit dem Zeigefinger über den
kleinen Bildschirm, in dessen Widerschein sein Gesicht grün-
lich glänzte, seine Augen aber schwarz und tot wirkten.
Jakob?
Nicht jetzt, zischte er, und ich wich zurück und zog mir den
Pullover zurecht.
Später gingen wir essen. Zwischen uns flackerte eine Kerze.
Sein Mund glänzte, die Nasenflügel zitterten, bebten, wollten
abheben. Jakob der Jüngere (ob ich mir eine Abkürzung überlege? Wie wäre es mit Jottjott?) fuhr sich mit der Zungenspitze
über die Zahnlücke, als gelte es, sie von einem Eindringling
zu befreien, und schob die Kerze beiseite. Sein Mund bewegte
sich auf mich zu. Kurz bevor unsere Lippen sich berührten,
schreckte er zurück, sagte (und nun klang er gar nicht mehr
Schweizerisch, es schien vielmehr, als imitiere er den französischen Kellner), er habe etwas vergessen, sprang auf, zog sein
kleines Büro aus der Hosentasche und eilte ins Freie. Jetzt
wusste ich Bescheid. Ich kannte dieses Verhalten, und ich hatte
mir geschworen, es künftig auch zu erkennen. Das gelang mir
nun sogar im Traum.

Hör zu, Jakob, sagte ich, als er an den Tisch zurückgekehrt war, kann es sein, dass du spielst?

Er sah mich mit seinen unglaublich grünen Augen an.

Du meinst, mit dir, fragte er.

Nein, ich meine: Bist du Spieler?

Sekundenlang zuckte sein Gesicht in den unterschiedlichsten Ausdrücken, es jagten sich Verwunderung, Amüsement, Empörung, Schrecken; er lachte, leugnete, bejahte.

Bin ich, sagte er, und sein Gesicht kam zur Ruhe. Wie hast du das gemerkt?

Ich bin mit einem Spieler verheiratet.

Oha!

Er hat mir jahrelang erzählt, seine abrupten digitalen Aktivitäten seien beruflicher Natur, sein Job fordernd, immer falle ihm, gerade in den schönsten Momenten, etwas ein, was noch erledigt werden müsse, und wie das halt so sei am Theater: es brenne ja immer. Es könne ja nie etwas warten. Es sei ja immer alles augenblicklich.

Dein Mann arbeitet also am Theater, fragte Jottjott (mal sehen, ob diese Abkürzung mich überzeugt).

Ja, antwortete ich, in der Technik.

Und was spielt er?

Manchmal Poker, meistens aber Sportwetten.

Merkwürdig, sagte Jottjott (na ja), genau wie ich!

Es schloss sich ein Gespräch an, in dem ich ihm, weil er sehr wissensdurstig war, alles über das Spielverhalten meines Mannes, soweit es mir bekannt ist, seine Schulden, seine Therapie erzählte, und damit endete dann auch der Traum und ich erwachte.

Mein erster Gedanke war: Mein Traummann ist ein Spieler – man bekommt, so sagt man, was man sich wünscht. Ich ließ mich zurück ins Kissen fallen, drehte mich auf den Bauch und vergrub meinen Kopf darin. Merkwürdigerweise gelang es mir in dieser Position, obwohl hellwach, den Dialog mit Jottjott (doch, allmählich gewöhne ich mich daran) fortzusetzen. Ich fragte, wie hoch denn seine Schulden seien (*überschaubar*), und ob er für das Abendessen aufkomme, ich hätte nämlich kein Geld (*selbstverständlich*). Dass ich hinzufügte: Und mehr als einen Spieler brauche ich im Übrigen nicht in meinem Leben, schien ihn nicht zu kränken. Er winkte den französischen Kellner heran und händigte ihm seine Kreditkarte aus, wobei er nicht mehr mit französischem Akzent sprach, sondern plötzlich reinstes Bühnendeutsch. Er schien ein sprachliches Chamäleon zu sein. Der französische Kellner gab ihm die Karte jedoch umgehend zurück. Bedaure, Monsieur, wir akzeptieren nur Silber, Gold oder bar, sagte er.

Und so zahlte am Ende eben doch ich, wäre ja auch zu schön gewesen: zu schön der Mann, zu schön die Einladung.

Meine Hündin kommt ans Bett getrottet. Sie streckt sich, spitzt die Ohren, sieht mich herausfordernd an. Ich stehe auf. Sie macht einen Sprung. Wenn ich mich als ältere Dame noch so auf die Mahlzeiten freue, kann ich mich freuen. Sie leckt sich den Fang. Sie sabbert. Sie tänzelt vor mir her in die Küche.

Ich sitze in der Tram Nr. 13, stadtauswärts. Ich besuche meine Großmutter. Auf dem Hönggerberg liegt sie, und es ist das erste Mal, seit sie hinuntergelassen wurde, dass ich mich auf den Weg zu ihr mache. Am Meierhofplatz muss ich umsteigen. Auf den Kleinbus mit der Nummer 38 warte ich über eine halbe Stunde, obwohl er jede halbe Stunde fährt und wir, ja wo sind wir denn, hallo, in der Schweiz sind. In Hamburg warte ich stundenlang auf den Bus, aber hier lasse ich mir so etwas nicht bieten. Schließlich ist Sonntag, es gibt keinen Stau, keinen Schnee, kein Eis, überhaupt keine Störung und kein Problem, also. Ich überlege schon, die Nummer der Leitstelle der städtischen Verkehrsbetriebe zu wählen, die neben dem

Fahrplan im Aushang steht, als der Bus um die Ecke kommt. Ich bin, meine Hündin zähle ich jetzt nicht mit, der einzige Fahrgast. Der Chauffeur wünscht mir einen schönen und friedlichen dritten Advent. Ich bin sprachlos, dann sage ich: Wünsche ich Ihnen auch.

Seit über einem Monat bin ich in der Stadt, ohne mich bei ihr gemeldet zu haben. Ohne viel an sie gedacht zu haben. Obwohl ich von mir behaupten würde, dass kein Tag vergeht, an dem ich nicht an meine Großmutter denke, weiß ich, dass ich in den letzten Wochen so gut wie gar nicht an sie gedacht habe. Und sie auch nicht vermisst habe. Auch heute fühle ich mich, als besuchte ich sie nur kurz in ihrer Küche, am Sonntagnachmittag auf einen Sprung, wie früher, ohne Geschenk, von Geschenken wollte sie nichts wissen, dummes Zeug, nimm es wieder mit, sei so gut, und selbstverständlich ohne Blumen, auf Blumen reagierte sie wie eine schwere Allergikerin. Geh mir bloß mit dem Besen aus den Augen! Was hat der denn gekostet? Hinausgeschmissenes Geld!

Ich habe ihre Stimme im Ohr, ich muss lachen. Meine Großmutter war unbestechlich. Mich liebte sie, andere Enkel hatten da weniger Glück.

Die Liebe sucht man sich nicht aus, mein Herz. Das ist der Satz, den ich am deutlichsten im Ohr habe, der Satz, den sie so häufig sagte wie kaum einen anderen. Die Liebe sucht man sich nicht aus. In ihrem Fall stimmt er doppelt. Großvater gefiel ihr, sie konnte nichts machen, er brauchte sie nur anzusehen, und sie sagte ja, noch bevor er etwas gefragt hatte. Ja. Ja zu allem. Und er war auch der einzige Interessent, sie war schon über zwanzig, die Eltern drängten, bist du erst ein altes Mädchen, will dich keiner mehr. Und so heiratete sie, weil sie wollte, ohne dass sie es wollte – und weil sie musste. Die ganze Zeit denke ich nur an sie, dabei liegt ihr Mann ja neben ihr. Besuche ich sie, besuche ich ihn. Großvater. Du bist so blass, so weit entfernt, hast kein Gesicht mehr und keine Stimme, und bist doch nur wenig länger tot als sie. Schlaf weiter!

Wie hat Großmutter das gemacht? Diesen Mann so geliebt? Er hat ihr am Ende das Leben schwer gemacht mit seinem unerträglichen Weltekel, seinem Abscheu vor allem Menschlichen (auch sich selbst) und allem Zeitlichen. Er liebe nur noch Gott, sagte er, den Ewigen, den Vollkommenen, den Einzigen. Besonders giftig klang es, wenn er das in Anwesenheit meiner Großmutter mit einem Seitenblick zu ihr hin und in einem Ton sagte, der endgültiger war als der Tod. Ihrer Liebe konnte sein widerwärtiges Verhalten, konnten solche Sprüche nichts anhaben. Dennoch wünschte sie sich sein Ende sehnlicher herbei als damals, über fünfzig Jahre zuvor, die Hochzeit. Sie konnte seinen Tod kaum erwarten, aber als es soweit war, wusste sie nicht mehr, wohin mit ihrer Liebe und sprang ihm hinterher.

Hunde dürfen nicht auf den Friedhof. Ich leine meine Hündin am Zaun an und sage: Warten. Lieb sein. Nicht bellen. Ich gehe ein paar Schritte, drehe mich um und lege den Finger auf die Lippen. Meine Hündin bellt. Ruhe, rufe ich und entferne mich schnell. Nur nicht zurückschauen.

Großmutter und Großvater sind die einzigen Angehörigen, die bestattet wurden. Alle anderen wurden kremiert und verstreut oder ins Regal gestellt. Das Grab der Großeltern gibt es jetzt noch ein, zwei Jahre, dann ist die Ruhefrist abgelaufen, die Ewigkeit vorbei, dann läuft der Mietvertrag aus, das Haus wird geräumt (na ja, umgewälzt, die Gebeine verbleiben in der Erde, sie werden *in schicklicher Weise im selben Grab tiefer eingegraben*) und neu vermietet.

Ich finde es nicht. Ich dachte, es wäre unmöglich, diesen Ort zu vergessen und den Weg, der zu ihm führt, nun irre ich auf dem Friedhof herum, den Orientierungsplan mit der Anordnung der Gräber, mit Buchstaben für Grabsektoren und Gräbernummern in Händen. Ich weiß die Nummer nicht und nicht den Sektor. Sonntags hat die Friedhofsverwaltung geschlossen. Wen fragen?

Solange Großvater noch lebte, sprach Großmutter gerne vom Tod, stets von ihrem eigenen. Dass sie sich eine Seebestattung wünsche, zeitlebens sei sie die Sehnsucht nach dem Wasser nicht losgeworden, zeitlebens habe sie die Berge schön, aber fremd gefunden, zeitlebens darüber sinniert, ob sie nicht ursprünglich von woanders käme.

So ein Chabis, rief der Großvater, wo sollst du schon herkommen? Aus Galgenen/Schwyz kommst du, fertig.

Er weiß nichts, sagte die Großmutter dann so leise, dass er sie nicht hörte, als ich klein war, habe ich schon vom Meer geträumt, *ich leichtes und lachendes Kind.*

Ist recht, Undine, rief der Großvater dann, und Großmutter rief zurück: Was musst du denn da die Ohren spitzen? Lies deine Zeitung.

Aber als der Großvater tot war, sprach sie nie mehr vom Meer. Es war klar, dass sie ihn nicht alleine ließe, da in seiner Grube. Sie sei durch seine Liebe beseelt worden, sagte sie. *Beseelt und liebend und leidend.* Einmal, als sie mich fragte, was ich denn nach der Matura studieren wolle, und ich *Literatur* antwortete, sagte sie: *Es muss etwas Liebes, aber auch etwas höchst Furchtbares um eine Seele sein. Wär es nicht besser, man würde ihrer nie teilhaftig?*

Was ist das?

Das würde ich gerne auf meiner Grabplatte sehen.

Aber Grosi, du willst doch ins Meer geworfen werden, wo soll denn da die Grabplatte befestigt werden?

Da hast du Recht, antwortete sie. Aber die *Undine* solltest du einmal lesen!

Und ich nickte und lächelte und dachte, was soll ich mit so einem Schmachtfetzen?

Ich habe es gefunden. Ich stehe direkt davor. Ich hatte es ganz anders in Erinnerung. Prächtig und blühend. Nur zwei Namen und vier Daten und pragmatisches Immergrün. Und jetzt schüttelt es mich und ich muss mich unglaublich auf die beiden A in ihrem Vornamen konzentrieren, um nicht loszuheulen.

Auf dem Rückweg im Kleinbus Nummer 38 unterhalte ich mich mit Jakob dem Jüngeren, er hat unbemerkt auf dem Sitz gegenüber Platz genommen und lächelt mich mit seiner kleinen Zahnlücke an. Hallo.
Oh, hallo, was machst du denn hier?
Diese Augen gehören verboten. Dieses Grün, dieser Blick gehören unter Hausarrest gestellt, mindestens. Jakob der Jüngere lächelt, er schweigt. (Eigentlich war ich mit dem ja schon weiter, schon beim Kosenamen. Also:) Jottjott lächelt, Jottjott schweigt (geht doch!).
Der Busfahrer ist ein anderer, hat aber zur Begrüßung denselben Satz gesagt: Ich wünsche Ihnen einen schönen und friedlichen dritten Advent. Er hat einen Sankt Galler Akzent.
Ist das nicht unheimlich, Jottjott?
Die sind geschult, antwortet er ruhig und mit demselben spitzen Sankt Galler Akzent wie der Fahrer, einen spontanen Satz wirst du von denen nicht hören. Der Grund ist: Sie bereiten uns auf die Roboter vor, die ab kommendem Jahr unsere öffentlichen Busse lenken werden. Wieso nennst du mich Jottjott?
Roboter? Das ist nicht dein Ernst!
Er sieht mich einfach nur an. Eine blickdichte Sonnenbrille, das ist es, die gehört ihm verordnet!
Wieso Jottjott, fragt er.
Weil es schon einen Jakob in meinem Leben gab.
Was ist aus ihm geworden?

Ich habe ihn verlassen, um meinen Mann zu heiraten.

Den Spieler?

Genau. Das klingt nach einem schlechten Tausch, sagt er, ein Jakob gegen einen Spieler. (Dieser Sankt Galler Akzent macht mich ganz zappelig!)

Du hast gut reden, du bist schließlich beides! Ist dir der Jakob näher als der Spieler?

Phu, das wird mir zu kompliziert, sagt Jottjott und grinst (das hatten wir noch nicht, er grinst! Und dabei werfen sich seine weichen Lippen zu einer lieblichen Hügellandschaft auf). Erzähl lieber von deinem Ex-Jakob!

Er ist Schauspieler, antworte ich, tatsächlich, das ist das erste, was mir zu ihm einfällt, und wir haben uns vor zwanzig Jahren auf der Theaterakademie kennengelernt. Realität erzeuge und gestalte jeder selbst, hatten wir da gelernt. Aber irgendwie führte unsere Realität ein Eigenleben und ließ sich nicht so recht von uns formen. Sie machte, was sie wollte! Und das war eigentlich nie, was wir wollten. (Ich wage auch einmal ein Grinsen:) Zwölf Jahre lang waren wir ein Paar, wohnten aber die meiste Zeit in verschiedenen Städten und versuchten, Karriere zu machen, reich und berühmt zu werden.

Jottjott sieht mich prüfend an. Ich habe das Gefühl, du nimmst mich auf den Arm, sagt er.

Auf den Arm – ich bekomme gleich mütterliche Gefühle, und die brauche ich jetzt wirklich nicht. Ich nehme niemanden auf den Arm, sage ich, nicht einmal meine beiden kleinen Kinder, die warten seit einem Monat zuhause auf mich, und bevor ich anderswo zur Mutter werde, hole ich dort erst einmal nach, was ich versäumt habe, klar? Und seit wann kommst du eigentlich aus Sankt Gallen?

Er pfeift anerkennend. Klar, sagt er. Meine letzte Frage ignoriert er. Aber zurück zur Karriere: Die klappte nicht, fragt er.

Naja, unsere Ansprüche waren hoch. Jakobs vor allem. Ich wollte einfach die Möglichkeit haben, mit guten Leuten zu arbeiten, er hingegen wollte mehr: Bekanntheit, Ansehen, Einfluss.

Und?

Irgendwann gab es zuwenig, das uns verband, aber zuviel, um voneinander loszukommen.

Und?

Ich habe es mehrmals versucht. Ein Versuch bestand darin, mir einen Hund anzuschaffen.

Den alten Köter hier? Er zeigt auf meine Hündin, die sich auf dem Boden des Busses eingerollt hat,

Das ist eine gestandene Schönheit, klar?

Klar. Und weiter?

Ein anderer Versuch war, mich zu verlieben. Das gelang aber nicht. Trotz ungezählter Affären. Bis Philipp kam, mein Mann.

Jottjott seufzt. Die Liebe, sagt er, spricht den Satz aber nicht zu Ende.

Was ist mit der Liebe?

Jottjott seufzt. Auch das Seufzen steht ihm ausgezeichnet.

Was weißt du von der Liebe? Du bist viel zu jung, und viel zu schön.

Im Ernst, findest du mich schön?

Ja. Du bist der schönste Mann, den ich je gesehen habe.

Dann gratuliere dir selber, du hast mich so schön gemacht.

Nein, du bist mir einfach erschienen, fixfertig und wunderschön, heute Nacht im Traum, alles, was ich geleistet habe, ist, dich in den Tag hinüberzuretten.

Und wie soll das nun weitergehen mit uns?

Wir müssen hier umsteigen, komm!

Die Tram Nummer 13 steht schon bereit. Wir rennen und schaffen es alle drei noch rein, meine Hündin, ich und Jottjott (und auch in dieser Reihenfolge), bevor die Türen schließen.

Wir setzen uns hin. Jottjott sieht eine Weile zum Fenster hinaus. Dann fragt er: Und was ist aus Jakob geworden?

Ich kann es dir nicht genau sagen. Es ist über sieben Jahre her. Wie ist das, hat er gefragt, was glaubst du, wenn man stirbt, ist das dann so wie beim Fernseher, wenn man den Stecker rauszieht? Es gab diese letzte Fahrt, nachdem ich mich von ihm getrennt hatte, er tauchte bei den Literaturtagen auf, zu denen ich eingeladen war. Er lebte damals in Bonn und war die ganze Nacht durchgefahren, meine Hündin an Bord, die ich eine Woche zuvor zu ihm gebracht hatte, wie immer, wenn ich mich nicht ums sie kümmern konnte. Er stand morgens in diesem Solothurner Hotel im Frühstücksraum vor mir, und ich brachte es nicht fertig, ihn zu bitten, zu gehen. Nach meiner Lesung (mein Buch roch nach Philipps Aftershave, Jakob verstand sofort. Gütiger Gott, wie lächerlich ist das denn?, sagte er) fuhr ich nachmittags mit ihm nach Zürich zu meinem Bruder, denn er musste einfach mal schlafen. Es war unsere letzte gemeinsame Autofahrt. Wie immer sprach er alles aus, was er sah. Auch auf dieser letzten Fahrt gab er seine Beobachtungen (oder eher: Sichtungen) unaufhörlich wieder, und es war schwer zu ertragen, ich biss die Zähne zusammen, um ihn nicht anzuschreien, Ruhe, sei endlich still. Ausfahrt 48 Oftringen/Zofingen, Tempo 80 bei Nässe, Autobahnraststätte Kölliken-Nord in 500 Metern, Vorsicht Rutschgefahr. Er war so müde, dass er kaum noch sprechen konnte, langsam und ächzend artikulierte er die Silben, als habe er ein Messer in der Brust und kämpfe gleichzeitig gegen das Koma und unaussprechliche Schmerzen an. Und als ich dachte, gleich kippt er sprechend weg, riss er sich hoch und sagte: Seit ich nicht alleine fahre, seit die Hündin dabei ist, macht es fast Spaß, alles auszusprechen. Er war dagegen gewesen, dass ich mir einen Hund zulegte. Er wollte sie nicht haben. Und jetzt war sie die Einzige, die ihm zuhörte. Kein Wunder, dass er sie nicht mehr hergeben wollte. Die bleibt bei mir, sagte er.
Jottjott sieht mich niedergeschlagen an. Aus seinen Augen ist alles Grün gewichen.

Aber wie ich sehe, ist ihm nicht einmal der Köter geblieben. Das klingt nach Einsamkeit, nach Traurigkeit, Leck, wer will solche Geschichten hören.

Keine Sorge, Jottjott, die Geschichte hat einen heiteren Fortsatz: Jakob ist Fernsehstar, hat Geld, Freunde und Frauen zuhauf.

Jottjott schaut mich kopfschüttelnd an, seine dunklen Locken zappeln. Du verstehst wirklich gar nichts, sagt er. *Nächster Halt: Schwert*, teilt die automatische Stimme mit. Ich muss hier aussteigen, sagt Jottjott. Und weg ist er.

Meine Hündin springt auf und will ihm hinterher. Hier, sage ich, bei mir. Bleib. Sie spitzt die Ohren, stellt sich auf die Hinterbeine und winselt. Ich streichle ihr über den Kopf. Gut, ist ja gut. Die Dreizehn fährt weiter. Wohin, ist klar. *Nächster Halt: Alte Trotte*. Aber wohin fahre ich? Seit über einem Monat bin ich jetzt hier, in meiner Heimatstadt – auf der Suche? Wonach? Nach einer Alternative? Einem Neubeginn? Den gibt es nicht. Ich habe es oft genug versucht: wegzulaufen, alles hinter mir zu lassen, neue Stadt, neues Glück, neuer Mann, neues Glück. Es funktioniert nicht. Ich hoffe wenigstens den Grund zu finden, um weiterzumachen. Aber muss man den finden? Geht nicht alles sowieso immer weiter, einfach weiter? Ist nicht gerade das der Grund dafür, dass ich seit einem Monat in dieser Stadt herumirre und in der Vergangenheit herumstochere, weit weg von meinem Mann, meinen Kindern, meinem aktuellen Leben: dass es mir eben nicht gelingt, mich herauszuziehen, einfach abzuspringen, das Karussell kurz anzuhalten, um ein unverwackeltes Bild des Ganzen zu gewinnen und mich dann entscheiden zu können, ob ich wieder und wann ich zusteige, und auf welches Pferd ich mich setze?

Mir brennen die Augen, ich habe Heimweh. Nach meinen Kindern, nach meiner Großmutter, nach längst vergangenen Zeiten und einem Versprechen für die Zukunft, nach der Liebe, nach all den Menschen, die ich unterwegs verloren habe. Nach dir. Nach der Heimat. Sogar nach dem schönen Jottjott, den ich erst heute Nacht kennengelernt habe, der meinem Kopf entsprungen und nun schon wieder davongelaufen ist.

Aber du bleibst mir doch, mein Mädchen, nicht? Meine Hündin winselt und zieht Richtung Ausgang. Ich halte dagegen. Bleib. Hier. Bei mir. Bleib. Sie scheint zu überlegen.

Weitermachen, wir müssen weitermachen, sage ich und ziehe mein Notizbuch heraus. Wenigstens schreibe ich jeden Tag. Wenigstens das klappt, mit meiner Hündin bei mir, zu meinen Füßen: Ich schreibe dieses Buch weiter und mein Leben fort. Ich es, es mich? Meine Hündin winselt. Und da sage ich etwas zu ihr, was ich noch nie gesagt habe, ich sage: Lie down, es bedeutet *Platz*, aber sie kann kein Englisch, woher auch. Dennoch: Sie sieht mich an, hält inne, legt sich hin.

Die ersten Hunde, die ich näher kennenlernte, waren Bordercollies, Arbeitshunde, die auf Schafe aufpassen. Sie waren in Schottland ausgebildet worden und hörten beängstigend gut auf Kommandos wie: Come by, Steady, That'll do oder eben Lie down. Obwohl ich mit diesen Hunden nicht warm wurde, bewunderte ich doch ihre Intelligenz und Arbeitsmoral. Als ich mich fast zehn Jahre später endlich entschied, mir einen Hund zuzulegen (gegen die Warnungen aus meinem Umfeld, die alle ungefähr gleich klangen: So ein Hund verlangt Konsequenz, Klarheit, Verantwortungsbewusstsein. Eigenschaften, die man mir anscheinend absprach), sollte es ein Bordercollie sein. Das sind keine Anfängerhunde, sagte eine Expertin, hol dir einen Mischling, die sind weniger krankheitsanfällig und außerdem freundlicher. Das klang gut. Als in einem Gratisanzeiger acht Bordercolliemischlingswelpen angeboten wurden, griff ich sofort zu, wörtlich, ich legte einen nach dem anderen in meine Handfläche, und der Zweitletzte, ein ganz Schwarzer mit weißem Milchmaul, schlief sofort ein. Den nehme ich.

Die, sagte die Besitzerin, es ist ein Weibchen.

Was für ein hässliches Wort.

Na ja, Frauchen kann ich ja nicht sagen, Frauchen bist ja du, die Halterin.

Betze wäre der korrekte Ausdruck, ist aber leider aus dem deutschen Sprachgebrauch verschwunden. Bitch auf Englisch. Bleibt Hündin.

Meine ist liebestoll, verfressen, unmoralisch, inspirierend. Seit sie mir zu Füßen liegt, schreibe ich. Ich mag mir nicht ausmalen, wie das einst sein wird, ohne sie. *Einst?* Jener Tag ist nicht allzu weit entfernt, in zwei Monaten wird sie elf. Vor einigen Wochen war ich bei der Friseurin. Ihr Salon ist der Klatschumschlagplatz des Viertels. Aus Angst, sie könnte mehr über die Schulden meines Mannes, seine Gläubiger und seine Spielsucht wissen als ich selbst, war ich seit Anfang März nicht dagewesen. In acht Monaten kann viel passieren. Sie hat einen neuen Hund, der alte hatte Krebs. Wir hatten eine schöne Hospizzeit, sagt sie.

Was hast du mit ihm gemacht, danach? Beerdigt?

Nein, sagt sie, versenkt. Ich habe schon drei Hundegräber zu pflegen, das reicht. Eine Seebestattung. Rausgesegelt und ihn im sandbefüllten Leichensack runtergelassen. Das war schön.

Warum mir das gerade jetzt einfällt. *Das war schön.* Ja, meiner Großmutter hätte es auch gefallen.

Ich seufze, aber wahrscheinlich steht es mir nicht so gut wie Jottjott. Es dämmert schon wieder. Ich wende mich an meine Hündin.

So, und du kannst also Englisch.

Sie reagiert nicht.

Hello? Get up!

Nichts.

That'll do!

Nichts.

Come by.

Nichts.

Jeden Monat fahre ich mit ihr zum Tierarzt. Warum mir das jetzt einfällt. Sie hasst es. Schon auf dem Hinweg zittert sie am ganzen Körper. Im Wartezimmer wächst es sich zum Schlottern aus. Irgendwann werde ich zum letzten Mal mit ihr hinfahren, aber die Vorstellung, dass sie dort stirbt, wo sie nie hinwollte, ist unerträglich. Ob der Arzt auch nach Hause käme? Ich würde ihr die Spritze lieber selber geben.

Sie legt mir den Kopf aufs Knie.

Ich probiere noch einmal alle englischen Kommandos durch, und siehe da: mal klappt es, mal nicht.

Simon, der mir seit einem Monat Obdach gewährt, ist übers Wochenende in die Berge gefahren. Bedien dich, hat er gesagt, aber mir ist nicht danach. Ich inspiziere im Kühlschrank und auf den Regalen, worauf ich verzichte, setze mich an den Küchentisch und versuche zu schreiben, hole mir dann doch eine Flasche Rotwein vom Büffet und öffne auf der Suche nach einem Korkenzieher sämtliche Kästen, Fächer und Laden. Vergeblich. Ich stelle die Flasche auf den Tisch.

Und nun?

Zwei Möglichkeiten: Akkuschrauber oder Hammer. Das ist Jottjotts Stimme – aber er spricht mit dem norddeutschen Akzent meines Mannes! Er sitzt mir gegenüber, mit verschränkten Armen.

Jottjott! Wo kommst du denn her?

Er rollt genervt die schönen Augen.

Ich meine, wo kommst du eigentlich her? Du schienst Zürcher, Franzose, zuletzt Sankt Galler zu sein, und nun? Du kommst ja ganz woanders her, immer wieder woanders. Das klingt jetzt nach Nordheide.

Er zuckt mit den Schultern. Das musst du doch wissen.

Dann sage ich es dir auf den Kopf zu: Lieber Jottjott, du kommst aus Buchholz. Da staunst du, was? Stimmt's?

Wenn du meinst.

Seine Übellaunigkeit irritiert mich. Kurzes Schweigen.

Was nun, frage ich und tippe mit dem Fingernagel gegen den Flaschenhals. Jottjott verzieht das Gesicht. Scheußliches Geräusch! Er schüttelt sich. Also, gibt es in diesem Haushalt Werkzeug?

Einen Hammer.

Akkuschrauber wäre mir lieber.

Ist mir hier bisher nicht begegnet, sage ich, hole den Hammer aus dem Küchenschrank und frage: Ich oder du?

Du, sagt Jottjott. Er hilft mir, die Flasche so hinzulegen, dass der Hals über der Spüle schwebt. Er zeigt mir, wo ich zu halten, wo zu hauen habe, und mahnt, die Flasche nach dem Schlag sofort aufzurichten, damit nichts *in die Dutten* gehe. Genau so hätte mein Mann das auch gesagt. Jottjott zwinkert mir zu. Er ist ein Fuchs. Und los!

Oh, das war nichts. Was für eine Schweinerei. Unten am zerklüfteten Flaschengrund schwimmt noch etwas Wein herum. Ich schütte ihn durch ein Teesieb ins Glas. Prost!

Hoffentlich überlebst du das, sagt Jottjott, die feinsten Splitter sind die gefährlichsten!

Ich trinke, Jottjott sieht mir dabei zu.

Es ist mir in der Straßenbahn schon aufgefallen, sage ich, du spielst heute gar nicht, Sonntagsruhe?

Woher willst du wissen, ob und wann ich spiele?

Wenn ich an letzte Nacht denke: du wirktest innerlich abwesend, hektisch, entschuldigtest dich dauernd und gingst um irgendwelche Ecken, um an deinem Mobiltelefon herumzufingern.

Das hatte andere Gründe, sagt Jottjott, amouröse.

Glaube ich dir nicht.

Wenn ich es dir sage! Es gibt da noch ein, zwei Damen, die mir nachstellen.

Noch?

Ja, neben dir.

Du willst nur ablenken. Du bist wie mein Mann. Er hat mir auch jahrelang erzählt, sein manisches Handygefummel sei beruflich.

Und du bist nie auf die Idee gekommen, dass er dich betrügt?

Doch, aber es stellte sich heraus, dass er nicht mit anderen Frauen so eifrig Daten austauschte, sondern mit Wettbüros.

Genau wie du!

Hör mal, sagt Jottjott, der Junge aus Buchholz in der Nordheide, und er klingt jetzt sehr sicher: Wenn ich spielen möchte, ohne dass das einer merkt, dann weiß ich, wie das geht.

Ich sage nichts. Ich schlucke.

Wie bist du überhaupt dahintergekommen, bei deinem Mann, fragt er.

Gar nicht. Onkel Günter rief mich eines Tages an und fragte nach unseren genauen Plänen für den Sommerurlaub.

Es ist Anfang März, antwortete ich, Onkel Günter, wir haben noch keine Pläne.

Aber Philipp wollte sich doch fünftausend Euro von mir leihen, um die Flüge zu buchen!

Es ist mir unverständlich, dass Philipp so schlecht gelogen hat. Er ist darin eigentlich sehr geschickt.

Jottjott lacht. Das glaube ich, sagt er, und natürlich auch geübt, wie jeder Spieler! Ich sage dir, warum dein Mann schlecht gelogen hat, es ist ganz einfach: Er glaubte daran! Und es war seine einzige Chance. Die Schulden standen ihm bis zum Hals, also brauchte er eine hohe Summe, um hoch gewinnen zu können. Ich wette mit dir, er glaubte daran, dass sein Plan aufgehen, dass er mit den 5000 Euro das Doppelte erspielen würde, und noch einmal das Doppelte, dass er seine Schulden zurückzahlen und erst noch die Familie auf einen schönen Urlaub einladen würde.

Ich spiele nicht mit Spielern, Jottjott.

Verstehe ich nicht.

Du hast gesagt: *Ich wette mit dir.*

Das sagt man doch nur so. Jottjott verstummt.

Ich schaue ihn lange an. Habe wirklich ich dieses wunderschöne Gesicht komponiert? Ich kann es mir nicht vorstellen. Gegen die dunklen Locken wirkt die Haut fast durchsichtig, die tiefgrünen Augen glänzen wie polierter Marmor, seine Lippen sind vom Reden rosig geworden.

Ich denke daran, was Philipp mir sagte, als ich ihn kennenlernte: *Erst macht man das Modell, dann die Inszenierung.* Man überlegt sich, was man haben will, baut es erst in Klein, dann lebensgroß. Fertig. Jeder seines Lebens und Glückes Schmied.

Ob er noch immer daran glaubt? Und: Gilt das auch fürs Spielen? Trotz seiner Misserfolge?

Jottjott ist meinen Gedanken gefolgt. Er nickt. Einmal Spieler, immer Spieler, sagt er.

Dann sag du mir mal, Jottjott, so von Spieler zu Spielerfrau: Warum spielst du?

Ich habe damit aufgehört, ganz und für immer.

Aha?

Du klingst skeptisch.

Bin ich auch.

Ist nicht leicht, einem Spieler zu vertrauen, ne?

Nein. Du also spielst nicht mehr. Aha. Und warum hast du gespielt?

Es ist spannend. Es ist einfach. Du kannst gewinnen oder verlieren. Das Leben hingegen ist selten eindeutig, und man spürt nicht so leicht, ob man gerade oben oder unten ist, ob man einen Lauf hat, auf der Stelle tritt oder senkrecht nach unten stürzt.

Schweigen. Ich denke nach. Deine Stirnfalte, sagt Jottjott, sieht aus wie ein tiefer, scharfer Schnitt. Ich nicke. Aber ein unblutiger, antworte ich.

Ich leere das Glas. Scherben und Splitter spüre ich keine.

So, ich gehe schlafen, Jottjott. Verschwinde jetzt, sage ich, los, weg mit dir, geh! Meine Hündin stellt nur kurz das Ohr auf, als er zur Tür hinausgeht, dann schläft sie weiter.

Ich liege alleine in Simons Bett und denke an Philipp. Die Liebe sucht man sich nicht aus. Denke an Großmutter. An Undine, Andreas, Petrus, Jakob, Tadeusz. *Die feinsten Splitter sind die gefährlichsten.* Tauchen denn alle wieder auf? Ist denn je etwas einmal zu Ende?

12. Beginnen, wieder

No verticals, all scattered and lying.
Samuel Beckett, *Breath*

Ich habe versucht, die Geschichte ohne dich zu erzählen, aber das funktioniert nicht. Du bist und bleibst, so einfach komme ich über dich nicht hinweg. Nur weil ich dich ausgespart habe, bist du ja nicht weg. Solange ich dich nicht erzählt habe, kann ich nicht zurück, kann ich nicht gehen, komme ich nicht los.

Seit fast sechs Wochen sitze ich in Zürich an Simons Küchentisch und schreibe. Von Hand, obwohl ich das hasse, aber mein Rechner steht zuhause in Hamburg, in kleinformatige karierte Notizbücher, die ständig voll sind.

Ich habe ein Foto meiner beiden Söhne dabei, sie sitzen in der Badewanne und spritzen mich nass. Ich erinnere mich, dass ich *seid ihr wahnsinnig* rief, und das wirkte wie ein Kommando: mit flachen Händen das Wasser in meine Richtung zu schaufeln. Sie schrieen vor Freude; ich vor Entsetzen: Die Kamera, die ist jetzt im Arsch. Im Arsch, im Arsch, jauchzten beide und kamen nicht zur Ruhe, bis sie vor Kälte schlotterten, weil kaum noch Wasser in der Wanne war. Wenn ich das Foto jetzt anschaue, höre ich, sehe ich sie schreien, höre, sehe sie lachen, sehe sie schlottern und am Ende sogar weinen, am Ende, weil ich den Stöpsel ziehe und sie aus der Wanne hole.

Vor allem aber sehe ich dich. Und mich. Wie wir gemeinsam in der Wanne sitzen und *nein* sagen, nein, Mami, wir kommen nicht raus, wir wollen hier drin bleiben, für immer. Und das Wasser ist warm, und wenn wir hineinpinkeln, wird es noch wärmer. Der große Bruder, der erzählt hat, man würde gelähmt, wenn man laufen lässt, ist ja zum Glück nicht dabei, und so tun wir es, so oft es nur geht. Wir glauben dem großen Bruder, wir haben Angst. Schaurig schön ist das, wenn's läuft. Und kurz alles angehalten, den Strahl, die Luft, die Zeit, die Angst – und dann? Ich kann mich noch bewegen! Schau! Und du? Wir sind davongekommen, noch einmal, auf und davon, einmal noch, wir haben es geschafft.

Wie ähnlich er dir sieht, der Kleine. Wahnsinn. Dieses Kind will unbedingt zur Welt kommen, sagte die Gynäkologin, es ist jetzt drei Jahre her, als ich einen Monat nach der Fehlgeburt wieder schwanger war. Und einige Wochen später, am Silvestermorgen, das Blut in der Toilettenmuschel, ich wusste, was es bedeutete, glaubte es aber nicht, sondern glaubte: *dieses Kind will unbedingt zur Welt kommen*, und behielt Recht. Wie gut, dass du da bist, sagte ich, als er da war, zerbeult und blau, und er blinzelte mich an aus Maulwurfsaugen. Eines war blutrot, das Linke, eine Ader war unter der Geburt geplatzt. Wochenlang schien es nicht abzuheilen Aber dann war das ganze Kind mit einem Mal rätselhaft schön. Rosig, glatt, blauäugig. Woher kamen nur diese blauen Augen? Wir haben dunkle Augen, mein Mann, ich, unser Erstgeborener. Woher kamen diese blauen Augen? Es sind deine Augen.

Wir haben aufeinander aufgepasst, schon damals, als du zwei warst und ich vier, so alt wie meine Kinder jetzt, und abwechselnd in die Badewanne pinkelten. Ich auf dich, die Mittlere auf den Kleinen, du auf mich, der Kleine auf die Mittlere. Aufgepasst, dass der Große uns nicht beim Laufenlassen erwischte, aufgepasst, dass er uns nicht zu lange unter Wasser drückte. Aufgepasst, dass wir ungestört waren, wenn wir uns gegenseitig die schrumpeligen Fußsohlen leckten, nach dem Baden, vor dem Zubettgehen, und dabei so sehr lachten, dass wir weinten.

Später dann, als wir nicht mehr in eine Wanne passten, ließen wir uns beim Baden im See nicht aus den Augen. Du warst da mit deinen Freunden, ich mit meinen Freundinnen. Jedes Jahr ertranken Menschen, und die Stelle, an der unsere Badeanstalt lag, galt als besonders gefährlich, steil fiel das Ufer ab, von unterirdischen Höhlen ging die Rede, von unberechenbaren Unterströmungen, die einen in diese hineinzögen, geriete man zu tief hinab. Passt auf, hatte unsere Mutter gesagt, passt aufeinander auf, hatten wir verstanden. Die Badeanstalt lag am Hang. Von der oberen Liegewiese aus konnte man auf die Schwimmer hinuntersehen, sah nicht nur ihren Kopf, sondern den ganzen Körper im tiefgrünen Wasser, konnte ihre Schwimmbewegungen verfolgen, sah, ob sie gleichmäßig dahinglitten oder an Ort und Stelle strampelten, denn: Bevor einer absäuft, hat er meist einen Krampf, hatte der Bademeister erklärt, und: Wenn einer zappelt, braucht er Hilfe.

Ich ließ dich nicht aus den Augen, und manchmal, wenn du mit deinen Freunden übermütig wurdest und ihr euch gegenseitig unter Wasser zogt, geriet ich in solche Aufregung, dass ich dich anschließend ohrfeigen wollte. Du lachtest mich aus. Aber wenn ich hinausschwamm oder mit meinen Freundinnen wieder und wieder vom Floß sprang, sah ich dich auf der oberen Wiese stehen und Ausschau halten, auch wenn du sagtest, das hätte ich wohl gerne.

Einmal ertrank wirklich einer. Dabei hatte ich den fest im Blick. So einen hatte ich mit meinen elf Jahren noch nie gesehen. Er sei Tunesier, sagten die Leute, er wohne jetzt bei der Rindlisbacherin, sie habe ihn sich aus dem Urlaub mitgebracht, dabei könne er glatt ihr Sohn sein. Er lag auf dem Floß und glitzerte in der Sonne. Er half meiner Freundin und mir, die Luftmatratzen auf das Floß zu heben, die wir immer wieder ins Wasser warfen, um uns auf sie zu stürzen. Er reichte uns die Hand, zog uns hoch, lachte mit uns, fing nach einiger Zeit sogar an, uns kurz, bevor wir springen wollten, vom Floß zu schubsen, immer wieder. Über ihn vergaß ich dich, vergaß auf dich zu achten; vergaß mich so sehr, dass ich nicht einmal wusste, ob du überhaupt noch da warst. Irgendwann sprang der Tunesier mit einem Köpfler vom Floß und schwamm in großen, schnellen Zügen hinaus auf den See. Plötzlich hob er den Arm und rief etwas, das keiner verstand. Hilfe, übersetzten meine Freundin und ich auf dem Floß, und einige Badende sahen uns erstaunt, andere verärgert an, uns fehlte ja nichts. Da draußen, riefen wir, seht doch, da draußen! Der Bademeister warf sich samt T-Shirt und Trillerpfeife ins Wasser, aber er war zu langsam. Holt die Taucher, rief er, bevor er ihn noch erreicht hatte, denn der Tunesier war soeben untergegangen.

Der Hubschrauber war wegen der Hanglage der Badeanstalt mitten auf der Seestraße gelandet, der Verkehr wurde unterbrochen, still war es. Wir standen um die Sanitäter herum und schauten wortlos wie sie dem Notarzt zu, der sich dem Leblosen unter Einsatz seines ganzen Körpers immer wieder auf den Brustkorb warf. Ein Schwall Wasser kam heraus, ein Schwall Blut, nichts mehr. Du hast deine Hand in meine Hand geschoben und sie fest gedrückt. Wir kamen zu spät zum Abendessen, und unsere Mutter schimpfte. Du hast mich angesehen, wir haben nichts gesagt und wurden ohne Essen ins Bett geschickt.

Ich rufe zuhause an. Meine Schwiegermutter ist dran. Ach, du bist es, sagt sie, ich kann grade nicht, wir backen Kekse, ruf doch –

Es kracht in der Leitung.

Mama?

Hey, mein Kleiner, bist du das? Wie geht es dir?

Backe Kekse, tschüß!

Hallo? Er hat aufgelegt. Ich rufe noch einmal an, nach viermal

Klingeln schaltet sich der Anrufbeantworter ein, ich höre meine Stimme, sie sagt mir, es sei keiner da. Ich lege auf. Ich denke an unser letztes Telefongespräch vor ein paar Tagen.

Ich: Ich hab dich lieb.

Der kleine Kleine: Du auch lieb.

Ich: Tschüß!

Der kleine Kleine: Tschüß!

Ich: Auflegen!

Der kleine Kleine: Auflegen!

Ich: Eins, zwei, drei!

Der kleine Kleine: Eins, zwei, drei!

Ich: Und auflegen!

Der kleine Kleine: Auflegen!

Und so weiter. Wir kamen einfach nicht voneinander los. Bis mein Mann ihm den Hörer wegnahm und den roten Knopf drückte. Das Letzte, was ich hörte, war ein lauter, langer Protestschrei. Und heute? *Backe Kekse, tschüß!* Ich hätte so gerne länger mit ihm gesprochen.

Er hat deine Augen. Deine runden, blauen Augen, deine langen schwarzen Wimpern. Diesen ruhigen, wissenden Blick. Den ich jetzt auf mir spüre, auch wenn ich die Augen schließe, erst recht, wenn ich sie schließe: Er ist da, er umfängt mich, so ganz und gar, so erleichternd und entspannend, so um und um wie ein warmes Vollbad. Du hast mich lange nicht so angesehen, Bruder.

Ich schreibe, seit du gegangen bist. Ich dachte, ich würde jedes Buch mit dir beginnen, denn an meinem Anfang stehst du.

Beginnen, wieder beginnen, wieder mit dir beginnen. Jedes Buch mit dir. Am Anfang war das Wort. An meinem Anfang stehst du.

Dieses Buch beende ich nun mit dir. Um es zu Ende zu bringen. Um endlich gehen zu können. Um zurückgehen und wieder beginnen zu können.

Als du im Sterben lagst, es ist zwanzig Jahre her!, als ich bei dir einzog, in dein Zimmer im Krankenhaus, das ich erst wieder verließ, als du die Welt verließest, da wurde ich von meinem Freund betrogen, in den Nächten, in denen ich neben dir auf einem eigenen, gleichen Krankenbett lag und deinem Atem zuhörte, da suchte, da besuchte er meine Freundin. So stelle ich es mir jedenfalls vor. Vielleicht hat auch sie ihn besucht, in unserer gemeinsamen Wohnung, aber das übersteigt meine Kraft, und deshalb habe ich es mir nie vorgestellt und tue es auch jetzt nicht. Und tue es doch. In dieser Sekunde. Sobald man etwas hinschreibt, entsteht das Bild, verdammt. Petrus und Katrin, Katrin und Petrus. Es schnappt nach mir, das Bild, und ich nehme das Angebot an und verbeiße mich in ihm. Dass es mich nach zwanzig Jahren noch so angreift! Männer können nicht alleine sein, sagte meine Großmutter. Ich schüttelte nur den Kopf. Er war nicht alleine! Ich war doch nicht weg, nur im Krankenhaus, tagsüber kam Petrus ja oft zu Besuch, nur übernachten konnte er da nicht!

Also war er alleine, nachts! Meine Großmutter beharrte darauf.

Nein, Grosi, sagte ich, nein, ich kann es nicht verstehen und nicht verzeihen.

Dann lass ihn gehen, antwortete sie, wenn du kannst. Sie sagte es so, als glaube sie nicht, dass ich es könnte. Wie Recht sie hatte. Obwohl ich mich bald darauf von ihm trennte, konnte ich Petrus bis heute nicht wirklich gehen lassen, und der Grund, glaube ich, liegt darin, dass er Zeuge war, wie du starbst, dass er bei deinem letzten Atemzug, deinem letzten Schrei, deinem letzten Röcheln dabei war. Du bist nicht nachts gestorben, während Petrus bei Katrin, oder Katrin bei ihm war, nein, du bist eines hellen heiteren Frühlingsvormittags gestorben, an einem Samstag vor zwanzig Jahren. Ich kann Petrus nicht loslassen, weil ich dich nicht loslassen will. Weil ich nicht möchte, dass du gehst.

Hey, ihr Arschlöcher, könnt ihr mal kommen, ich sterbe! Ich

glaube nicht, dass du uns meintest. Aber wir waren die beiden Arschlöcher, die deinen Ruf hörten, wir waren da. Im Kreise seiner Familie friedlich entschlafen? Nein, so war das nicht. Es war gewalttätig. Du warst nicht bereit, du warst nicht einverstanden, du warst überhaupt nicht so weit. Du kämpftest, du brülltest, du weintest und schriest. Und ich habe dich gehalten und *ich liebe dich* zurückgeschrieen, im Dialekt, obwohl es das in unserem Dialekt gar nicht gibt, da gibt es nur *ich habe dich gern*, nicht aber *ich liebe dich*, und seither habe ich mich von ihm abgewandt, diesem völlig unzulänglichen, skandalösen Stümperdialekt. Seither spreche ich Bühnendeutsch, eine Sprache, die nirgendwo herkommt und überall zuhause ist, die nicht anheimelt und nicht befremdet, mit klaren Möglichkeiten und klaren Grenzen, ungenau im Detail, desinteressiert am Besonderen, aber brauchbar im Allgemeinen und fähig zum großen Ganzen.

Das Gespräch über deine Wünsche *für danach* führte nicht ich. Für dieses Gespräch war ich zu feige. Der große Bruder führte es. Er sagte, du habest gesagt: Jeder Wassertropfen reise einmal um die Erde, deine Asche solle dem See übergeben werden, unserem See, der eigentlich ein Fluss sei, und von dort die Reise antreten. Einmal um und um.

Da ist noch ein Bild, neben dem Foto meiner beiden Söhne in der Badewanne, das ich dabeihabe: Die Ansichtskarte mit dem Heiligen Christophorus, dem Schutzpatron der Reisenden, jenes Bild, das Petrus mir an unserem ersten Silvester vor einundzwanzig Jahren in Mistail geschenkt hat, am Ziel der Schneewanderung, die ich in Strümpfen unternommen hatte, weil die geliehenen Schuhe so drückten, dass ich mit ihnen nicht gehen konnte, worauf mir die Füße einfroren, sodass ich auch ohne die Schuhe nicht mehr gehen konnte. Aufgrund heftiger Schneefälle waren wir vom Weg abgekommen. Als wir die Kirche von Mistail endlich doch erreichten, wollten wir uns in die vorderste Bankreihe setzen, die Füße entlasten, den riesigen, sieben Meter hohen Christophorus betrachten und warten, bis die Füße aufgetaut waren, um den Heimweg anzutreten. Doch die Kirche war an jenem letzten Nachmittag des Jahres geschlossen.

Als ich diese Karte geschenkt bekam, lebtest du noch. Du hattest eine Chemotherapie hinter dir und warst voller Hoffnung. So einfach wird nicht gestorben, sagtest du. Es war dein letztes Silvester. Ich trage die Ansichtskarte seit Beginn des Jahres, das jetzt bald zu Ende geht, mit mir herum, seit jenem Januarabend, als ich nach Petrus geforscht und erfahren habe, dass auch er nicht mehr lebt. Dass er sich zu Tode gestürzt hat. Dass er sich hat fallen lassen, im Schneefall, ins Nichts. Fast ein Jahr also trage ich den Christophorus jetzt mit mir herum. Bis hierher. Normalerweise ist es ja umgekehrt, normalerweise wird man von Christophorus getragen.

Er war, der Legende nach, ein Riese. Seine Erscheinung erschreckte alle, denen er begegnete. In der orthodoxen Tradition wird er oft mit einem Hundskopf dargestellt. Diese Vorstellung gefällt mir besonders, auch wenn hierfür ein Übersetzungsfehler verantwortlich ist: statt *canaaneus* (Kanaanäer) soll *caninus* (Hundsartiger) verstanden worden sein. Christophorus arbeitet jedenfalls, soweit scheint Einigkeit zu bestehen, Gott zu gefallen als Fährmann ohne Fähre: Er selbst ist das Schiff und zugleich der Hafen, er nimmt die Reisenden auf seine hünenhafte Schulter und trägt sie sicher durchs tiefe, reißende Wasser ans andere Flussufer. Mit ihm ist gut ankommen. Üblicherweise wird er mit einem langen Wanderstab und dem Jesuskind auf der Schulter dargestellt, selten im Wasser, denn dann sähe man bestenfalls die Schulter und den Kopf (möglicherweise noch einen erhobenen Arm, der das Kind festhält), mehr nicht: er hätte keinen Körper. Und da sein Anblick zwar erschreckend ist, aber eben auch, wie mir Petrus erzählte, vor dem Tod schützt, wollte man ihn verständlicherweise in ganzer Pracht und lebensgroß darstellen, damit er sein Werk möglichst auch mit voller Kraft tun konnte: den Tod zu verjagen, ihn zurückzudrängen ins Jenseits, dafür zu sorgen, dass er niemanden zu fassen bekäme. Jedenfalls niemanden, der Christophorus' Schutz untersteht. Eine Reise mit Christophorus führt niemals in den Tod. Mit ihm zu gehen bedeutet, am Leben zu bleiben.

Petrus war sehr groß, und es fällt mir leicht, ihm den Kopf meiner Hündin aufzusetzen. So sehe ich ihn jetzt vor mir. Schon weitgehend ergraut, die spitze Schnauze in den Himmel gereckt. Mit endlos langem Oberkörper, einem sehr aufrechten, fast steif wirkenden Rücken, der Tausende von Wirbeln zu haben scheint, und steil abfallenden Schultern, denen man auf den ersten Blick gar nicht zutraut, dass sie jemanden tragen könnten. Auch kein Kind, schon gar nicht, wenn es so schwer ist wie das Jesuskind, das immerhin die Last der Welt trägt.

Ich setze Hundskopf-Petrus-Christophorus meinen kleinen Kleinen auf die steile Schulter, meinen Kleinen mit deinen Augen, diesen runden blauen Augen. Und zoome sie heran, bis das Bild nur noch aus diesen Augen besteht, die mich ruhig anblicken, ruhig, wissend, stet. Ich habe nur noch Augen für diese Augen. Deine Augen. Lasse mich von ihnen bannen und forttragen.

Es war kein Fluss, es war ein Gebirgsbach, und der dich trug, hieß Toni. Er war unser Skilehrer. Ich konnte nicht gut Skifahren, du schon. Trotzdem waren wir Jahr für Jahr in einer Klasse. Es war immer dasselbe Bild, nur hatten wir jedes Jahr andere Jacken an und andere Mützen auf. Du vorneweg, ich hinter dir her. Die anderen sind mir egal. Toni auch. Ich hänge mich an dich wie an eine Lokomotive. Auf nichts anderes achte ich als auf deine Spur, nichts anderes versuche ich, als diese Spur zu halten. Runter kommt man immer, sagt Toni, die Frage ist nur, wie. Ich lasse ihn reden. Mich geht das nichts an, ich weiß, wie ich runterkomme: als dein Anhänger. Am Anfang der jährlichen Skischulwoche versucht Toni mir etwas beizubringen, spätestens am Mittwoch gibt er es dann auf und übersieht mich für den Rest der Woche, spricht nur noch mit dir, wenn überhaupt, und das ist mir recht, ich fühle mich mitgemeint, sehr recht. Und dir? Jedes Jahr werde ich dir etwas peinlicher. Es entgeht mir nicht, aber solange du mich nicht abhängst, bleibe ich dran. Am Freitag verkündet Toni: Echte Skifahrer brauchen keinen Lift, die echten laufen. Wir kennen das schon. Freitag ist Tourentag, freitags steigen wir zu Fuß auf, in einer Reihe, die Skier rechts geschultert, von den Stöcken links gestützt. Toni voraus, du als Zweiter, dann ich, stur auf deinen Nacken blickend. Oben reicht Toni seine Thermosflasche herum, der Pfefferminztee ist heiß und süß, und hopp, jeder drei Schluck, nicht bescheißen! Und Toni zählt siebenmal auf drei, dann ist die Flasche leer und es geht los. Du pflügst in großen Schwüngen den Hang hinab, der Schnee ist schwer und feucht, Frühlingsschnee, ich bleib dir auf den Fersen, du nimmst Fahrt auf, schwingst kürzer, wirst schneller und schneller und schießt nur so dahin, und ich mit dir, und dann stürzt du. Ein Wunder, dass ich dir im entscheidenden Moment nicht folge, sondern scharf nach links fahre und so, zum Glück, nicht in dich hinein. Du schlitterst bäuchlings abwärts, deine Bindungen springen nicht auf, starr und sperrig hängen die Skier dir an den Füßen, bleiben stecken, richten sich auf und verdrehen dir die Beine. Als du endlich zur Ruhe kommst, kannst du nicht mehr aufstehen und nicht mehr gehen.

Toni nahm dich huckepack. Du musstest dich selber festhalten, denn Toni hatte die Hände voll, auf einer Seite deine Skier, auf der anderen euer beider Stöcke. Nicht würgen, rief Toni, du umklammertest ihn mit beiden Armen, die Beine hingen schlaff hinab, sie gehorchten dir nicht mehr. Ich fuhr hinter Toni her, aber nicht so, wie ich dir hinterherfuhr. Ich suchte meine eigene Spur. Wir kamen zu einer kleinen Schlucht, und an ihrer Sohle zu einem Sturzbach, der, es war März, soviel Schmelzwasser führte, dass wir ihn nicht überqueren konnten. Als erstes trug Toni dich hinüber, und als er mit dir auf dem Rücken mitten im Bach stand, drehtest du den Kopf zu mir, und ich sah dir in die blauen Augen, und du zwinkertest, wie ich es nur von Erwachsenen kannte, zwinkertest mir zu.

Meine beiden Kleinen haben gerade angerufen. Da sie alleine keine Nummer wählen können, nehme ich an, dass mein Mann daneben stand und ihnen half.

Kommst du, fragte der kleine Kleine.

Wann, wann kommst du, heißt das, hörte ich meinen großen Kleinen rufen.

Kommst du, fragte der kleine Kleine erneut.

Wann, wann!, rief sein großer Bruder.

Ja, ich komme, antwortete ich, jetzt komme ich. Jetzt.

Der Zug ist zu teuer. Die Hinfahrt hat soviel gekostet, wie ich in einem Monat für Lebensmittel ausgeben kann. Soll ich es per Anhalter versuchen, wie ganz früher? In zwei Stunden wird es dunkel. Wenn ich im Finstern mit meinem Hund an der Autobahn stehe – wer nimmt uns mit? Wir zwei brauchen, um zu punkten, Tageslicht. Im Dunkeln könnte man uns für schmutzig, verlaust und verludert halten. Bei Tageslicht hingegen sieht man, erahnt man, wie gepflegt, höflich und unterhaltsam wir sind. Bei Tageslicht nähme uns jeder mit. Aber ich kann nicht bis morgen warten. Ich erkundige mich nach einer Mitfahrgelegenheit. Erst sagt er nein, dann sagt er ja, der junge Mann, der heute Nacht nach Hamburg fährt, um *Party zu machen*. Nein, Hunde nehme ich auf gar keinen Fall mit. Eine Viertelstunde später hat er es sich anders überlegt: Ja, okay, dann halt mit Hund. Wir verabreden uns um sieben an der Tankstelle in der Hohlstraße bei der Europabrücke.

So, die Reise wäre organisiert. Was sagst du dazu, Bruder? Ich gehe zurück! Mein Blick fällt auf die einzelne goldene Christbaumkugel, die Simon als Weihnachtszitat über den Küchentisch gehängt hat. Da baumelt sie, aus dem Zusammenhang gerissen, rund und sinnlos, an einem Nylonfaden von der Decke herunter. Ein paar Mal habe ich mir beim Aufstehen schon den Kopf an ihr gestoßen. Jetzt spiegelt sie mir mein Gesicht in Gold und Schwarz: im Wesentlichen ein Mund, zwei Nasenlöcher, zwei Augen, zwei Brauen und dazwischen, senkrecht dazu, die tiefe Falte.

Ich war zwölf, als du sie entdecktest, diese Stirnfalte, es war ein strahlender Wintertag, wir saßen uns gegenüber in der Gondel, ich kniff, geblendet von Sonne und Schnee, die Augen zusammen. Was hast du da, fragtest du erschrocken.

Mein Erstaunen über deine Frage vertrieb die Falte. Du lachtest. Das sah gerade aus wie ein Schnitt, sagtest du.

Jetzt wirft mir die Christbaumkugel die Falte zurück, die sich auf meiner Stirn festgebissen hat und sich auch dann nicht verzieht, wenn ich nicht geblendet bin oder scharf nachdenke.

Hast du gerade gesagt, du findest das gut? War das ein Kommentar zu meiner Falte – wohl kaum! – oder zu der Frage, die ich schon fast wieder vergessen habe?

Schweigen. Die Antwort muss ich mir selber geben.

Wie wär's damit: Ich schreibe mir hier und jetzt ein glückliches Ende. Für uns, für meinen Mann Philipp und mich, dann fahre ich heim und setze es um. Philipp sagt immer: Mach dir einen Plan, dann klappt das auch. Wenn du weißt, was du willst, kannst du danach leben. Happy End mit Ansage. Jetzt, wo es ans Ende geht, zittere ich beim Schreiben, zittere vor Aufregung, wickle mich in Simons Bettdecke, aber das nützt nichts, mit flatternder Hand sitze ich am Küchentisch, der Stift zuckt.

Mir fällt nichts ein. Ich weiß nicht, wie man einen guten Ausgang schreibt. Ich fürchte, das könnte mir höchstens unter dem Pseudonym Phyllis Plank gelingen, wenn ich von mir absähe, schreibend, wenn ich mich in meinen Mann versetzte und seine Zuversicht auf mich überginge (gerne im gründlichen Tausch gegen meinen Kleinglauben). Einen Versuch wäre es wert. Ich erinnere mich an einen Traum, in dem ich mich in seinem Unterleib wiederfand. Nabelabwärts war ich er, ich sah auf seine Füße hinunter. Es war ein wildes Pulsieren in meinen Beinen, meinem Hintern, meinem – oh Gott – Schwanz, es durchströmte mich so gewaltig, so lebendig, so stürmisch, dass ich mir nur eines wünschen konnte: dass es immer so bliebe. Dass ich ebenso sehr ich bliebe, wie ich er wäre. Staunend und drängend. Mich wundernd und wollend. Ich weiß nicht wieso, aber ich habe Lust, zuhause als erstes ein Familienfoto zu machen. Mit Selbstauslöser, damit alle drauf sind. Einer rennt, und ich bin's nicht.

Ich packe das Badewannenfoto meiner Söhne und die Christophoruskarte in meine Tasche. Gepäck habe ich sonst keines. Ich ziehe den Reißverschluss zu. Ich liebe dich, denke ich in diesem Moment, im Dialekt.

Nach deinem Tod musste ich weg. Drei Wochen danach, im Juni, machte ich die Aufnahmeprüfung an der Theaterakademie in Salzburg und wurde, wie, bleibt unerklärlich, denn ich war nicht in der Lage, irgendetwas auszudrücken und schon gar nicht zu spielen, tatsächlich zum Wintersemester aufgenommen. Es blieb der Sommer, um Geld zu verdienen. Ich arbeitete in der Kantine des Straßenverkehrsamtes. Petrus wollte nichts wissen von meiner Trauer und nichts von meinem bevorstehenden Weggehen. Er suchte selbst das Weite, besuchte seinen Bruder in Kanada. Ich glaube, dass Petrus damals einige

Fluchtversuche unternahm. Erst mit Katrin, dann nach Kanada. Er wollte dem Unglück entkommen. Es erstaunt mich heute, dass er mir dann doch nach Salzburg folgte, es erstaunt mich, dass ich es war, die unserer Beziehung ein Ende setzen musste.

Meine Hündin spitzt die Ohren. Simon kommt nach Hause. Er sieht mich da sitzen, in seine Decke gehüllt. Er lächelt. Ich klappe das Notizbuch zu. Ich gehe, sage ich.

Von mir aus kannst du bleiben, sagt er mit seiner tiefen Stimme, und es klingt ernst wie alles, was er sagt. Bleiben bleiben, fügt er hinzu.

Ich weiß. Danke. Kommst du mich mal besuchen in Hamburg?

Nein, antwortet er.

Ich weiß, denke ich.

Wir lächeln uns an.

Ich gehe zu Fuß mit meiner Hündin im Schneetreiben zum Treffpunkt. Ihr langes, schwarzes Fell ist weiß. Schneeflocken fallen, je nach Nässe, ähnlich schnell, wie ein Mensch geht. Sie zieht, ich muss mich beeilen, um Schritt zu halten. Zum Glück habe ich das gelernt. Ich trage heute richtige Schuhe, robuste Stiefel, keine hohen Riemenpumps wie früher. These boots are made for walking. Ich habe gehen gelernt.

Peter Stamm
Agnes
Roman
Band 17912

»Glück malt man mit Punkten,
Unglück mit Strichen ... Du musst, wenn du
unser Glück beschreiben willst, ganz viele kleine Punkte
machen ... Und dass es Glück war, wird man erst
aus der Distanz sehen.«

»Ein faszinierender literarischer Ernstfall.«
Neue Zürcher Zeitung

»Stamms literarisches Debüt ist ein so
sensibles wie lakonisches Kammerspiel über versuchte
Nähe, gelingende Liebe, metaphysisches Unglück
und sanftes Entschwinden.«
Jochen Hieber, Frankfurter Allgemeine Zeitung

Fischer Taschenbuch Verlag

fi 17912 / 1

Thomas Hürlimann
Fräulein Stark
Band 15548

Der Stiftsbibliothekar hat während eines langen Sommers
seinen Neffen zu Besuch. Um den kostbaren Boden des
barocken Büchersaals zu schützen, soll der Nepos an die
Besucher Filzpantoffeln austeilen. Der Junge merkt bald,
daß sich ihm Welten öffnen – die Welt der Bücher und des
anderen Geschlechts. Fasziniert beginnt er zu lesen und wagt
es, scheue Blicke unter die Röcke der Besucherinnen zu
werfen, die bei ihm in die Pantoffeln schlüpfen müssen.

Thomas Hürlimanns »Fräulein Stark«, vom Feuilleton als
Sensation gefeiert, wurde mit über 100.000 verkauften Exem-
plaren zum Bestseller.

»Ein geradezu hinreißendes Buch.«
Frankfurter Allgemeine Zeitung

Fischer Taschenbuch Verlag

Ruth Schweikert
Wie wir älter werden
Roman
Band 03205

Wie spät ist es? Draußen liegt Schnee. Drinnen bereitet der 87-jährige Jacques wie jeden Morgen das Mittagessen für sich und seine Frau Friederike vor. Neun Jahre lang lebte er zwischendurch mit Helena zusammen, seiner Jugendliebe; dann kehrte er in seine Ehe zurück. Jacques und Friederike, Helena und ihr Mann Emil sind untrennbar miteinander verbunden durch den Pakt des Schweigens, den sie vor langer Zeit miteinander geschlossen haben. Dieser Pakt prägt das Leben der Kinder. Doch irgendwann beginnt er brüchig zu werden ... In wechselnden Perspektiven umkreist ›Wie wir älter werden‹ die Geschichten mehrerer Generationen, die vom Zweiten Weltkrieg bis in die unmittelbare Gegenwart reichen, und geht dabei der Frage nach, wie unser Blick sich im Lauf des Lebens verändert. Ein Familienroman über das Vergehen der Zeit, über Liebe und Verrat, Tod und Gewalt, fulminant und leidenschaftlich erzählt.

»Ruth Schweikert erzählt die Geschichte
so fesselnd und suggestiv, dass man ihre Figuren gern bei
der Reise in die Vergangenheit begleitet.«
Heide Soltau, NDR Kultur

Das gesamte Programm gibt es unter
www.fischerverlage.de